Van Helsing
Die Nacht des Jägers

Van Helsing – Die Nacht des Jägers

Aus dem Amerikanischen
von
Thomas Ziegler und Antje Görnig

Bibliografische Information der Deutschen Bibliothek
Die Deutsche Bibliothek verzeichnet diese Publikation in der Deutschen
Nationalbibliografie; detaillierte bibliografische Daten sind im Internet
über http://dnb.ddb.de abrufbar.

Das Buch »Van Helsing – Die Nacht des Jägers« von Kevin Ryan entstand auf
der Basis des gleichnamigen Drehbuchs von Stephen Summers zum Kinofilm
von Universal Studios Licensing LLLP.

© 2004 Universal Studios Licensing LLLP. Van Helsing is a trademark
and copyright of Universal Studios.
All Rights Reserved.

1. Auflage 2004
© der deutschsprachigen Ausgabe:
Egmont vgs verlagsgesellschaft mbH
Alle Rechte vorbehalten.
Lektorat: Almuth Behrens
Produktion: Elisabeth Hardenbicker
Umschlaggestaltung: Oliver Hanff
Titelfoto: © 2004 Universal Studios Licensing LLLP
Satz: Greiner & Reichel, Köln
Printed in Germany
ISBN 3-8025-3374-7

Besuchen Sie unsere Homepage:
www.vgs.de

PROLOG

»Victor, ich bin so stolz auf dich.«

Elizabeth beugte sich vor, und Victor Frankenstein spürte ihre warmen Lippen an seiner Wange. Er musste sich leicht nach unten neigen, damit sie ihn erreichen konnte. Victor war zwar selbst nicht groß, überragte aber seine Verlobte. Elizabeths blaue Augen strahlten ihn an. In ihnen spiegelte sich ihre Aufregung, ihre Bewunderung, und zum tausendsten Mal hoffte er, dass er eines Tages ihrer Ergebenheit wert sein würde.

Victor streckte die Hand aus, fuhr Elizabeth über die schulterlangen blonden Locken und genoss ihre Nähe. Wie gewöhnlich war sie adrett gekleidet. Ihre Locken waren gebändigt und lagen ihr nun dicht am Kopf. Elizabeths äußere Erscheinung war stets makellos – makelloser sogar noch als Victors. Sie hatte den braunen Anzug und die Krawatte ausgesucht, die er jetzt trug, und als er sie ansah, strich sie ihm sanft eine Haarsträhne aus dem Gesicht.

Sie lächelte ihn an, und Victor stellte erneut fest, dass er seine Kraft von ihr bezog. Es erschien ihm unmöglich und wenig wissenschaftlich, dass ihr kleiner, schlanker Körper Kraft auf ihn übertragen konnte, aber so war es. So lange hatte sie auf ihn gewartet. Da waren die Jahre des Medizinstudiums gewesen und dann seine Entscheidung, sich von der Chirurgie abzuwenden und ganz der Forschung zu widmen, die eine weniger sichere Zukunft bot. Als Forscher wurde sein Lebensunterhalt von seiner

Fähigkeit bestimmt, Stipendien und Forschungsgelder zu gewinnen. Sein Erfolg hing ebenso sehr von seiner Gabe als Redner und Verkäufer ab wie von seinem Talent als Arzt.

Und viel von diesem Erfolg hing von dem ab, was in der nächsten Stunde geschehen würde.

»Viel Glück, alter Knabe«, sagte Henry und schüttelte ihm die Hand. Dann schlug ihm sein Freund spielerisch auf die Schulter, und Victor spürte, wie er Henrys Wohlwollen erwiderte. Es war das erste Mal, dämmerte ihm, dass er an diesem Tag gelächelt hatte.

Henry war größer als Victor und hatte während ihrer gemeinsamen Studienzeit – dank seines guten Aussehens, der dunklen Haare und des schmalen, sorgfältig gestutzten Schnurrbarts – viel Erfolg bei den Frauen gehabt. Victor war in Begleitung von Henry gewesen, als er Elizabeth kennen gelernt hatte, aber zu seinem Erstaunen – und seiner großen Freude – war Elizabeth Henrys Charme gegenüber völlig immun. Sie hatte sich nur für Victor interessiert, und in jener ersten Nacht hatten sie stundenlang geredet.

Victor war froh, Elizabeth und Henry an seiner Seite zu haben. Sein Herz hämmerte noch immer in seiner Brust, aber er spürte, wie er von ihnen, von ihrem schlichten Glauben an ihn, Mut bezog.

Trotz der Tatsache, dass er heute ein beträchtliches Risiko einging, registrierte er, wie Selbstvertrauen in ihm hochstieg. Er war tatsächlich auf etwas gestoßen. Seine Theorien mochten revolutionär sein, doch seine Resultate waren unanfechtbar.

»Es wird Zeit, Victor. Geh und rüttele sie ein wenig auf«, sagte Henry.

»Viel Glück, Liebling«, fügte Elizabeth hinzu, und Victor wandte sich ab und ging in den Hörsaal. Als Student, in den Jahren seiner medizinischen Ausbildung in Goldstadt, war er tausendmal in diesem Raum gewesen. Er hatte Professor Waldman sogar schon bei den Erst- und Zweitsemestern assistiert.

Jetzt spürte Victor Schweiß auf der Stirn. Heute war der Hörsaal nicht etwa voller eifriger Studenten, sondern voller Ärzte und Medizinprofessoren – Kollegen, die auf den jüngsten Mann herabschauten, der sich je für das Goldstadt-Forschungsstipendium beworben hatte, das prestigeträchtigste Forschungsstipendium in Rumänien und eines der begehrtesten in ganz Europa. Es beinhaltete recht hohe finanzielle Zuschüsse und außerdem Zugriff auf die beträchtlichen Ressourcen der Universität.

Victor nahm seinen Platz auf dem Podium ein und wurde sogleich von seinem Mentor, Professor Waldman, herzlich begrüßt. Der Arzt hatte einen dichten Schopf grauer Haare und buschige graue Augenbrauen, deren salzige Farbe sein Alter verriet. Dennoch hielt sich Waldman so kerzengerade, dass er mehr wie ein Militärkadett im ersten Jahr als wie ein Mann aussah, der nur noch wenige Jahre von der Pensionierung entfernt war. In Waldmans Augen blitzte eine wache Intelligenz, die in der Universität legendär war. Jetzt sahen diese Augen Victor warm an.

Nickend nahm Victor seinen Platz an der Seite des Arztes ein.

»Und jetzt, verehrte Kollegen, ist es mir ein Vergnügen, Ihnen Dr. Victor von Frankenstein vorzustellen, der vor zwei Jahren hier an der Universität mit Auszeichnung graduiert hat«, wandte sich Waldman an sein Publikum. »Victor, seit seinem ersten Jahr mein Student, hat sich nicht nur als chirurgischer Anstaltsarzt, sondern auch als mein Forschungsassistent bewährt. Er hat außerdem in der *Münchener Medizinzeitschrift* und im *Pariser Journal der chirurgischen Wissenschaft* publiziert. Heute präsentiert er seine eigene Arbeit, und obwohl er das Thema geheim gehalten hat, bin ich überzeugt davon, dass es für uns alle von großem Interesse sein wird.«

Sein Mentor drehte sich zu ihm um und flüsterte: »Sie gehören alle Ihnen, Victor.«

Victor nickte und übernahm das Podium, als der Professor zurücktrat. Er musterte kurz das Publikum und entspannte sich ein wenig, als er bemerkte, wie Elizabeth und Henry ihre Plätze in einer der oberen Reihen des Hörsaals einnahmen. Erneut bezog er Kraft von ihnen und begann dann: »Verehrte Gäste, ich heiße Sie willkommen.« Während er sprach, spürte er, wie sein Selbstvertrauen wuchs. Seine Arbeit war wichtig, und heute würde er ihr Gerechtigkeit widerfahren lassen.

»Ich bin froh, so viele bekannte Gesichter aus allen Bereichen der medizinischen Wissenschaft zu sehen. Chirurgie, Orthopädie, Internistik und Neurologie. Mit aller gebotenen Bescheidenheit kann ich Ihnen versichern, dass das, was ich gleich enthüllen werde, für jeden Einzelnen von Ihnen von Interesse sein und dramatische Auswirkungen auf all Ihre verschiedenen Fachbereiche haben wird.

Vor fast zweitausendfünfhundert Jahren veränderte Hippokrates das Gebiet der Medizin für immer, indem er ein für alle Mal klarstellte, dass es keine übernatürlichen Ursachen für Krankheiten gab, sondern nur natürliche. Ein paar Hundert Jahre später hat Galen die ersten medizinischen Theorien entwickelt, die auf den Prinzipien des wissenschaftlichen Experiments basierten. In den darauf folgenden Jahrhunderten haben wir mittels Experimenten mehr und mehr über diese natürlichen Ursachen erfahren. Vor kurzem enthüllte Louis Pasteur eine mikroskopische Welt der Keime. Wir lernen immer mehr über die Anatomie und den Körper als eine Maschine. Heute entwickeln sich unsere Behandlungsmethoden und chirurgischen Techniken mit einer Geschwindigkeit, die Hippokrates wohl kaum für möglich gehalten hätte, und in der Tat haben wir allein im letzten Jahrhundert mehr gelernt als in den vorherigen zwei Jahrtausenden. An der Schwelle des zwanzigsten Jahrhunderts stehen wir am Beginn neuer und aufregender Entdeckungen.

Allerdings bleiben signifikante Rätsel bestehen. Wir alle kennen Fälle, die jeder Erklärung trotzen. Wir haben identische Patienten mit identischen Krankheiten gesehen, von denen einige überlebt haben und andere nicht. Warum stirbt ein gesunder junger Mann an Lungenentzündung, während sich ein älterer Mann davon erholt? Was sind die Kräfte, die die Heilung vorantreiben? Die den Tod beschleunigen? Warum genesen manche Patienten schneller als andere, während sich einige niemals erholen?«

»Gott«, bemerkte jemand etwas zu laut, was Gelächter im Publikum auslöste.

Victor lächelte. Darauf war er vorbereitet. »Ja, vielleicht hat Gott für jeden von uns einen Plan, der vorsieht, wie lange wir leben und wann wir sterben. Aber hat Gott nicht auch erlaubt, dass unsere medizinische Wissenschaft eingreift und Leben rettet? Wenn dem so ist, dann tun die Heiler wahrhaft sein Werk.«

Das Gelächter verklang, und Victor hielt einen Moment inne, um seine Kollegen zu betrachten. Er spürte, dass sie bereit waren für das, was als Nächstes kommen würde. »Ich behaupte, dass es eine Kraft gibt, der all unsere Arbeit zu Grunde liegt … eine bis dato unsichtbare Kraft … eine Kraft des Lebens.« Das Publikum lauschte jetzt aufmerksam. Viele beugten sich vor, um besser hören zu können.

»Wir wissen schon seit geraumer Zeit, welche Rolle die Elektrizität im menschlichen Körper spielt. Die Fachgebiete des chemischen Galvanismus und der Elektrobiologie wurden vor über hundert Jahren geboren, als Luigi Galvani das Bein eines frisch gestorbenen Frosches durch die Einwirkung von Elektrizität zum Zucken brachte. Meine darauf aufbauenden Forschungen deuten auf die Existenz einer Kraft hin, die sogar den elektrischen Impulsen zu Grunde liegt: einer Lebenskraft, wenn Sie so wollen. Ich behaupte, dass diese Lebenskraft durch den umsichtigen Einsatz elektrischer und magnetischer Kräfte manipuliert und konzentriert werden kann – dass man diese Lebenskraft beherrschen kann, um die Gesundheit und Heilung zu fördern.«

Sofort brachen im Saal Dutzende von Diskussionen los. Victor hörte Schock und Skepsis in den murmelnden Stimmen.

»Gentlemen, bitte!«, dröhnte Professor Waldmans Stimme. Es wurde leiser, doch nicht alle Diskussionen erstarben.

»Ich weiß, dass meine Behauptung revolutionär ist«, fuhr Victor fort. »Aber ist sie wirklich revolutionärer als Pasteurs Arbeit? Er hat uns eine unsichtbare Welt der mikroskopischen Organismen gezeigt. Ist es so schwer zu glauben, dass es noch mehr gibt, das wir nicht kennen, sogar mehr noch, das wir nicht sehen?«

»Was wollen Sie damit andeuten? Dass es einen magischen Strahl gibt, der gebrochene Glieder heilen, eine Wunde verschließen, einen Körper von Krankheiten befreien kann?«, rief eine Stimme aus dem Publikum.

»Nicht magischer als Schwefelpulver«, konterte Victor.

»Und was würde passieren, wenn Sie genug von dieser ›Lebenskraft‹ in Galvanis toten Frosch leiten? Wollen Sie etwa behaupten, dass er auferstehen und davonhüpfen könnte?«, schrie ein anderer.

Victor antwortete ohne Zögern. »Theoretisch ja, aber ...«

Die Reaktion erfolgte sofort. Die Hälfte der Zuhörer brach in höhnisches Geschrei aus, während die andere lachte. Victor spürte, wie seine Wangen erröteten und seine Körpertemperatur um zehn Grad zu steigen schien.

»Blasphemie!«, rief eine Stimme.

Victor ertappte sich dabei, wie er zurückbrüllte: »Nein, keine Blasphemie! *Wissenschaft*!« Alle Stimmen verstummten einen Moment, bevor sie wieder durcheinander schrien.

Professor Waldman rief dazwischen, und nach ein paar Minuten war die Ordnung wiederhergestellt.

Als erneut Ruhe im Publikum eingekehrt war, fuhr Victor fort: »Ich weiß, dass das, was ich behaupte, außergewöhnlich ist, möchte Sie aber dennoch bitten, den Inhalt der Aktenmappe zu lesen, die vor jedem von Ihnen liegt. Sie enthält all meine experimentellen Aufzeichnungen und die Ergebnisse meiner Forschungen.«

Victor musterte die Menge und sah nur abweisende Gesichter. Die Antwort auf seinen Antrag auf ein Forschungsstipendium würde erst in einigen Wochen eintreffen; aber er ahnte bereits, wie die Entscheidung ausfallen würde.

Victor wusste, dass er versagt hatte. Er hatte seine Arbeit enttäuscht ... er hatte sich selbst enttäuscht ... und am schlimmsten, er hatte Elizabeth enttäuscht. Dennoch hielt er sein Haupt erhoben, sah seinen Zuhörern ein letztes Mal in die Augen und sagte: »Ich danke Ihnen für Ihre Aufmerksamkeit.«

Mit brennendem Gesicht wandte sich Victor ab. Als er den Hörsaal verließ, verfolgten ihn die missbilligenden Stimmen seiner Kollegen. Für diese vornehme Gruppe kam das Pfeifen und Buhrufen und dem Werfen von Obst und Gemüse gleich.

Einen kurzen Moment stand er allein im Korridor, dann sah er Professor Waldman auf sich zukommen. »Victor, geht es Ihnen gut?«

»Ja, Professor … aber meine Karriere ist damit wohl beendet.«

Waldman schüttelte den Kopf. »Bei mir sind Sie immer willkommen. Es gibt vieles, das wir zusammen vollbringen könnten.«

Victor wusste dies bereits. Waldmans Forschungen waren wissenschaftlich fundiert und anerkannt. Und der Professor machte langsam und stetig Fortschritte: neue Prozeduren, neue Techniken. Aber Victor konnte sich des Gefühls nicht erwehren, dass eine Stellung bei Waldman nicht mehr als Zeitverschwendung war im Vergleich zu dem, was er tun *konnte*, was er erreichen *konnte*. Er wusste, dass seine Pionierarbeit über die Lebenskraft die Medizin in einem Jahrzehnt weiter voranbringen konnte, als es die klügsten Geister der Welt in den letzten zweitausend Jahren vermocht hatten. Binnen weniger Jahre würde er das überbieten können, was Waldman in seiner gesamten Karriere geleistet hatte.

Vielleicht *war* es arrogant und hochfahrend von ihm, das zu denken. Aber es entsprach der Wahrheit.

»Nein, danke, Professor«, sagte Victor schlicht.

Waldman musterte ihn einen Moment. »Bitte, Victor. Das war nichts weiter als ein Rückschlag. Lassen Sie sich davon nicht entmutigen, und versprechen Sie mir bitte, dass Sie mein Angebot zumindest überdenken werden.«

Victor konnte nur nicken, und der Professor wandte sich ab, als Henry und Elizabeth näher traten.

Es vergingen volle vier Wochen, ehe Victor in das Haus seiner Familie in Rumänien zurückkehrte. Er hatte Elizabeth einen Urlaub versprochen und Wort gehalten. Allerdings waren seine Gedanken nie wirklich bei der Reise gewesen, und ihr war das nicht entgangen. Selbst in ihrer wunderschönen gemieteten Villa an der Seine hatte er sich nicht entspannen können. Hinzu kam, dass er in Anbetracht seiner neuen beruflichen Umstände nicht das Gefühl hatte, Elizabeth gegenüber fair zu sein.

Nach ein paar Tagen hatte sich Victor hingesetzt, um ernsthaft mit seiner Verlobten zu sprechen. »Elizabeth, ich will … ich muss meine Arbeit fortsetzen, allein, wenn es sein muss. Da ist das Landgut der Familie, das mir ein kleines Einkommen sichert. Ich kann ein Labor im Haus einrichten. Ich werde keine Mitarbeiter haben und auch die Möglichkeiten der Universität nicht nutzen können, aber es ist zumindest ein Anfang.« Seine Familie verfügte über einige Mittel, obgleich ihr Vermögen nicht mehr das war, was es einst gewesen war.

»Ich verstehe«, hatte Elizabeth geantwortet.

»Dessen bin ich mir nicht so sicher, Liebling. Es wird einige Zeit dauern, bis meine Arbeit Resultate aufweist.« Wissenschaft, selbst revolutionäre Wissenschaft, hing von Experimenten, Daten und wiederholbaren Ergebnissen ab. Er würde jahrelang mit Tieren und niederen Lebensformen arbeiten müssen, und das mit der bescheidenen Ausrüstung, die er sich würde leisten können.

»Der Punkt ist, Elizabeth, es wird einige Zeit dauern, bis ich etwas Substanzielles erreicht habe. Eine Zeit lang werde ich die Witzfigur sein, die ich in Goldstadt war.« Er wusste nicht, wie er das, was als Nächstes kommen würde, in Worte kleiden sollte. Doch wie sich herausstellte, wollte Elizabeth es gar nicht hören.

»Nichts davon spielt für mich eine Rolle, Victor. Ich kenne dich. Du bist der Mann, den ich liebe. Und ich weiß, dass ich dich mit deiner Arbeit teilen muss«, sagte sie, noch bevor er sie unterbrechen konnte. »Wenn du denkst, dass ich zulasse, dass dieser kleine Rückschlag unser gemeinsames Leben beeinträchtigt, irrst du dich gewaltig, Dr. Victor Frankenstein. Ich habe vor, dich zu heiraten, und ich habe nicht vor, damit zu warten.«

»Aber, Elizabeth, ich kann dir nichts bieten …«

»Du bietest mir dich, und das ist alles, was ich will. Ich werde mich nicht vom Geld oder dem Goldstadt-Forschungsstipendiumsausschuss oder sonst etwas aufhalten lassen. Und ich kann dir bei deiner Arbeit assistieren.«

»Am Anfang werden wir nicht viel haben«, hatte Victor gewarnt.

»Wir werden alles haben, was wir brauchen.«

In diesem Moment hatte Victor gespürt, wie sich die Wolke der Niedergeschlagenheit verzog, die seit seinem desaströsen Vortrag auf ihm lastete. Es gab Hoffnung – nicht nur für seine Arbeit, sondern auch für sein Leben mit Elizabeth.

Es mochte nicht das Goldstadt-Forschungsstipendium sein, aber ihm genügte es.

Jetzt betrat er das Haus seiner Familie, wo seine wenigen Diener bereitstanden, ihn zu begrüßen. Er freute sich, wieder daheim zu sein. Es wurde Abend, bis er all seine Sachen ausgepackt hatte und sich seinen Aufgaben als Herr des Hauses widmen konnte.

Ein großer Stapel Korrespondenz verlangte seine Aufmerksamkeit, aber Victor entschied, dies auf morgen zu vertagen. Er setzte sich an seinen Schreibtisch und machte sich Notizen: Wenn er in seinem eigenen Haus ein Labor einrichten wollte, wartete eine Menge Arbeit auf ihn.

Ein Lächeln erhellte sein Gesicht, als er sich vorstellte, wie Elizabeth im selben Moment Platz nahm, um Pläne für die Hochzeit zu schmieden. Ja, zusammen konnten sie eine Menge erreichen.

Nach nicht einmal einer Stunde kam Victors Butler Gerald herein, um ihn zu informieren, dass jemand an der Tür war. Bevor Gerald sprach, räusperte er sich theatralisch. »Ein gewisser Graf Dracula. Ich habe ihn gebeten, morgen wiederzukommen, aber er bestand darauf, Sie zu sehen. Es tut mir Leid, Sir, es ist äußerst ungebührlich, Sie zu dieser späten Stunde noch zu behelligen.«

Ungewöhnlich war das Ganze in der Tat. Victor hatte von *einem* Grafen Dracula gehört, aber um diesen konnte es sich wohl kaum handeln. Der arme Gerald wirkte zerknirscht. »Es geht schon in Ordnung. Sehen wir uns unseren Gast an.«

Das Foyer war leer, und Victor warf Gerald einen fragenden Blick zu.

»Er wollte weder gehen, noch wollte er eintreten«, erklärte Gerald.

Victors natürliche Neugierde war geweckt. Er ging zur Haustür und stand sogleich einem hoch gewachsenen Mann gegenüber. Er war ganz in Schwarz gekleidet; ein langer Mantel verhüllte seine Gestalt. Seine Kleidung war formell und wirkte entfernt militärisch, in einem Stil, den Victor noch nie zuvor gesehen hatte. Am ungewöhnlichsten waren seine Haare, die lang, dunkel und aus dem Gesicht gekämmt waren. Das vielleicht Seltsamste an ihm aber war der einzelne Ring, den er am linken Ohr trug – ein kleiner goldener Reif. Der Graf war zweifellos ein Adeliger, aber Victor war noch nie einem Aristokraten begegnet, der einen *Ohrring* trug.

Die Gesichtszüge des Grafen waren markant, mit vorstehenden Wangenknochen, das Haar pechschwarz. Wenn Victor in die Verlegenheit gekommen wäre, raten zu müssen, er hätte den Mann auf etwa dreißig geschätzt, nur wenig älter als sich selbst. Sein Gast sah wie ein Mann in der Blüte seiner Jugend aus, aber da war etwas Merkwürdiges an seinen Augen, die älter wirkten als sein Gesicht – viel älter. Sein Blick war funkelnd, durchdringend und ... warm? Nein, nur sehr *interessiert* an ihm. Nach ein paar Momenten dämmerte Victor, dass er den Grafen anstarrte. Er schüttelte den Kopf – wie unhöflich von ihm.

»Graf Dracula, nehme ich an«, sagte er und streckte die Hand aus.

Der Mann nickte knapp und erwiderte: »Ja, Dr. Frankenstein. Es ist mir ein großes Vergnügen, Sie kennen zu lernen.«

»Warum warten Sie draußen?«, fragte Victor.

»Ich würde es nicht wagen, ohne eine Einladung des Hausherrn einzutreten. Vor allem zu dieser *ungebührlichen Stunde*«, sagte Dracula mit einem kurzen Blick zu Gerald. Victor hatte irgendwie das Gefühl, dass Graf Dracula ihr Gespräch mitgehört hatte, aber das war natürlich unmöglich. Gerald schien die Aufmerksamkeit des Grafen nervös zu machen. Sein Butler diente der Familie, seit Victor ein Junge gewesen war, doch noch nie zuvor hatte er den Mann so unbehaglich erlebt.

»Bitte, kommen Sie herein«, sagte Victor.

Dracula trat über die Schwelle, und Victor fröstelte plötzlich, schrieb dies aber dem kühlen Nachtwind zu. »Brandy?«, bot er an.

»Ja, danke.«

»Gerald, wir nehmen ihn in der Bibliothek ein.« Victor führte den Grafen zu den bequemen Sesseln vor dem Kamin, wo sie von den vielen Büchern seiner Familie umgeben waren.

»Meine Ankunft ist für Sie zweifellos eine Überraschung. Ich entschuldige mich dafür und für die späte Stunde.«

Victor versuchte vergeblich, den Akzent des Grafen einzuordnen. Sein Rumänisch war fließend, seine Aussprache allerdings eigenartig … »Nicht weiter wichtig«, sagte er.

»Ich habe Ihnen vor einiger Zeit geschrieben und meinen Besuch angekündigt«, fuhr der Graf fort.

»Ich war auf Reisen und habe Ihren Brief wohl noch nicht geöffnet«, erwiderte Victor. Dann kam Gerald mit dem Brandy herein.

Victor hob sein Glas. »Zum Wohl.«

Der Graf erwiderte die Geste, stellte das Glas jedoch ohne zu trinken ab. »Ich möchte nicht unhöflich sein, aber vielleicht später.«

Victor fand dieses Benehmen seltsam, doch nicht seltsamer als die Tatsache, dass ein Aristokrat nach zehn Uhr abends an seiner Tür aufgetaucht war. »Was kann ich für Sie tun, Graf Dracula?«

Der Graf lächelte, aber die Geste war ohne Freude und erreichte nicht seine Augen – Augen, die sich jetzt in Victors bohrten, so durchdringend, dass er es fast beängstigend fand. Das Gefühl verging, und Victor dämmerte, dass er töricht war. Der Graf war nur höflich gewesen, und außerdem war er sein Gast.

»Ich bin sehr an Ihrer Arbeit interessiert. Ich habe von Ihrem Vortrag an der Universität erfahren und mir eine Kopie Ihres Antrags auf das Goldstadt-Forschungsstipendium besorgen können. Ich fand Ihre Theorien äußerst inspirierend.«

Victor starrte seinen Gast ausdruckslos an und suchte nach einem Zeichen von Ironie oder Spott. Er fand keines, sah nichts anderes als Aufrichtigkeit. Bis jetzt waren es einzig Journalisten gewesen, die sich für Victors Arbeit interessiert hatten – und ihn lächerlich machen wollten.

»Ich meine es völlig ernst, das kann ich Ihnen versichern«, fuhr der Graf fort, als würde er seine Gedanken lesen. »Ich habe schon von Zeit zu Zeit wissenschaftliche Forschungen unterstützt. Ich bin hier, um mit Ihnen über Fördergelder zu sprechen. Ich denke, Ihre Arbeit könnte sich als sehr wichtig erweisen. Ich verfüge über bedeutende Mittel und denke seit einiger Zeit darüber nach, was ich der Welt hinterlassen kann.«

Sein Blick traf Victor mit einer Intensität, die diesen nervös machte und gleichzeitig mit Erregung erfüllte.

»Sicherlich haben Sie als Arzt die enormen potenziellen Auswirkungen Ihrer Theorie über die Lebenskraft bedacht. Wenn man sie wirklich beherrschen könnte, könnten die Resultate für die Menschheit revolutionär sein.«

Victor konnte weder seine Überraschung noch seine Freude verbergen. »Ich habe großes Potenzial in meiner Arbeit gesehen, aber bis jetzt bin ich mit meiner Begeisterung allein geblieben.«

»Dann erlauben Sie mir, Ihnen meine Unterstützung anzubieten ... und meine Freundschaft. Vielleicht können wir gemeinsam dieses Potenzial verwirklichen. Dann können Sie Ihren Platz unter Hippokrates, Pasteur und den Giganten der Medizin einnehmen.«

Diese Augen. Sie waren magnetisch, zogen Victor an und ließen ihn an das Angebot der Bruderschaft und Unterstützung glauben – etwas, das ihm bisher kein anderer Mensch angetragen hatte. Der Graf war sein einziger Freund.

Nein, das stimmt nicht, dachte Victor. Das war Elizabeth ...

und noch viel mehr. Und was ist mit Henry? Er hatte Dracula gerade erst kennen gelernt. Die rückhaltlose Aufrichtigkeit in Elizabeths Augen kam Victor in den Sinn, aber irgendwie war es ihm unangenehm, in der Gegenwart seines Besuchers an sie zu denken.

Victor hatte das kurze, unheimliche Gefühl, dass Dracula ein Fenster zu seinem Verstand geöffnet hatte. »Ich dachte daran, Ihnen ein vollständiges Laboratorium zur Verfügung zu stellen. Neue Geräte. Alles, was Sie brauchen, um Ihre Forschung voranzutreiben.«

»Mein guter Graf, ich fürchte, dass dies ein gewagtes Unterfangen ist. Die Kosten wären beträchtlich. Viele der Geräte müssten nach neuen Spezifikationen entworfen und gebaut werden. Deshalb habe ich mich an die Universität gewandt; ich hatte gehofft, auf die Fakultäten für Physik und Chemie zurückgreifen zu können.«

»Ich versichere Ihnen, dass meine Mittel beträchtlich *sind*. Was immer Sie brauchen, sollen Sie bekommen. Bedenken Sie nur, was wir zusammen erreichen könnten!«

Der Graf erhob sich, um zu gehen. »Erstellen Sie eine Liste der Dinge, die Sie brauchen«, sagte er. »Wenn es Ihnen genehm ist, werde ich morgen Abend wiederkommen, um unser weiteres Vorgehen zu besprechen.«

Victor brachte seinen Gast zur Tür und wünschte ihm gute Nacht. »Ich weiß nicht, wie ich Ihnen danken kann, Graf Dracula.«

Der Graf nickte nur und schüttelte Victor die Hand. Victor fand, dass sie ungewöhnlich kalt war. Dann zog Dracula sie zurück, sah ihm noch einmal in die Augen und wandte sich zum Gehen.

Sekunden später hatte die Nacht Graf Dracula verschluckt.

Nachdem sein seltsamer Besucher fort war, fühlte sich Frankenstein schwindlig, als wäre er zu schnell aufgestanden. Hatte er die ganze Begegnung nur geträumt?

»Master Frankenstein? Ist Ihr Gast gegangen?«, fragte Gerald an seiner Seite.

»Ja. Das ist alles für diese Nacht, Gerald. Danke.«

»Sehr wohl, Sir«, erwiderte Gerald und ging den Flur hinunter.

Also war es kein Traum. Umso besser, dachte Victor. Zweifellos war der Graf die Antwort auf seine Gebete.

Ich kann mich glücklich schätzen, einen Freund wie ihn zu haben.

Nein. Er hatte Graf Dracula gerade erst kennen gelernt. Sie waren nur Bekannte, keine Freunde. Noch nicht.

Viel zu aufgeregt, um schlafen zu können, kehrte Victor in sein Büro zurück und machte sich an die Arbeit.

Er musste seine Pläne mit Elizabeth für morgen absagen, damit er den ganzen Tag arbeiten konnte. Der Graf bot ihm die Chance seines Lebens; sich auf ihr nächstes Treffen vorzubereiten war das Mindeste, was er tun konnte.

Victor spürte neue Hoffnung für die Zukunft. Bald würde die ganze Welt den Namen Frankenstein kennen.

Doch irgendetwas nagte an ihm, als er sich seinen Träumereien hingab – etwas Seltsames. Und bald dämmerte ihm, was es war.

Dracula war mitten in der Nacht an seiner Tür aufgetaucht, aber es hatte keine Kutsche auf ihn gewartet. Nicht einmal ein Pferd hatte in der Einfahrt gestanden.

1

Dr. Frankenstein nahm die letzten Justierungen vor.

»Igor, überprüf die Konduktoren.«

Sein Assistent verzog das Gesicht und wandte sich zur Treppe. Sein hervorstechendstes Merkmal war der Buckel, der ihn dazu zwang, nach einer Seite gebeugt zu humpeln, sodass sein Gang unsicher wirkte. Seine Züge waren roh, und merkwürdigerweise hatte er keine Brauen über seinen kleinen, tief in den Höhlen liegenden und stets rot geränderten Augen. Strähnige rote Haare hingen ihm ins Gesicht und ließen ihn noch seltsamer aussehen.

Frankenstein hatte Zweifel gehabt, ob er Igor als Laborhilfe einstellen sollte. Es lag nicht an seiner äußeren Erscheinung, obwohl er wusste, dass die meisten anderen von Igors Missgestalt abgestoßen wurden, und auch Gerald und die anderen Diener hatten ihre Besorgnis ausgedrückt. Frankenstein verstand ihre Skepsis, doch sein Freund Graf Dracula hatte sich nachdrücklich für Igor eingesetzt. Außerdem zog er es als Wissenschaftler vor, mit dem Realen, dem Fassbaren zu arbeiten – mit Dingen, die quantifiziert werden konnten.

Und als Arzt verstand Frankenstein die Natur und Ursache der Deformität und hatte eine Zeit lang sein Leben der Heilung von Leuten wie Igor gewidmet. Aufgeregt dämmerte ihm, dass er kurz davor stand, seine kühnsten Träume zu überflügeln. Selbst Gerald würde beeindruckt sein, und er hatte nur selten erlebt, dass sein Diener sich von irgendetwas beeindruckt zeigte.

Aber Gerald war fort …

Ja … sie alle waren fort. Gerald war am längsten geblieben, da seine Loyalität zur Familie am größten gewesen war. Dennoch hatte einer nach dem anderen ihn verlassen. Wann war das gewesen? Vor einem Jahr? Nein, eher vor zwei.

Auf einer gewissen Ebene verstand Frankenstein, warum. Er hatte sich verändert. Seine Arbeit hatte ihn vollständig beansprucht, und er hatte viele andere Dinge vernachlässigt. Selbst jetzt konnte er sich nicht erinnern, wann er zum letzten Mal geruht hatte. Der Schlaf war nicht mehr das Vergnügen, das er einst gewesen war; stets quälten ihn düstere Träume. Seine einzige Erleichterung war die Arbeit, bei der er alles andere vergessen konnte …

… selbst Elizabeth.

Es schmerzte, an sie zu denken, und zwar so sehr, dass der Graf ihn viele Male gedrängt hatte, sie für immer aus dem Gedächtnis zu streichen. Dracula wollte das, was am besten für ihn war, am besten für seine Arbeit. Der Graf half ihm, seinen Platz unter Hippokrates, Pasteur … und weiteren Giganten der Medizin einzunehmen.

Große Taten verlangten große Opfer – Opfer wie Elizabeth.

Nein!, rebellierte ein Teil seines Geistes. Ich will sie nicht aufgeben …

Aber genau das hatte er getan. Sie war länger geblieben als die anderen, aber schließlich hatte auch sie ihn verlassen. Es war unvermeidlich gewesen; sie hatte den Grafen nie gemocht und Victor von seiner Arbeit abgehalten – der Arbeit, die nun fast vollendet war.

Wenn er Erfolg hatte, würde er Elizabeth zurückgewinnen. Sie alle würden zurückkommen …

Dennoch wusste ein Teil von ihm, dass es zu spät war. Zu viel war geschehen. Als er sich in seinem Labor umsah, fragte er sich, was sein Vater von dem halten würde, was er aus dem Wachturm der Burg Frankenstein gemacht hatte. Dann kam ihm schlagartig die Erkenntnis, dass dies nicht das Haus seiner Vorfahren war.

Der Graf hatte Frankenstein davon überzeugen können, sein Labor in die transsilvanische Region von Rumänien zu verlegen, und ihm diese Burg zur Verfügung gestellt. Es war ein mehr als großzügiges Geschenk: Dracula war wahrlich sein Freund.

Hier hatte Frankenstein die Dynamos installiert, die Generatoren, die leistungsstarken Elektromagneten, die chemischen Reaktionstanks. Sie repräsentierten beste deutsche Ingenieurskunst und basierten zum großen Teil auf Frankensteins eigenen Entwürfen – all das hatte sein Freund, der Graf, ermöglicht. Als er sich so umschaute, sah er Fortschritte, die Zukunft. Dort waren die Maschinen – Werke des Menschen –, die ihm beim ultimativen Akt der Schöpfung helfen würden. Wenn sein Vater noch leben würde, hätte er seine Leistungen zu schätzen gewusst, auch ohne die wissenschaftlichen Hintergründe zu verstehen.

Doch hier war noch etwas anderes, etwas, das sein Vater nicht gebilligt hätte. Es waren nicht der Staub, der Schmutz und die Spinnweben in seinem Labor. Es waren nicht einmal die üblen Gerüche, die von früheren, fehlgeschlagenen Experimenten zeugten. Es war der überwältigende Gestank der Verderbnis.

Ein weiteres Opfer für seine Arbeit, die viel schneller als erwartet vorangeschritten war. Der Graf hatte Frankenstein gedrängt, *aggressiver* zu sein. Die Experimente an Menschen hatten fast sofort begonnen. Natürlich waren dabei auch ethische Fragen zur Sprache gekommen, doch Dracula hatte all seine Bedenken zerstreut.

Und der Graf war sein Freund.

Er hatte einige berauschende Triumphe feiern können. Wenn er die Resultate nur hätte veröffentlichen können, dann hätten die Narren im Goldstadt-Forschungsstipendiumausschuss begriffen, wie sehr sie im Irrtum gewesen waren, als sie ihn verhöhnt hatten. Sie hätten das Genie von Frankenstein erkannt. Ja, *das Genie*. Er würde die simple Wahrheit jetzt nicht leugnen und sich auch nicht des Triumphes berauben, dass der Erfolg greifbar nahe war.

»Die Konduktoren sind gesichert, Doktor«, rief Igor von der Treppe.

Frankenstein rannte durch den Raum und überprüfte seine Generatoren. Messgeräte zeigten, dass sie mit voller Leistung liefen. Er legte den ersten Schalter um, und das Summen der Geräte wurde heller. Dann betätigte er weitere Schalter, wobei er sorgfältig darauf achtete, die richtige Reihenfolge einzuhalten, während er die Elektromagneten und Dynamos aktivierte und schließlich die chemischen Reaktionstanks hochfuhr.

Elektrizität knisterte zwischen den Kontaktstellen, und das Summen wurde lauter. Der Lärm war berauschend. Es war der Ruf eines neuen Lebens, das darauf wartete, geboren zu werden. Frankenstein verbrachte mehrere Minuten mit Justierungen und Kalibrierungen. Die einzelnen Kräfte mussten exakt zusammenwirken. Elektrizität und Magnetismus und die chemischen Katalysatoren mussten perfekt harmonisieren, um die Urenergien zu entfesseln, die er heraufbeschwören wollte.

Als er zufrieden feststellte, dass alles in Ordnung war, trat er zu der Vorrichtung, die die Mitte des Raumes beherrschte – eine Spezialvorrichtung, die wie ein übergroßer Operationstisch aussah, der mit Elektroden und anderen Geräten verbunden war. Darauf lag seine größte Schöpfung: das inkarnierte Werk.

Eine große, von Bandagen umhüllte Gestalt, die Frankenstein mit seinen eigenen Händen zusammengenäht hatte. Leichenteile, die sorgfältig ausgewählt und mit chirurgischen Techniken zusammengesetzt worden waren, von denen seine Kollegen nicht einmal träumen konnten. Von denen nur er allein wusste, dass sie brillant waren. Doch das war erst der Anfang.

In diesem Moment strömte das Leben in seine Schöpfung. Nerven, Knochen und Sehnen heilten auf zellularer Ebene. Sie war noch nicht lebendig, aber auch nicht länger völlig tot.

Frankenstein wusste, dass ihm jetzt nur noch das Warten blieb. Er betrachtete die geschlossenen Augen seiner Schöpfung und flüsterte: »Du bist wahrhaft mein Sohn.«

Der einzige, den ich je haben werde, fügte eine Stimme in seinem Kopf hinzu.

Diese neue Erkenntnis erweckte in ihm Gefühle, von denen er

nie etwas geahnt hatte. Da Elizabeth ihn verlassen hatte, würde er keine Kinder haben … keine Familie … nicht mit ihr – und folglich mit niemandem.

»Du bist mein Vermächtnis an die Welt, und ich werde dich wie meinen eigenen Sohn lieben«, sagte Frankenstein. Tränen strömten ihm über das Gesicht. Er konnte nicht sagen, ob sie seinem alten Leben galten oder dem neuen, das vor ihm lag. Am Ende spielte es keine Rolle; er ließ ihnen einfach freien Lauf.

»Und ich werde dich anständig behandeln«, versprach er. In seiner sichtbaren Gestalt war sein Sohn keine angenehme Erscheinung. Er wünschte, er hätte besser und sorgfältiger gearbeitet, als er ihn zusammengesetzt hatte. Aber der Graf hatte keine Zeit verlieren wollen.

Und der Graf ist mein …

Frankenstein stellte fest, dass er jetzt nicht an Dracula denken wollte. Dieser Moment galt allein Vater und Sohn. Sobald er am Leben war, würde Victor die Gestalt seines Sohnes überarbeiten; er würde der Erste sein, der von Frankensteins Arbeit profitierte.

Blitze zuckten in der Ferne. Frankenstein zählte zwei Sekunden, bevor ihn das Donnergrollen erreichte. Drei Kilometer entfernt. Näher als beim letzten Mal.

»Ich schenke dir das Leben. Und ich werde dafür sorgen, dass dieses Leben gedeiht. Mit deinem Leben gebe ich dir den Willen zum Leben. Den freien Willen, der das Recht aller Menschen ist«, erklärte Frankenstein.

Ein weiterer Blitz, ein weiterer Donnerschlag. Diesmal weniger als anderthalb Kilometer entfernt. Bald war es so weit. Von draußen drangen andere Laute, Stimmen, Gebrüll. Frankenstein wusste, dass ihn das beunruhigen sollte, aber er konnte seine Aufmerksamkeit nicht einen Moment von seinem Werk wenden. Mit seiner Willenskraft rief er die Blitze herbei.

Die ganze Zeit über liefen die Maschinen und pumpten Energie in seinen Sohn. Er spürte, wie die Verbindung zwischen ihnen stärker wurde. Damit hatte er nicht gerechnet, dieses Phänomen nicht erwartet. Dennoch hieß er es willkommen.

Weitere blendende Lichtblitze; der Donner war ganz nah. Seine Geräte waren wichtig, aber der entscheidende Lebenshauch und die unglaublichen Energien, die dieser verschlang, würden von oben kommen ...

... vom Himmel.

Plötzlich wusste Frankenstein, dass er nur Teil eines Planes war – eines Planes, der nicht von ihm stammte. Einen Augenblick hatte er sich für den Herrn der Schöpfung gehalten. Aber er war hier nicht der Herr. Unwichtig. Er hatte jetzt einen Sohn, und er würde alles richtig machen.

Es geschah.

Frankenstein sah den Blitz einschlagen, bevor er die Konduktoren auf dem Dach des Wachturms traf. Er spürte es, als die Kraft, die seine Vision wahr machen würde, die Maschinen erreichte. Sie erwachten als Erste zum Leben und leiteten die unvorstellbare Energie des Universums in den Kristalldiffusor, den Frankenstein in die Brust seines Sohnes implantiert hatte. Elektrizität knisterte durch das Laboratorium, und das Leben durchdrang seinen Sohn. Dann, so schnell, wie er gekommen war, verschwand der Energieblitz, und die Augenlider seines Sohnes flatterten.

Der Schrei drang aus dem tiefsten Inneren Frankensteins, ein Ort, von dessen Existenz er bisher nichts geahnt hatte. »Er lebt ... Er lebt ... ER LEEEEEBT!!!«

Seine Euphorie war unbeschreiblich. Vielleicht hatte Gott sie in seinen größten Momenten der Schöpfung erfahren. Jetzt schienen all seine Opfer gerechtfertigt. Er hatte etwas vollbracht, das niemand sonst in der Geschichte der Menschheit auch nur versucht hatte.

Ein lautes Krachen setzte seinem Glück ein jähes Ende. Er hörte Holz splittern, wütende Stimmen. Sogleich rannte Victor zu einem Fenster und sah draußen in der Nacht einen Fackeln schwingenden Mob. Eine Person kannte er: einen hoch gewachsenen Mann, der einen großen Zylinder trug. Frankenstein wusste, warum sie gekommen waren, und schaudernd wurde ihm gewahr, dass ihre Empörung gerechtfertigt war. Wenn sie nur bereit gewesen wären zuzuhören, er hätte ihnen erklärt, warum einige seiner *unkonventionellen* Methoden notwendig gewesen waren.

Einige schleppten einen Baumstamm. Dann stürmten sie vor und rammten damit das Haupttor der Burg. Ein weiteres Krachen. Holz splitterte, aber das Tor hielt – allerdings war es nur eine Frage der Zeit, bis es nachgeben würde.

Von unten drangen weitere wütende Schreie herauf. Er würde keine Zeit haben, sein Werk und dessen unglaublichen Wert zu verteidigen. Seine Schöpfung – sein Sohn – war in Gefahr. Sie würden es nie verstehen. Der Mob würde seinen Sohn betrachten und nichts als ein Monster sehen. Wo war sein Freund, der Graf? Dracula sollte ihm helfen, ihn beschützen. Warum ließ er ihn jetzt im Stich?

»Geschafft!«, rief eine Stimme hinter ihm.

Frankenstein fuhr herum und stand einer dunklen Gestalt gegenüber. Die Furcht in seinem Magen erreichte seine Kehle, und er schrie. Dann erkannte er die vertrauten Züge und spürte, wie das Entsetzen nachließ.

»Oh … Graf … Sie sind es«, rief Frankenstein. Er war erleichtert, seinen letzten verbliebenen Freund zu sehen.

Dracula trat in die flackernden Lichter, die von der um sie herum fließenden Elektrizität erzeugt wurden. Irgendetwas stimmte nicht. Seine Stimme war flach, tonlos, und seine Augen waren wie Eis.

»Ich hatte schon angefangen, den Glauben zu verlieren, Victor.« Dann sah der Graf auf die Dorfbewohner hinunter. »Eine Schande, dass Ihr Moment des Triumphes von einer solchen Banalität wie Grabräuberei verdorben wird.«

Der Mob stürmte vor, die Dorfbewohner bewegten sich durch die Nacht, als wären sie ein einziger lebender Organismus, der nur von einem Wunsch beseelt war: Rache. Sie konnten noch immer nicht verstehen, warum irgendjemand – noch dazu ein Mann, der sich Arzt nannte – ein derart unaussprechliches und verderbtes Verbrechen wie Grabräuberei begehen konnte. Aber was auch immer das Motiv war, die Schändungen hatten das gesamte Dorf in einen rasenden Zustand des Grauens und des Zornes versetzt. Obwohl nicht alle und nicht einmal die meisten von ihnen direkt betroffen waren, würden sie dennoch Vergeltung üben.

Die meisten schwenkten Fackeln, und alle trugen improvisierte Waffen wie Mistgabeln, Schaufeln und Äxte – Werkzeuge, mit denen das Land bearbeitet wurde und die in dieser Nacht einem viel dunkleren Zweck dienen würden.

Sie bereiteten einen weiteren Angriff mit dem Baumstammrammbock auf das Tor der neuen Burg Frankenstein vor, die vor ihnen das Moor überragte.

Die Burg war Jahrhunderte alt und hatte eindringenden Armeen widerstanden, doch die Dörfler waren sicher, dass sie in dieser Nacht fallen würde. Im Innern befand sich nur ein Mann, und sie würden ihn in ihrer Gewalt haben, bevor die Nacht um war.

An der Spitze des Organismus stand der Leichenbestatter des Dorfes mit seinem Zylinder. Seine Augen spiegelten das Licht der Fackel, die er schwenkte, und ihr Funkeln verriet, wie sehr er genoss, was er tat. Er feuerte die Meute mit lauter Stimme an. »Ihr wisst, was er dort drinnen treibt – was er mit den Leichen eurer Liebsten macht!«

Geschrei antwortete ihm. Die Männer mit dem Baumstamm stürmten wieder los. Das geschwächte Tor hielt stand, als wäre es nicht bereit, den Kampf aufzugeben.

Wieder irritierte Frankenstein der Mangel an Besorgnis in der Stimme des Grafen. Grabräuberei war ein schweres Vergehen. Nicht lange, und der Mob würde durch das Burgtor brechen. Die Vordertür wäre dann auch kein Problem mehr ... niemand würde sie dann noch aufhalten können.

Frankenstein sah Dracula flehend an und sagte: »Ich muss ... ich muss von diesem Ort fliehen.«

Mit zunehmender Panik rannte er durch sein Labor und sah es plötzlich mit neuen Augen. Es hatte mehr von einem übel riechenden Verließ als einem Ort der wissenschaftlichen Forschung. Die Maschinen und Geräte, die ihn einst mit Begeisterung erfüllt hatten, waren jetzt Furcht erregend. Die Dynamos, die Generatoren, die chemischen Bottiche und Reaktionstanks waren groteske, stampfende Scheußlichkeiten, während seine Welt um ihn herum in tausend Scherben zerfiel.

Irgendetwas war schrecklich falsch hier. Der Graf musterte ihn mit einer Art Verachtung oder Schlimmerem – zumindest nicht mit Freundschaft. Von einem Augenblick zum anderen verschwand die eine Gewissheit in seinem Leben und drohte den Rest seines Verstandes mitzunehmen.

Von oben drang die Stimme des Grafen: »Wo rennen Sie denn hin, Victor?«

Dracula konnte unmöglich hoch unter den Dachsparren sein, als wäre er auf magische Weise dort hinauftransportiert worden. Wenn es Magie war, dann eine sehr dunkle Kunst, wie Frankenstein dämmerte.

Das war alles ein bisschen viel auf einmal, und so versuchte er sich zu konzentrieren. Frankenstein riss eine in der Nähe stehende Reisetruhe auf und begann wie wild zu packen. Er musste entkommen, musste seine Schöpfung von hier wegschaffen … weg von dem Mob … weg von Dracula. Dann konnte er sich immer noch damit befassen, was geschehen war.

»Ihre einzigartigen Experimente haben Sie im Großteil der zivilisierten Welt … *unerwünscht* gemacht.« Draculas Stimme war kalt, mit einem spöttischen Unterton. Frankenstein blickte auf und sah, dass der Graf jetzt am anderen Ende des Raumes war und auf dem breiten Kaminsims auf und ab ging.

Das Ganze ergab keinen Sinn. Es verstieß gegen alle Gesetze der Physik und der Bewegung, wie er sie kannte. Wer war dieser Mann in Wirklichkeit? Er hatte Frankenstein angelogen – von Anfang an. Und ihm etwas Wichtiges genommen.

Nein, ich habe es ihm gegeben, durchfuhr es ihn. Ich habe ihn in mein Haus eingeladen. Und zu noch viel mehr.

Frankenstein konzentrierte sich auf das Einzige, das jetzt noch zählte: sein Sohn. »Ich werde ihn fortschaffen, weit fort, wo ihn niemand finden wird.« Er packte weiter, nur das Allernötigste, aber in der Nähe des Grafen fiel ihm das Denken schwer.

Plötzlich war Dracula direkt neben ihm, schlug den Deckel der Truhe zu und stieg darauf. »Nein, Victor. Die Zeit ist gekommen, dass *ich* ihn in meine Obhut nehme.«

»Was sagen Sie?« Frankensteins Stimme klang fast hysterisch.

»Warum wohl habe ich Sie Ihrer Meinung nach hierher gebracht? Ihnen diese Burg gegeben? Ihr Labor eingerichtet?«

Der Wissenschaftler in ihm versuchte zu verstehen, obwohl er die entsetzlichen Folgerungen fürchtete. »Sie sagten, Sie würden an meine Arbeit glauben ...« Dass ich meinen Platz unter den Giganten der Medizin einnehmen würde, fügte er in Gedanken hinzu.

»Und so ist es auch. Aber jetzt, nach diesem, wie Sie selbst sagten, ›Triumph der Wissenschaft über Gott‹, muss sie *meinen* Zwecken dienen.«

»Welchen Zwecken?« Frankenstein suchte in den eisigen Augen des Grafen nach Antworten. Er spürte, wie die letzten Überreste von Draculas Einfluss auf ihn schwanden – nicht weil Frankenstein sich befreit, sondern weil der Graf ihn freigelassen hatte ... weil Frankenstein das finstere Streben des Mannes erfüllt hatte. In einem Punkt war er sich jetzt sicher: Seine Schöpfung – sein Sohn – würde ihm entrissen werden.

Erneut stürmten die Dorfbewohner gemeinsam los, und als der improvisierte Rammbock das Burgtor traf, gab es schließlich knirschend und knarrend nach. Jubel brach aus, und obwohl die Männer, die den Baumstamm hielten, der Erschöpfung nahe waren, setzten sie zu einem weiteren Angriff an.

Das Tor war ihrer rohen Gewalt nicht gewachsen – Sekunden später war es endlich gesprengt. Die Menge stieß triumphierende Schreie aus, als sie zur Burg rannte. Der Mann mit dem Zylinder sah zu und feuerte sie an, während er boshaft über das ganze Gesicht grinste.

Frankenstein fiel es wie Schuppen von den Augen, wem er Zutritt in sein Leben gewährt und was er damit vielleicht auf die Welt losgelassen hatte. Nichts von dem, was er dachte oder fühlte, konnte gemessen, quantifiziert und auf experimentelle Resultate reduziert werden. Aber eines war sicher: Das alles war so real wie das Leben, das er erschaffen hatte – jenes Leben, das Dracula gegen die Menschheit einsetzen würde.

»Großer Gott ...«, rief Frankenstein entsetzt, Gott zum ersten Mal seit langer Zeit beschwörend. Er würde nicht länger bei diesem verderbten Plan mitmachen. »Ich werde mich eher selbst töten, als Ihren finsteren Absichten Vorschub zu leisten.«

»Nur zu. *Sie* brauche ich nicht mehr, Victor. Ich brauche nur *ihn*«, erklärte der Graf und wies auf den Tisch. »*Er* ist der Schlüssel.«

Dracula trat zurück, und Frankenstein konnte das pure Böse spüren, das diese ... Kreatur ausstrahlte. Was auch immer der Graf war, er war sicherlich kein Mensch.

Victor wich zum Kamin zurück. Er biss die Zähne zusammen und verengte die Augen. Zu seiner Überraschung spürte er Trotz in sich aufsteigen, selbst angesichts der unmenschlichen Stärke und dunklen Macht des Grafen. Er wusste, dass sein Körper schwach war. In den letzten Monaten hatte er wenig geschlafen, und seine letzte Mahlzeit war auch schon viel zu lange her. Dennoch musste er seine Schöpfung beschützen und diesem Wahnsinn irgendwie ein Ende machen.

»Lieber zerstöre ich ihn, als zuzulassen, dass er für etwas derart Böses missbraucht wird.«

»Das kann *ich* nicht zulassen. Meine Bräute wären sehr enttäuscht.«

»Igor! Hilf mir!«, rief Frankenstein. Er würde bis zum letzten Blutstropfen gegen diese Kreatur kämpfen, wusste aber gleichzeitig, dass sein Scheitern so gut wie vorprogrammiert war.

»Sie sind so freundlich zu mir gewesen, Doktor, so fürsorglich und rücksichtsvoll«, bemerkte Igor aus sicherer Entfernung. »Aber wenn sie mich kriegen, hängen sie mich wieder.« Der Assistent schenkte ihm ein freudloses Lächeln und entblößte sein schrecklich missgestaltetes und gebrochenes Genick. Niemand würde Victor vor dem höllischen Dracula oder der Menge retten, die jede Sekunde eindringen konnte.

Aber Frankenstein hatte noch immer sich selbst, und der Graf würde mit dem Letzten der Frankensteins fertig werden müssen. Mit einer schnellen Bewegung griff Victor nach einem Schwert, das über dem Kaminsims aufgehängt war. Das Gewicht der antiken Waffe seiner Familie fühlte sich gut in seinen Händen an. Ohnmächtiger Zorn ergriff von ihm Besitz. Die Kraft seines Vaters und all seiner Vorfahren durchströmte ihn, stärkte ihn und sorgte dafür, dass seine Hand nicht zitterte.

»Bleiben Sie zurück«, befahl er.

Sein Widersacher trat auf ihn zu. »Sie können mich nicht töten, Victor ...«, sagte Dracula. Und dann warf sich der Graf in Frankensteins Schwert! Die Klinge bohrte sich in seine Brust. Einen Moment war Victor starr vor Grauen. Er konnte nur entsetzt zusehen, wie der Graf sich weiter aufspießte und schließlich nur noch Zentimeter von seinem Gesicht entfernt war.

»Ich *bin* bereits tot«, flüsterte Dracula.

Zu denken war in diesem Moment unmöglich. Victor versuchte zu verstehen, was gerade geschehen war, während er dieser widernatürlichen Scheußlichkeit ins Auge sah, dieser Kreatur, die, wie es schien, schon vor langer Zeit das Geheimnis der Unsterblichkeit gelöst hatte, das für die Wissenschaft noch immer ein Rätsel war.

Mein Gott, was habe ich getan?, dachte er entsetzt.

Du wusstest, was du tust, murmelte die längst abhanden gekommene Stimme der Vernunft in seinem Kopf. Die ganze Zeit wusstest du, dass es zu schön ist, um wahr zu sein. Alle haben versucht, dich vor dem Grafen zu warnen ... vor dem, wozu er fähig ist ... aber du hast sie ignoriert ... du hast sie einen nach dem anderen im Namen deiner Arbeit verstoßen ... immer kam die Arbeit an erster Stelle.

Mein Sohn ... vergib mir, war alles, was Victor noch denken konnte.

Dann beobachtete er, wie Draculas Eckzähne vor ihm zu wachsen schienen und sich in rasiermesserscharfe Fänge verwandelten. Alle Farbe wich aus dem einst menschlichen Gesicht des Monsters. Als Victor in diese kalten, toten Augen sah, spürte er, wie ihn all seine Entschlossenheit und Hoffnung verließen. Ja, er war der Architekt seines eigenen Untergangs, und er bedauerte seinen bevorstehenden Tod nicht: Er hatte ihn selbst heraufbeschworen.

Er bedauerte nur, dass seine Schöpfung jetzt in die Hände dieses Monsters fiel. *Sein Sohn* verdiente etwas Besseres.

Dracula beugte sich vor, und Victor wusste, dass er nur noch Sekunden zu leben hatte. In das Gesicht dieses Monsters zu starren war wie Satan höchstpersönlich in die Augen zu schauen.

Victor spürte einen Druck an seinem Hals, als diese langen Zähne seine Haut durchbohrten und irgendwie viel tiefer eindrangen, als sich ermessen ließ. Der Arzt in ihm wusste, dass Dracula sein Blut aussaugte, doch ein anderer Teil von ihm ahnte, dass der Graf ihm weit mehr als das nahm.

Dunkelheit stieg hoch, umfing ihn, und er stürzte ins Vergessen.

Lärm. Licht. Er hatte Mühe, sich zu konzentrieren. Er wusste weder, wo er war, noch konnte er sich an seinen Namen erinnern. Aber jemand war in der Nähe.

Vater.

Ja, Vater hatte zu ihm gesprochen, während er ... geschlafen hatte? Das Erinnern fiel ihm schwer. Seine Gedanken waren fahrig, und er musste sich konzentrieren. Immer wieder lockte der Schlaf, und noch etwas anderes rief nach ihm. Er kämpfte dagegen an.

Er war stark. Das war seine zweite Gewissheit. Vater hatte ihn stark gemacht. Er zwang seine Augen, offen zu bleiben. Bald gewöhnten sie sich an das helle Licht. Überall waren Blitze, doch wenn er sich nur stark genug anstrengte, konnte er Gestalten erkennen.

Ihm dämmerte, dass er den Ort vor Augen hatte, an dem sein Vater gearbeitet, ihm Gestalt gegeben und schließlich Leben eingehaucht hatte. Er hörte Vaters Stimme und erkannte in ihr die Stimme aus seinem Traum wieder. Er wollte ihn sehen, ihn berühren. Wollte diese Stimme deutlich hören, die Stimme, die ihn in diese Welt gerufen hatte.

Aber irgendetwas drückte ihn wieder. Er stemmte sich dagegen. Warum war Vater nicht gekommen, ihn freizulassen?

Da waren zwei Stimmen. Die eine gehörte seinem Vater, die andere kannte er nicht. Vater klang aufgebracht ... und *verängstigt*. Er konnte es in seiner Stimme hören und auch irgendwo tief in sich *spüren*.

Die Gurte, die ihn hielten, gaben nicht nach. Er stemmte sich erneut gegen sie. Vater brauchte ihn, und er setzte noch mehr Kraft ein.

Etwas riss: Eine seiner Fesseln hatte sich gelöst. Jetzt konnte er sich mühelos auch von den anderen befreien. Doch er zögerte. Hier drohte Gefahr, und er würde vorsichtig sein müssen. Er bewegte sich langsam – anders ging es auch gar nicht. Seine Glieder waren kräftig, doch er musste sich konzentrieren, um seine Bewegungen zu steuern.

Als er sich nach Vater umsah, stellte er fest, dass dieser eine Waffe auf den anderen Mann richtete. Der Fremde näherte sich Vater, wollte ihm etwas antun. Es blieb nicht viel Zeit, und sie waren zu weit weg. Er verfolgte, wie sich der andere Mann nach unten beugte und Vater *biss*.

Er konnte Vaters Schmerz spüren und wusste, dass er ihn nicht rechtzeitig erreichen würde. Er war nicht schnell genug.

Aber er war stark.

Kurz entschlossen bückte er sich und packte eine der Maschinen. Sie war groß und sehr schwer, aber das spielte keine Rolle. Mühelos hob er sie vom Boden auf. Da Vater in Gefahr war, bedeutete ihm das Gewicht nichts.

Dann sah er, wie der andere Mann Vater zu Boden sinken ließ, und er spürte eine Veränderung in sich, als wäre das, was ihn mit Vater verbunden hatte, plötzlich durchtrennt worden. Ein lauter Schrei drang aus seiner Kehle, er wuchtete die Maschine hoch und warf sie nach dem anderen Mann.

Sie segelte durch die Luft, traf ihn frontal, riss ihn von den Beinen und schleuderte ihn in den Kamin. So schnell er konnte, näherte er sich Vater und nahm seinen Schöpfer in die Arme.

Da sah er eine Bewegung aus dem Augenwinkel. Es war nicht der andere Mann, aber jemand, den Vater kannte. Igor hieß er. Der kleine Mann floh. Er folgte ihm in sicherer Entfernung. Mit Vater in den Armen stieg er die Treppe hinunter, gewann mit jeder Sekunde an Kraft und konnte seine Bewegungen besser kontrollieren.

Igor verschwand durch eine Tür. Er eilte ihm nach und fand sich in einem schmalen, dunklen Gang wieder. Dann sah er am Ende eine weitere Tür. Er stieß die Tür auf und trat nach draußen.

Igor stand ihm im Weg, doch er versetzte ihm einen groben Stoß und marschierte über das Feld. Hinter ihm gellte eine Stimme. »Frankenstein! Er hat ein Monster erschaffen!«

Sofort wurden ihm zwei Dinge klar: Frankenstein war der Name seines Vaters, und das »Monster« war er. Er hörte den wütenden Mob und wusste, dass er und Vater noch immer in Gefahr waren. Er stapfte weiter, ohne sich umzuschauen, direkt auf ein Gebäude in der Ferne zu.

Dort würden er und Vater sich ausruhen können – wenn es überhaupt noch Hoffnung für Vater gab. Der andere Mann hatte ihm augenscheinlich etwas Schreckliches angetan.

Da schrie eine schrille Stimme: »Seht! Er will zur Windmühle!«

Er überlegte, ob es gefährlich war, seinen Weg fortzusetzen. Wenn die wütenden Leute ihm folgten …

Niemand kann Vater jetzt noch etwas antun, sagte eine Stimme in ihm.

Nein. Vater war ein großer Mann, und ohne Vater war er ganz allein. Er musste sich in Sicherheit bringen, dem Mann helfen, dem er alles zu verdanken hatte.

Er rannte.

Minuten später war er an der Tür des Gebäudes. Sie war mit einer Kette gesichert und verriegelt, aber mit nur einer Hand stieß er sie auf. Draußen hörte er die Leute und sah sie dann mit ihren Fackeln. Er schlug die Tür hinter sich zu. Im Innern waren eine Maschine und ein Geruch, den er kannte: Alkohol. Außerdem sah er eine Treppe.

Hastig stieg er sie hinauf. Vater brauchte ihn.

Einen Moment war Dracula zu betäubt, um sich zu bewegen. Er spürte das Gewicht der Maschine und erlaubte der Hitze, seine Haut zu verbrennen. Er war überrascht, dass die Kreatur *ihn* überrumpelt hatte. Das war seit Jahrzehnten nicht mehr geschehen, vielleicht länger.

Dracula hatte angenommen, dass sie nicht mehr als ein geistloses Tier sein würde, selbst wenn Frankenstein Erfolg gehabt hatte. Aber dieses Ding hatte sich wahrhaft um den hirnlosen Narren *gesorgt*, der es erschaffen hatte.

Und Frankenstein *war* ein Narr gewesen – brillant, vielleicht sogar ein Genie, aber sein Verstand hatte sich mühelos kontrollieren lassen. Die Intelligentesten der Lebenden glaubten, dass sie irgendwie immun gegen Manipulation waren. Doch ihre Eitelkeit und ihr Stolz öffneten viele Türen zu ihnen.

Im Lauf der Jahrhunderte hatte Dracula viele derartige Geister kennen gelernt. Er hatte auch stärkere gekannt, aber am Ende waren sie ihm alle verfallen oder gestorben. Frankensteins Kreatur würde ihm keine Sekunde lang Widerstand leisten können. Natürlich würde sie sterben, doch erst, wenn sie Draculas Zwecken gedient hatte.

Der Graf freute sich schon, die Kreatur zu vernichten, wenn es an der Zeit war. Er schob die Maschine von sich weg und sprang aus dem Kamin. Sein Gesicht war zwar verbrannt, aber das zu ändern kostete ihn nur einen Moment; seine Fähigkeit, sich nach Gutdünken zu regenerieren, war ebenfalls ein Beweis dafür, wie überlegen er den Lebenden war.

Ein weiterer Moment der Konzentration, und Dracula nahm seine geflügelte Gestalt an. Eine Sekunde genoss er die Macht dieser Inkarnation und die Furcht, die sein Anblick bei den Sterblichen auslöste. Sie hatten eine abergläubische Angst vor Fledermäusen – eine Angst, die in diesem Fall wohl begründet war.

Als Dracula losflog, sah er seinen Schatten auf die Laborwände fallen – bald würde er noch viel mehr bedecken. Frankensteins Kreatur war der Schlüssel – und eben diesen Schlüssel wollte Dracula besitzen.

Frankensteins Schöpfung kam oben an. Draußen konnte er in der Ferne die Burg sehen. Schnell hatten die Reihen der erzürnten, schreienden Leute die Windmühle umringt.

Ein paar Sekunden lang geschah nichts, und er hoffte schon, dass sie ihn und seinen Vater in Ruhe lassen würden. Die Nacht war still, die Menge plötzlich verstummt. Dann erhellte Fackellicht ihr Opfer, und sie erhaschte einen ersten Blick auf das gespenstische Geschöpf über sich.

Sofort trat jemand vor und warf eine Fackel, womit er sowohl das Schweigen als auch die Stille beendete. Wieder gellten Schreie, und weitere Fackeln flogen gegen das alte Holzgebäude.

Gefahr!, durchfuhr es ihn. Er und Vater konnten nicht bleiben, wo sie waren. Nach unten konnten sie aber auch nicht gehen.

Er versuchte, ihre Furcht zu verstehen, ihren Hass, ihren Wunsch, ihm etwas anzutun. »Warum ...?«, rief er einem von ihnen zu.

Sowie die Flammen höher loderten, verstummten die Leute unter ihm erneut, zufrieden, dass er und Vater bald vernichtet sein würden. Da wurde das neuerliche Schweigen gebrochen, diesmal durch das Klirren von Glas. Eine dunkle Gestalt löste sich von der Spitze der Burg. Obwohl sie zu weit entfernt war, um sie deutlich erkennen zu können, wusste er, dass es der andere Mann war. Er sah wie ein geflügelter Schatten aus, dem sich bald drei weitere beigesellten. Irgendetwas an den geschmeidigen Bewegungen, mit denen sie den Nachthimmel durchmaßen, wirkte befremdlich – übernatürlich.

»Vampire!«, kreischte jemand in der Menge. »Rennt um euer Leben!«

Also wusste selbst der Mob, dass der Mann gefährlich war. Aber Vater hatte ihm einst vertraut. Und trotzdem hatte der Graf …

Er blickte nach unten und sah seinen Schöpfer reglos und bleich im Licht der Flammen liegen, die ihn jetzt umzüngelten. Rasch zog er den großen Mann an die Brust und hielt ihn fest, aber sanft in den Armen.

»Vater …«, sagte er.

Er spürte Tränen über sein Gesicht strömen, als ihm dämmerte, dass Vater tatsächlich tot war. Selbst wenn das Feuer und die Vampire verschwanden, würde es Vater nicht mehr geben. Zorn stieg in seiner Brust auf, als er sah, wie die geschmeidigen Schatten näher kamen. Vater mit einer Hand haltend, hob er die andere zum Himmel. Die wütenden Menschen, die Vampire … sie alle wollten jene verletzen, die ihnen nichts getan hatten.

Er gab seinem Zorn eine Stimme, schrie seine Wut und seinen Schmerz hinaus. Er spürte die Hitze der Flammen und er wusste, dass es keinen Ausweg gab. Ein lautes Bersten stieg plötzlich aus den Tiefen des alten Gebäudes auf, und die Welt um ihn herum schien in Stücke zu fallen.

Ihm blieb nur ein Moment, um zu begreifen, dass sein Ende gekommen war. Feuer umloderte ihn, und ein schweres Gewicht lastete auf seinem Körper, als die Windmühle in sich zusammenfiel. Er hielt Vater weiter fest umklammert, als er stürzte und Finsternis ihn umfing.

Dracula beobachtete, wie die Windmühle implodierte und als brennende Ruine einstürzte. »*Nein!*«, kreischte er, glitt in die Tiefe und nahm, sobald er den Boden berührte, seine menschliche Gestalt an. Rennend näherte er sich der Ruine.

Zu spät. Dort konnte nichts mehr leben. Die Lebenden waren erbärmlich schwach, ihre Körper fielen nur allzu leicht Verletzungen und Krankheiten zum Opfer. Er spürte seine Bräute in der Nähe: Aleera, Verona und Marishka. Er musste nicht erst ihre Gesichter sehen, um zu wissen, dass das Entsetzen sich auch ihrer bemächtigt hatte.

Er stolperte zum Ort der Zerstörung und hörte seine Frauen jammern und klagen. Zum Klang ihrer Stimmen schickte das Feuer seine letzten Funken zum Himmel … und erlosch dann, während mit ihm ihre Hoffnungen für die Zukunft starben.

Diese Kreatur …, fluchte er innerlich. Schon zum zweiten Mal war Dracula von Frankensteins Monster überrascht worden. Zu schade, dass das Wesen bereits tot war – der Graf hätte nichts lieber getan, als es selbst zu töten.

5

Vatikanstadt, Rom
Ein Jahr später

Ein ganz in Schwarz gekleideter Mann näherte sich den Toren des Vatikans. Er war hoch gewachsen, mit einem langen Mantel, der hinter ihm im Licht des frühen Morgens flatterte. Ein breitkrempiger Hut verdeckte teilweise sein Gesicht, und man musste ihm schon recht nahe kommen, um seine langen Haare und seine Gesichtszüge zu erkennen, die hübsch, aber unrasiert und von Sorgenfalten zerfurcht waren. Die Augen des Mannes waren dunkel und seine Lippen zusammengekniffen, vielleicht sogar grausam, obwohl sich niemand nahe genug heranwagte, um diese Details zu sehen.

Als er durch das Tor trat, wurde er argwöhnisch von den Wachen beäugt. Der Vatikan war der Sitz der römisch-katholischen Kirche, das spirituelle Zentrum der westlichen Welt. Er hatte nur einen Eingang und einen Ausgang.

Wie eine Festung.

Es war eine gute Metapher. Ein Krieg tobte, und ein Großteil der Kämpfe wurde hinter den Mauern dieser Stadt gelenkt. Zu was machte ihn das? Zu einem Soldaten? Seine Vorgesetzten wollten, dass er so dachte, aber er fand diese Bezeichnung reichlich übertrieben.

Müllsammler ist zutreffender, dachte er. Eine weitere gute Metapher, eine, die seinen Oberen missfallen würde. Dieser Gedanke erheiterte ihn, und er ertappte sich dabei, dass er zum ersten Mal an diesem Tag lächelte.

Er ließ das Tor hinter sich. In der Stadt herrschte eine ganz andere Atmosphäre. Die Gebäude waren uralt, selbst für italienische Verhältnisse. Der Großteil des anderthalb Quadratkilometer großen Vatikans hatte sich seit Jahrzehnten nicht verändert, manches seit Jahrhunderten nicht.

»Van Helsing!«, rief da eine Stimme, und als er den Kopf drehte, sah er Carl auf sich zukommen, von seiner hellbraunen Mönchskutte umflattert. Carls blonde Haare waren zerzaust wie immer und standen an den Seiten nach oben. Stets bedeckten Bartstoppeln sein Gesicht. Natürlich, der Ordensbruder war schließlich nicht nur ein religiöser Mann, sondern auch ... ein was? Ein Wissenschaftler? Erfinder? Gelehrter? Er war all das in einem. Kein Wunder also, dass er seiner äußeren Erscheinung nicht viel Beachtung schenkte.

»Noch immer unversehrt?«, fragte Carl. Er versuchte beiläufig zu klingen, aber Van Helsing hörte die Besorgnis in seiner Stimme.

»Es ist noch früh.«

»Ihre Ausrüstung?«

»Wir brauchen einigen Ersatz«, erwiderte Van Helsing. Er musste Carl nicht ansehen, um zu wissen, dass der Mann ihn missbilligend musterte.

»Haben Sie überhaupt *irgendetwas* wieder mitgebracht?«

Van Helsing funkelte ihn nur böse an, statt zu antworten.

»Ich baue diese Dinge, um Ihnen bei Ihren Aufträgen zu helfen«, beklagte sich der Ordensbruder. »Wenn Sie vielleicht etwas behutsamer mit ihnen umgehen würden ...«

»Ich fürchte, dass nicht ich, sondern die Aufträge Ihre Spielzeuge ein wenig mitnehmen könnten.« Carl war zwar nicht direkt ein Freund, aber Van Helsing war ihm näher gekommen als irgendeinem Menschen sonst in den letzten sieben Jahren. Außerdem pflegten die beiden Männer eine berufliche Beziehung, die Van Helsing sehr schätzte. Carl versorgte ihn mit den Werkzeugen, die er für seine Arbeit brauchte.

Der Ordensbruder zuckte die Schultern. »Schon gut, ich habe ohnehin einige Verbesserungen vorgenommen. Ich werde sie Ihnen zeigen ...«

Van Helsing machte eine abwehrende Handbewegung. »Später.«

Carl nickte nur und sagte: »Der Kardinal möchte Sie in seinem Büro sehen.«

»Das wird auch bis später warten können.« Er sehnte sich nach einer Dusche und dem ersten Schlaf seit Tagen.

»Der Kardinal möchte Sie *jetzt* sehen.«

Van Helsing fluchte innerlich, sagte aber nichts. Kurze Zeit später näherten die beiden sich dem Vatikanpalast – eine Ansammlung miteinander verbundener Gebäude aus einer Vielzahl von Epochen in der langen Geschichte des Vatikans. Der Palast verfügte über mehr als tausend Räume, zu denen auch die Residenz des Papstes und die Büros eines Großteils der Kirchenhierarchie gehörten. Außerdem war er Sitz der Vatikanbibliothek, zahlreicher Museen, Archive und anderer Einrichtungen, deren Zweck nur erahnt werden konnte.

Carl brachte Van Helsing bis zur Tür und ließ ihn dann allein. Obwohl es noch immer früh war, eilten überall Menschen hin und her. Alle wichen seinem Blick aus, als er durch den marmorgefliesten Korridor schritt. Zweifellos fürchteten sie ihn – schon allein sein Name löste Schrecken im ganzen Land aus –, aber vielleicht lag es noch an etwas anderem. Vielleicht wollten sie einfach nicht mit dem Mann in Verbindung gebracht werden, der den Müll sammelte – vor allem *ihren* Müll.

Der Palast war ein Labyrinth, in dem man sich leicht verirren konnte, aber Van Helsing kannte den Weg und stand bald vor den Räumen des Kardinals. Dort wurde er empfangen und auf dem Rest des Weges begleitet. Nachdem er angekündigt worden war, führte man ihn in Kardinal Jinettes inneres Büro.

Seine Eminenz trug natürlich sein rotes Seidengewand, und

Van Helsing dämmerte, dass er den Mann noch nie in einer anderen Aufmachung gesehen hatte. Obwohl er mindestens fünfzig sein musste, war das schüttere Haar des Kardinals noch immer braun und nur von wenigen grauen Strähnen durchwirkt. Im Moment ruhte sein durchdringender Blick unverwandt auf Van Helsing. »Ihr Auftrag ist abgeschlossen?«

Van Helsings einzige Antwort bestand aus einer hochgezogenen Augenbraue.

»Natürlich. Sie enttäuschen uns *selten*.« Der Tadel in Jinettes Stimme war unüberhörbar.

Van Helsing schluckte den Köder nicht. »Es tut gut, geschätzt zu werden«, sagte er. »Nun, wenn das alles ist, dann ...«

»Wir haben einen weiteren Auftrag für Sie.«

»Davon können Sie mir morgen berichten.« Van Helsing wandte sich zum Gehen.

»Sie brechen sofort auf.«

Er drehte sich wieder zu dem Kardinal um und wartete mit steinerner Miene.

»Es ist ein äußerst merkwürdiger Fall, einer, mit dem Sie bereits vertraut sind: Doktor Jekyll hat seine Tätigkeit von London nach Paris verlagert«, erklärte der Kardinal.

Van Helsing musste schlucken, als er diesen Namen hörte. Dr. Jekyll hatte eine chemische Formel entwickelt, mit der er sich in das monströse Alter Ego Mr Hyde verwandeln konnte. Und er hatte bereits eine ganze Reihe von Menschen getötet – drüben in London. Van Helsing hatte es beinahe geschafft, Hydes Schreckensregime ein Ende zu bereiten: Er hatte die Kreatur verletzen können, woraufhin sie indes verschwunden war. Nur selten hatte er auf diese Weise versagt, aber er lernte aus seinen Fehlern.

»Wie Sie wissen, ist Mr Hyde eine ...«, begann der Kardinal.

»Scheußlichkeit«, beendete Van Helsing den Satz für ihn.

»Ihr Pferd wartet bereits draußen auf Sie, bepackt mit allem, was Sie brauchen. Und sorgen Sie dafür, dass Sie nicht erkannt werden. Sie haben einen gewissen ... Ruf in Frankreich.« Dann widmete der Kardinal sich den Papieren auf seinem Schreibtisch und begann zu schreiben. Van Helsing kannte die Geste: Er war entlassen. Dennoch verharrte er an Ort und Stelle.

Nach einigen Sekunden blickte der Kardinal verärgert auf. »Gibt es ein Problem?«

Van Helsing hob die Hände. »Wenn es Ihnen Recht ist, *Eure Eminenz*, werde ich mir ein paar Minuten Zeit nehmen, um *das Blut abzuwaschen*.« Einen langen Moment sagte keiner der beiden Männer ein Wort; dann schrieb Kardinal Jinette weiter.

Der Spezialagent des Vatikans begab sich in sein Quartier, das in einem benachbarten Gebäudekomplex beherbergt war. Er ging zügig; viel Arbeit lag vor ihm, und jede Minute zählte.

3

Transsilvanien, Rumänien

Im dichten Wald war es bereits kühl vom Frost des Herbstes, der die grimmige Kälte des Winters ankündigte. Im dunstigen Halbdunkel und verblassenden Mondlicht wurde der Mann an den Opferpfahl gebunden, die Hände über dem Kopf gefesselt. Er zerrte an den Fesseln, wehrte sich aber ansonsten nicht.

Eine ungewöhnliche Stille hatte sich über den Wald gelegt – selbst die frühmorgendlichen Bergwinde, die sonst im Geäst rauschten, waren kaum zu hören.

Wenn der Mann Angst hatte, so zeigte er sie nicht, während er die Bäume absuchte und tapfer seinem Schicksal ins Auge sah.

Jetzt war es fast so weit.

Knack. Ein Zweig fiel von oben herab. Das Rascheln von Blättern. Bemerkenswert unauffällige Anzeichen, wenn man bedachte, was sie ankündigten.

Noch mehr Geräusche. Das Knarren eines Baumes.

Plötzlich riss der Mann den Kopf hoch.

Selbst aus zehn Metern Entfernung wirkte die Kreatur erstaunlich behände für ihre große Masse und ihre mächtige, über zwei Meter messende Gestalt. Mit seinen sehr großen und scharfen Klauen umklammerte der Werwolf die Baumrinde. Er nahm sich einen Moment Zeit, um sein Opfer zu betrachten, mit einer grausigen Schläue in den Augen.

Der Mann blieb wachsam, aber ruhig und gefasst – bemerkenswert, wenn man bedachte, dass er sich einer der gefährlichsten Kreaturen der Erde gegenübersah.

»Komm schon. Dracula hat dich aus gutem Grund losgelassen«, forderte er den Werwolf heraus.

Der laut ausgesprochene Name ihres Meisters schien die Kreatur zum Angriff zu reizen. Ein bösartiges Knurren drang durch ihre schrecklichen, übergroßen Reißzähne, dann sprang sie mit einem Satz vom Baum, um ihr hilfloses Opfer in Stücke zu reißen.

Nur der Bruchteil einer Sekunde blieb, und er konnte sich keinen Fehler leisten. Prinz Velkan von den stolzen Valerious zerriss hastig seine Fesseln, als die Jagd ihren Höhepunkt erreichte. Das Blut und Fleisch, die als Köder ausgelegt worden waren, hatten den Werwolf bereits rasend gemacht ... obwohl ihn vorübergehend der Opferpfahl abgelenkt hatte. Manche der abergläubischeren Dorfbewohner benutzten derartige Pfähle noch immer, um Opfer darzubringen – Menschenopfer, die den Blutdurst der Monster stillen sollten. Jetzt kam ihm die Tradition gelegen.

Velkan drehte sich, griff nach oben und schwang sich auf die Spitze des Pfahles – einen Moment, bevor der Werwolf gegen ihn prallte. Dann packte er die Ranke, die über ihm hing, und sogleich riss einer seiner Männer auf dem Boden am anderen Ende. Sofort schnellte Velkan in die Höhe, außer Reichweite des Monsters und in Sicherheit.

Dies war vielleicht der kritischste Teil der Jagd. Velkan war der Kreatur am nächsten und in allergrößter Gefahr. Lediglich dreieinhalb Meter trennten die beiden, als die schwingende Ranke zum Halt kam.

Unten, in der Deckung der Büsche, spürte Velkans geliebte Schwester Anna, wie alles Blut aus ihrem Gesicht wich, als sie einen Blick in die Augen ihres Bruders erhaschte. Genau wie sie befürchtet hatte, war während der wichtigsten Arbeit ihrer Familie etwas auf schreckliche Weise schief gegangen. Obwohl Velkan stets die größten Risiken einging und noch nie versagt hatte, gab es auf der Jagd immer wieder Komplikationen und zu viele Gelegenheiten, Fehler zu machen.

Jetzt war Velkan nur noch Zentimeter vom sicheren Tod entfernt.

Die Welt um sie herum schien zu schrumpfen. Einen Moment lang gab es nur sie, ihren Bruder und die Kreatur. Da waren außerdem Geräusche: Rascheln, eine Art Knarren. Dann schrie einer der Männer in Panik: »Sie hat sich verfangen! Sie hat sich verfangen!« Aber all diese Ablenkungen wurden von einer überwältigenden Sorge aus ihren Gedanken verdrängt: Ihr Bruder war in Gefahr.

Instinktiv langte sie nach ihrem Schwert und zog es. Hände griffen nach ihr. »Nein! Anna! Er wird Sie töten!«

Sie riss sich los und erklärte: »Das ist mein Bruder dort draußen!« Sie spähte zur Lichtung und sah, wie das Untier Velkan anknurrte. Sie hatten es überrascht, und das hatte es etwas vorsichtiger werden lassen. Aber sie hatten es auch wütend gemacht – und dadurch wurde es umso gefährlicher.

Anna stürzte aus den Büschen und hielt ihr Schwert vor sich. Sofort richtete die Bestie ihren Blick auf sie, ebenso ihr Bruder. »Anna! Nicht!«, brüllte Velkan, doch sie ignorierte ihn – schon zu viele Menschen, die ihr nahe standen, hatte Anna sterben sehen, und sie würde nicht zulassen, dass Velkan als Nächstes an die Reihe kam. Sie waren ja nur noch zu zweit, seit ihr Vater verschwunden war. Ihr eigener Tod war ihr schon vor Jahren unausweichlich erschienen. Sie würde tun, was sie konnte, solange sie lebte, aber am Ende würde wohl Velkan der Letzte aus der Valerious-Familie sein.

Sie legte die Strecke zwischen ihnen im Laufschritt zurück und hob die Klinge höher. Sie war froh, Irritation im Gesicht der Kreatur auszumachen. Anscheinend konnte diese nicht entscheiden, ob sie sich ihr stellen oder ihren Angriff auf Velkan fortsetzen sollte. Einen Moment später sprang sie vom Pfahl in Annas Richtung.

Anna wappnete sich und riss die Klinge hoch, bereit zum Zuschlagen. Sie mochte vielleicht nicht in der Lage sein, die Kreatur zu besiegen, aber sie würde bis zum Ende kämpfen ... und womöglich konnte sie sie genug schwächen, um Velkan einen Vorteil zu verschaffen.

Sie hörte das Brüllen des Werwolfs, als er durch die Luft flog. Er landete nur ein paar Schritte von ihr entfernt auf dem Boden ... und fiel weiter, in die getarnte Grube, die selbst Anna in der Hitze des Gefechts vergessen hatte.

Anna schickte ein stilles Dankgebet zum Himmel und hörte das Geräusch einer Axt, die das Seil traf. Ein großer Eisenkäfig schoss vor ihr und unter ihr aus dem Boden.

Sie sprang zurück, drehte sich in der Luft und verfolgte, wie der Käfig höher gehievt wurde. Velkan, der noch immer an der Ranke hing, zog seinen silbernen Revolver, als der Deckel des Käfigs zuklappte und den Werwolf einsperrte – zumindest vorläufig.

Velkan schoss nicht einmal aus fünfzig Metern Entfernung daneben, und jetzt trennte ihn viel weniger von dem Monster. Doch gerade als er auf den Käfig anlegte, prallte dieser auf seinem Weg hinauf in das Geäst gegen ihn. Der Revolver flog ihm aus der Hand, und Velkan landete auf dem Deckel des Käfigs, eine Situation, der Anna vorher selbst nur knapp entgangen war. Sofort schossen ihr Bruder und die Falle hinauf zu den Wipfeln der riesigen Bäume.

Hoch über dem Boden kam er abrupt zum Halt. Velkan sprang und landete auf einem nahen Ast – und war erst einmal in Sicherheit. Anna war jedoch alles andere als erleichtert. Zwei Dinge waren auf der Jagd bereits schief gegangen; es grenzte schon an ein Wunder, dass sie den ersten Fehler überlebt hatten, und es schien unmöglich, dass ihnen der Werwolf die Chance geben würde, den zweiten zu überleben.

Wütend warf sich die Kreatur im Innern des Käfigs hin und her, sodass dieser ins Schaukeln geriet.

Das Eisen war stark, aber es würde nicht ewig halten. Wie auf ein Stichwort zerriss eines der Seile, die den Käfig hielten. Dann ein weiteres.

»Meine Waffe! Meine Waffe!«, schrie Velkan. Die Besorgnis in seiner Stimme ängstigte Anna mehr als alles, was zuvor passiert war. Verzweifelt sah sie zu den umliegenden Büschen hinüber. Die vier Männer um sie herum feuerten mit ihren Gewehren in die Bäume – ein törichter Versuch. Wenn sie die Kreatur trafen, würden sie sie nur noch wütender machen.

»Nein! Sucht Velkans Waffe! Es müssen die Silberkugeln sein!«, schrie sie.

Sie hörte ein weiteres Seil reißen, wagte aber nicht, nach oben zu blicken. Der Käfig schwang jetzt wild hin und her. Sobald der Werwolf frei war, würde die Jagd für sie alle vorbei sein.

Anna widmete ihre ganze Aufmerksamkeit der Suche nach der Waffe. Endlich sah sie den Revolver auf der anderen Seite der Lichtung liegen. Als sie sich in Bewegung setzte, hörte sie das letzte Seil reißen, und der Käfig prallte nur einen Meter von ihr entfernt auf den Boden.

Einen Augenblick später brach der Werwolf aus seinem zerschmetterten Kerker, und Anna sah die Wut in seinen grausigen gelben Augen flackern.

Ihre Reaktion erfolgte automatisch und kam von einem Ort, der noch viel tiefer und älter als die Familientradition und ihr Training war.

Sie rannte um ihr Leben.

Sie musste sich nicht umschauen, um zu wissen, dass der Werwolf ihr dicht auf den Fersen war. Er würde nicht ruhen, bis sie tot war. Ihre einzige Befriedigung war, dass sie Velkan kostbare Sekunden verschaffte, um sich zu erholen.

Anna kannte diese Wälder gut – sie würde freies Gelände erreichen, bevor die Kreatur sie einholte. Sie stürzte aus dem Wald auf eine kleine Lichtung.

Ihr Körper war sich der Gefahr hinter ihr derart bewusst, dass sie erst im letzten Moment stehen blieb, bevor sie über die Klippe gestürzt wäre – den Rand des Transsilvanischen Plateaus, vierhundert Meter hoch. Sie blickte nach unten und konnte durch den Dunst nicht einmal den Boden erkennen.

Anna wirbelte herum und entschied, zurück zu den Bäumen zu rennen. Es war besser, sich ihrem Feind zu stellen, als in den Abgrund zu stürzen. Das schien ihr eine gute Idee … bis sie sah, wie Büsche in die Luft geschleudert wurden. Der Werwolf war *sehr* wütend.

Anna erstarrte.

Sie hatte sich ihren Tod schon tausendmal vorgestellt. Jedes Mal war sie tapfer gestorben – im Kampf, statt hilflos dazustehen und auf das Ende zu warten wie jetzt. Dennoch konnte sie sich nicht rühren.

Dann tauchte der Werwolf auf. Er stürmte aus dem Unterholz und sprang direkt auf sie zu. Jetzt konnte sie nur noch in Würde ihr Ende erwarten.

Da geschah das Unmögliche.

Etwas versetzte ihr von der Seite einen groben Stoß. Nein, nicht etwas: *jemand*. Velkan.

Anna flog aus der Gefahrenzone und fiel zu Boden. Sie drehte sich und sah, wie ihr Bruder unerschütterlich dastand. Dann hob Velkan seine Waffe und schoss. Die riesige Kreatur heulte vor Schmerz auf, machte einen Satz, biss in Velkans Schulter und schleuderte ihn nach hinten …

… in den Abgrund.

Annas Verstand konnte nicht akzeptieren, was sie gerade gesehen hatte. Das war unmöglich. Velkan war der Stärkere, der Mutigere von ihnen. Er war derjenige, der eigentlich überleben sollte, derjenige, der das Werk ihrer Familie vollenden würde … ihres Vaters … ihrer Mutter …

Und sie hatte ihrem Bruder gleich zweimal ihr Leben zu verdanken. Er konnte sie nicht verlassen, nicht mit dieser unbeglichenen Schuld. Anna trat an den Rand der Klippe und erwartete, Velkan an einem Busch oder einer Wurzel hängen zu sehen. Er würde sich hinaufziehen und sie anlächeln – mit diesem selbstzufriedenen Grinsen, das sie so verrückt machen konnte.

Anna blickte über den Rand und sah nur die zerklüftete Klippenwand und den Nebel darunter.

»Velkan«, flüsterte sie.

Hinter ihr ertönte ein Geräusch, und Anna fuhr herum. Da war er: Der Werwolf lag in den Büschen. Anna nahm die Waffe vom Boden, um das Werk ihres Bruders zu vollenden. Aber die Kreatur verkrampfte und verwandelte sich, schrumpfte, streifte ihr Fell wie eine zweite Haut ab und verschwand vor ihren Augen.

Sekunden später war sie fort und an ihrer Stelle lag ein alter Mann in den letzten Momenten seines Lebens. Anna konnte die Einschusswunde in seiner Brust sehen. Velkan hatte ihn nicht verfehlt.

»Danke«, flüsterte der alte Mann.

Du hast meinen Bruder getötet, dachte sie. Nein, nicht du: dieses Ding, in das du dich verwandelt hast.

Er schenkte ihr ein dünnes Lächeln. »Ich bin frei von Draculas schrecklichem Bann.« Mit dem Rest seiner ersterbenden Energie ergriff er Anna am Knöchel. Bei seinen nächsten Worten klang seine Stimme kräftiger. »Aber jetzt musst du ihn aufhalten ... Er hat ein grausiges Geheimnis ... Er hat ... er hat ...«

Er atmete ein letztes Mal aus, dann lag er reglos da. Anna sah kurz auf ihn hinunter und wandte sich ab, um erneut über die Klippe zu blicken. Als die Tränen kamen, konnte sie sie nicht zurückhalten.

4

Paris, Frankreich

Während Van Helsing durch die Straßen ging, achtete er darauf, dass die Maske nicht verrutschte, die die untere Hälfte seines Gesichts bedeckte. Er konnte es sich jetzt nicht leisten, Aufmerksamkeit zu erregen. Das war auch nicht schwer in dieser verregneten Nacht, in der nur wenige Menschen unterwegs waren – weniger als gewöhnlich, zweifellos wegen der momentanen ... *Schwierigkeiten*. Was seine Maske frei ließ, das verhüllte sein breitkrempiger Hut. Man musste ihm schon sehr nahe kommen, um seine Augen zu sehen – und das würde er bestimmt nicht zulassen. Sein langer, wallender dunkler Mantel verbarg die Umrisse seiner Gestalt und vervollständigte die Verkleidung. Der Mantel hatte den zusätzlichen Vorteil, genug Platz für seine Feldausrüstung zu bieten.

Paris fühlte sich irgendwie vertraut an, als hätte er hier schon erhebliche Zeit verbracht, aber natürlich hatte er die Stadt auf seinen kurzen Reisen im Lauf der letzten Jahre nie besucht. Er stellte diese Art Déjà-vu nicht länger in Frage. Er war sich ziemlich sicher, kein Franzose zu sein. Selbst wenn in dieser Stadt Antworten auf ihn warteten, glaubte er nicht, sie heute Nacht zu finden.

Sein Blick fiel auf einen hohen, halb fertig gestellten Eisenturm im Hintergrund. *Das ist neu,* sagte eine Stimme in ihm. Er kannte diese Stimme gut: Sie gehörte zu jenem anderen Leben, an das er sich nicht erinnern konnte, ein Leben, das ihn mit Erinnerungsfetzen an eine unbekannte Vergangenheit quälte.

Tanzende Schatten umspielten ein eselsohriges Plakat an einer Wand, die von einer Gaslichtlaterne erhellt wurde. Das Licht schien den großen schwarzen Buchstaben Leben einzuhauchen, die AVIS DE RECHERCHE verkündeten: Gesucht! Nicht weniger als 2 000 Francs winkten dem Finder. Diese Plakate hingen überall in der Stadt, und Van Helsing musste zugeben, dass die Zeichnung darauf ihm sehr ähnlich sah. Das war seiner Meinung nach typisch für die Franzosen: Sie verstanden zwar die Details, aber das große Ganze entging ihnen. Hielten sie wirklich *ihn* für den Feind? Wenn sie von den wahren Gefahren wüssten, die dort draußen lauerten, würden sie wohl ihre Baguettes fallen lassen und auf der Stelle in die Berge fliehen.

In diesem Moment gellte ein schriller Schrei, der das Blut gefrieren ließ, durch die Nacht. Er gab es nur ungern zu, aber der Kardinal hatte Recht: Er *wurde* hier gebraucht.

Kurz entschlossen riss er das Plakat von der Wand und knüllte es zusammen. Nun, zumindest wussten die Franzosen die Mühen zu *schätzen*, die er für sie auf sich genommen hatte. Mit neuer Entschlossenheit lief er weiter, in die Richtung, aus der der Schrei gekommen war.

Er brauchte nicht lange, bis er sie fand. Sie lag auf dem großen steinernen Platz vor der Kathedrale von Notre-Dame. Und sie war tot, daran bestand kein Zweifel. Eilig untersuchte er ihren zerschmetterten Körper, um sich zu vergewissern, dass dies das Werk … jener Kreatur war, der sein Auftrag galt. Neben ihr auf dem Boden glühte etwas Kleines vor sich hin.

Er bückte sich und hob einen glosenden, mit Speichel bedeckten Zigarrenstummel auf. Dann hörte er es, ein Geräusch nicht von dieser Welt. Seine Zielperson war ganz in der Nähe! Hastig suchte er die Kathedrale mit den Augen ab. Das Mondlicht war hell genug, um die einzelnen Türme und Giebel des Bauwerks zu erkennen.

Noch nie zuvor war er der Kathedrale so nahe gewesen; zumindest konnte er sich nicht daran erinnern. Notre-Dame war wunderschön, eine gewaltige Leistung der Baukunst. Sie besaß zwei große Glockentürme, die sich zu beiden Seiten emporreckten und ein einzelnes riesiges Buntglasfenster in der Mitte des Gebäudes flankierten. Größtenteils im zwölften Jahrhundert errichtet, war sie eines der prachtvollsten Bauwerke der Menschheit. Und davor, tot, lag jetzt das Werk eines Monsters.

Dort. Eine schattenhafte Gestalt kletterte an der Seitenwand des gigantischen Bauwerks hinauf und verschwand dann über eine Brüstung. Van Helsing steuerte auf den Haupteingang der Kathedrale zu.

Sobald er im Innern war, stieg er die Treppe hinauf. Seinem Gehör folgend, begab er sich in den nördlichen Glockenturm und betrat die Glockenstube: einen dunklen und staubigen Raum, voller religiöser Statuen und Relikte. Eigentlich wartete hier die Vergangenheit ... aber nicht auf ihn. Er würde hier seinen Auftrag ausführen.

Er lauschte konzentriert, als er die mächtige Kirchenglocke passierte. Mondlicht fiel durch die Fenster, dennoch waren viele düstere Winkel und Schatten in dem Raum. Dann hörte und spürte er die Gefahr, die in der Nähe lauerte.

Van Helsing erstarrte, jeder Muskel war gespannt und bereit zum Äußersten. Vor ihm, kopfüber an den Dachsparren hängend, befand sich eine riesige Gestalt, die bösartig knurrte. Die muskulöse Kreatur war mindestens drei Meter groß und sah aus wie ein Mann, dem all seine feineren Eigenschaften abhanden gekommen waren: das Haar verfilzt, die Stirn fliehend, die Haut haarig, teigig und grob, mit ergrauenden Koteletten und einem Mund, aus dem Speichel tropfte.

Mr Hyde trug, abgesehen von einer zerrissenen Hose, keine Kleidung. Das Monster hätte völlig animalisch gewirkt, wäre nicht die brennende Zigarre zwischen seinen fauligen Zähnen gewesen, deren Geruch den Gestank nach Tod und Verwesung, der von ihm ausging, nur notdürftig übertünchte. Hydes Bösartigkeit war so spürbar wie ein frostiger Wind.

Van Helsing hatte keine Zweifel, dass er dem Bösen direkt ins Gesicht sah – nicht dem theoretischen Bösen der religiösen Diskussion, sondern dem echten. Einem Bösen, das aus purem Vergnügen tötete und dessen jüngstes Opfer draußen auf dem Straßenpflaster lag. Einem Bösen, das ganz selbstverständlich mordete, so wie ein normaler Mensch ganz selbstverständlich seine Mahlzeit einnahm. Mr Hyde hätte wahrscheinlich beide Tätigkeiten miteinander kombiniert, wäre das möglich gewesen.

Van Helsing trat einen Schritt zurück. »Abend«, sagte er mit neutraler Stimme.

Die Kreatur blickte auf ihn hinunter und antwortete mit einem tiefen, kehligen Knurren. »Sie sind groß. Sie werden schwer zu verdauen sein.«

»Ich bereite Ihnen nur ungern Unannehmlichkeiten.« Van Helsing überraschte der Versuch der Kreatur, humorvoll zu sein. Mr Hyde war einst Dr. Jekyll gewesen, ein angesehener Arzt. Wie viel von dem Doktor hatte in dieser verderbten Gestalt überlebt? Sofort verdrängte er diesen Gedanken; er erschwerte ihm die Arbeit nur, und Ablenkung konnte er sich nicht leisten.

Hyde sprang herunter und landete behände auf seinen knorrigen Füßen. Van Helsing musterte ihn und ermahnte sich, ihn als Feind nicht zu unterschätzen.

»Ich habe Sie verfehlt in London«, bemerkte er.

Hyde schenkte ihm ein hässliches Lächeln. »Nein, das haben Sie nicht.« Damit hob er den mächtigen Arm und präsentierte die drei kauterisierten Einschusslöcher, die Van Helsing seinem Bizeps zugefügt hatte.

»Und ob Sie mich erwischt haben«, grollte Hyde, während er ihn umkreiste und mehr und mehr einem Raubtier denn einem Menschen glich. Van Helsing tat es ihm gleich.

Eine Formalität galt es noch zu erledigen, ehe er die Arbeit zu Ende führen würde, die er in London begonnen hatte. »Dr. Jekyll, Sie werden von den Rittern des Heiligen Ordens gesucht …«

»Ich bin jetzt Mr Hyde.«

Er ignorierte die Unterbrechung. Obwohl er bezweifelte, dass in dem Wesen vor ihm noch etwas von dem Doktor übrig war, hatte Jekyll es doch verdient, die Anschuldigungen gegen ihn zu hören. »… wegen des Mordes an zwölf Männern, sechs Frauen …«

Hyde lächelte erneut und schloss: »… vier Kindern, drei Ziegen und einem recht hässlichen Geflügelmassaker.« Das Monster maß ihn von Kopf bis Fuß, bevor es erklärte: »Sie sind also der große Van Helsing.« Damit blies es provokativ einen großen Rauchring in seine Richtung. Van Helsing ignorierte das.

»Sie sind ein verrückter Psychopath.« Wie um diese Bemerkung zu bestätigen, nahm Hyde sich die brennende Zigarre aus dem Mund und drückte die glühende Spitze an seinem Handteller aus. Van Helsing fuhr innerlich zusammen, verzog aber weiterhin keine Miene. Hyde zuckte nicht einmal.

»Wir haben alle unsere kleinen Probleme«, meinte er.

Es wurde Zeit. Bald wäre alle Heuchelei vorbei und diese Angelegenheit geregelt. Die Konfrontationen folgten jedes Mal einem bestimmten Muster, und Van Helsing erkannte die Zeichen. Er stählte seinen Körper und Geist, verließ sich ganz auf sein Training und seine Instinkte. »Meine Vorgesetzten würden es vorziehen, wenn ich Sie lebend fange, um Ihre bessere Hälfte zu extrahieren – sofern das möglich ist.«

»Ach ja?«, knurrte Hyde zurück.

»Persönlich würde ich Sie lieber einfach töten und es dabei bewenden lassen.«

»Dann überlassen wir wohl Ihnen die Entscheidung, oder?« Hyde lachte nur.

Als sich die Kreatur bewegte, geschah es schnell und unvermittelt. Mit einer ihrer mächtigen Pranken packte sie Van Helsings Gesicht und schmetterte ihn rücklings gegen die Wand.

Ruhig wischte Van Helsing sich das Blut vom Mund. »Gut. Dann sind wir uns ja einig.«

Eine Kreatur wie Mr Hyde gefangen zu nehmen war viel riskanter, als sie einfach zu töten. Die Gefahr, dass sie entkam und weiter mordete, war einfach zu groß. Und dann galt es ja auch noch, Jekyll aus diesem Monster zu extrahieren – und wer diese Arbeit machte, schwebte in mindestens ebenso großer Gefahr wie Van Helsing jetzt.

Dennoch, der Kardinal hatte darauf bestanden, dass er sich um den Doktor bemühte, ihm eine Chance gab. Das hatte Van Helsing versucht. Doch jetzt war es an der Zeit, *seine* Arbeit zu tun: diesen Müll einzusammeln.

Mit einer schnellen Bewegung griff er in seinen Mantel und zog die Revolver aus den Holstern an seinen Hüften. Sowie die tödlichen Waffen in seine Hände sprangen, donnerten Schüsse im Glockenturm.

Van Helsing verharrte und wartete, dass sich der Rauch aus seinen Pistolen verzog. Als es so weit war, war Hyde verschwunden. Nun, dass Mr Hyde fast übernatürlich schnell war, davon konnte er ein Lied singen. Van Helsing steckte seine Waffen in die Holster und wartete auf den nächsten Schritt seines Feindes.

Hyde griff ihn plötzlich an, aus den Schatten heraus. Van Helsing hatte gerade noch Zeit, erneut in seinen Mantel zu greifen und die gebogenen Klingen zu packen, die mit chinesischen Schriftzeichen verziert waren – eine der neueren Erfindungen des Vatikans. Geschickt wich er Hyde aus, drehte sich einmal um sich selbst, schwang die Klingen und fügte der Kreatur Schnitte an den Rippen zu.

Hyde heulte vor Schmerz auf und stolperte ein paar Schritte zurück, bevor er gegen die riesige Kirchenglocke prallte, die angesichts dieser Wucht laut dröhnte. Hyde gelang es dennoch, auf den Beinen zu bleiben. Er hielt sich die Ohren zu und brüllte: »Die Glocke! Die *Glocke!*«

Van Helsing ließ die Klingen in seinen Händen rotieren. Hydes Blick konzentrierte sich auf die Waffen. Dann packte er die riesige Glocke mit beiden Händen und riss sie mit einer Kraft, die selbst für ein Wesen seiner Größe schlicht unglaublich war, aus ihrer Verankerung. Bevor Van Helsing reagieren konnte, sah er die Glocke auf sich zusausen.

Das war sie dann wohl – seine letzte Fehleinschätzung. Van Helsing verfügte über Fähigkeiten und eine Ausbildung, die ihn zu einem ebenbürtigen Gegner machten: für jeden in dieser Welt und für viele, die einer anderen angehörten. Aber er bestand nun einmal aus Fleisch und Blut. Wenn ihn die Glocke unter sich begrub, würde er zerquetscht werden. Wenigstens würde er schnell sterben.

Und dann wurde alles dunkel – nur der Tod kam nicht. Plötzlich begriff Van Helsing: Hyde hatte die Glocke über ihn gestülpt, um ihn gefangen zu nehmen. Die Kreatur spielte mit ihm wie eine Katze mit einer hilflosen Maus.

Hyde frohlockte über seine eigene Gerissenheit – der hoch geschätzte Van Helsing: gefangen wie ein Käfer in einem Einmachglas. Trotz des Rufes, der ihm vorauseilte, war er ein relativ leichtes Opfer gewesen … nur unwesentlich schwerer zu bezwingen als all die anderen. Seine nächste Mahlzeit würde Hyde mehr genießen als alle anderen zuvor.

Aus der Glocke drangen gedämpfte Laute – unverkennbar das Geräusch von Holz, das durchsägt wurde. Angesichts dieses neuen Tricks wich das triumphierende Grinsen des Monsters purer Wut.

Niemals würde Van Helsing entkommen. Hyde streckte seine gigantischen Arme aus und wuchtete die ungeheuer schwere Glocke über seinen Kopf – eine erstaunliche Leistung, wenn man bedachte, dass er in seiner früheren Inkarnation als dieser schwächliche Jekyll schon Schwierigkeiten gehabt hätte, sie auch nur zu läuten.

Er genoss seine Stärke und Macht … bis er das runde Loch entdeckte, das sein Feind in den Boden gesägt hatte. *Entkommen!*

Da, ein Geräusch, diesmal von oben. Überrascht blickte Hyde auf. Van Helsing wartete im Innern der Glocke. Ein Lächeln huschte über das Gesicht des verhassten Mannes.

Bevor das Monster reagieren konnte, schlug Van Helsing zu. Die gebogene Klinge traf Hydes erhobenen rechten Arm, und eine Sekunde später lag der abgetrennte Arm auf dem Boden, wo er noch ein paar Momente zuckte, als wollte er sein Schicksal nicht akzeptieren.

Hyde heulte vor Schmerz laut auf und ließ die Glocke krachend fallen, sodass der Holzboden splitterte. Van Helsing nutzte den Moment, um aus seinem vorübergehenden Gefängnis zu rollen.

»Ich wette, das war unangenehm«, meinte er.

Bald würde alles vorbei sein. Er machte Anstalten hinunterzuspringen, um den Kampf zu beenden, als etwas seine Aufmerksamkeit erregte: Der abgetrennte Arm hörte auf zu zucken, als wären alles Leben und alle Bosheit aus ihm gewichen. Vor Van Helsings erstauntem Blick verwandelte sich die mächtige Gliedmaße eines bösen Monsters in den dünnen, knochigen Arm eines harmlosen alten Mannes.

Der Anblick ließ ihn erstarren. Vielleicht war der Doktor irgendwo dort drinnen, zu überwältigt von Hydes böser Macht, um sich befreien zu können.

Die Kreatur nutzte den Moment der Ablenkung, stürzte sich auf Van Helsing, packte ihn mit ihrem verbliebenen Arm und schleuderte ihn in die Höhe. Van Helsing spürte, wie er zur Decke flog und diese durchbrach.

Die kühle Nachtluft malträtierte seine Sinne, dann prallte er auf das Dach. Eine Wolke aus Bewusstlosigkeit umfing ihn und drohte ihn zu überwältigen.

Kopfschüttelnd versuchte er aufzustehen. Das war auch höchste Zeit. Hyde war in der Nähe, das spürte er ...

Zu spät. Schon wurde Van Helsing am Kragen hochgerissen. Er schüttelte erneut den Kopf, atmete tief ein und spürte, wie ihn die Kälte mit neuem Leben erfüllte.

»Ich denke, die Aussicht von hier oben wird Sie beeindrucken«, hörte er die Kreatur lachen.

Sie waren am Rand des Turmes, und Hyde hob ihn hoch, sodass sie sich Auge in Auge gegenüberstanden. Van Helsing konnte im Atem des Monsters den Brodem seiner letzten Mahlzeit riechen; er stank nach verwesendem Fleisch. Van Helsing entschied, besser nicht zu spekulieren, was Hyde gegessen hatte.

»Es war mir ein Vergnügen, Sie gekannt zu haben«, meinte Hyde, und schon wurde Van Helsing ins Leere geschleudert und stürzte dem Boden entgegen. Instinktiv zog er die Enterhakenpistole aus dem Holster an seiner Seite und feuerte. Der Haken schoss aus dem Lauf und zog sein Seil hinter sich her. Van Helsing spürte, wie ihm die Erde entgegenraste. Es würde knapp werden – sehr knapp.

Der Enterhaken durchschlug Hydes Bauch. Die Kreatur kippte hintenüber, aus Van Helsings Blickfeld, und das Seil straffte sich. Van Helsing hielt die Pistole mit beiden Händen fest und spürte, wie er ruckartig zum Halt kam. Als er nach unten blickte – zum ersten Mal –, stellte er fest, dass er nur einen halben Meter über dem Kopfsteinpflaster hing.

Plötzlich wurde das Seil schlaff, und Van Helsing fiel zu Boden. Er blickte auf und sah, dass die Kreatur auf einem Sims balancierte und sich nur mit knapper Not vor einem Sturz bewahrte. Das Enterseil hatte sie glatt durchschlagen, und leicht würde sich der stählerne Widerhaken ganz bestimmt nicht entfernen lassen.

Van Helsing kam auf die Beine, packte das Seil und zog so heftig daran, wie er konnte. Hyde kippte nach vorn, fuchtelte hilflos mit dem ihm verbliebenen Arm, warf sich dann mit aller Kraft nach hinten und verschwand außer Sicht.

Van Helsing hielt die Enterhakenpistole weiter fest und wurde hochgerissen. Ein fernes Krachen ertönte: Hyde war durch das Dach der Kirche gebrochen. Bevor Van Helsing die Pistole loslassen konnte, flog er hinauf zur Spitze des Turmes, während Hyde stürzte. Auf dem Weg nach oben beobachtete er, wie das Monster durch das große Buntglasfenster von Notre-Dame brach, das nach außen explodierte. Ein tödlicher Hagelschauer aus schillernden Scherben regnete auf den Hof nieder.

Wie durch ein Wunder landete Van Helsing einen Moment später auf dem Dach des Turmes. Er spähte über den Rand und sah die letzten Sekunden von Hydes Sturz. Die Kreatur schien sich zu verformen und zu schrumpfen, als sie auf dem Kopfsteinpflaster aufschlug.

Mr Hyde war tot. Und er war als Mensch gestorben, nicht als Monster.

Van Helsing hatte im Lauf der Konfrontation mehr als einmal großes Glück gehabt, doch er spürte weder Triumph noch Freude. Stattdessen erfüllte ihn eine tiefe Traurigkeit.

Die Tatsache, dass das Monster tot war, spendete ihm keinen Trost. Der Mann, Dr. Jekyll, *war* die ganze Zeit in ihm gewesen. Hatte der Doktor gegen die Dunkelheit von Mr Hyde gekämpft? Soweit Van Helsing wusste, hatte der Doktor die Formel, die ihn verwandelt hatte, im Zuge seiner medizinischen Forschungen entwickelt. Er hatte sie an sich selbst getestet, wieder und wieder, immer häufiger und häufiger – bis es keinen Weg mehr zurück gab.

Wie mochte es für Jekyll gewesen sein, seine Menschlichkeit zu verlieren, Schritt für Schritt, Dosis für Dosis, bis es keinen Menschen mehr gab ... nur noch ein Monster? Hatte er am Anfang seiner Reise gewusst, was mit ihm geschah? Wie hatte er sich gefühlt, als er jene ersten Schritte Richtung Abgrund gemacht hatte?

Van Helsing fürchtete, dass er die Antwort bereits kannte. Er bekreuzigte sich. »Gott möge Ihrer Seele gnädig sein ...«

Menschen strömten zusammen und zeigten zu ihm hinauf.

»Van Helsing! ... Es ist Van Helsing!«, rief jemand aus der kleinen Menge.

Er erkannte den Sergeanten der Gendarmerie, der zornig eine Faust hob und auf Französisch schrie: »Van Helsing, Sie Mörder!«

Andere Gestalten rannten zum Tatort. Bald würden sie die Treppe heraufkommen. Van Helsing wandte sich ab und eilte zur Rückseite des Turmes. Mit seinem Enterhaken konnte er binnen Sekunden auf dem Boden sein, aber der steckte jetzt im Bauch eines toten alten Mannes, draußen vor der Kathedrale.

Van Helsing rannte nach unten und wollte gerade auf die Straße springen, als er von oben die ersten Stimmen hörte. Kurz entschlossen floh er in die Schatten – und fand sich zwei Männern gegenüber, die aus einer Taverne gekommen waren, um zu sehen, was der Aufruhr zu bedeuten hatte.

Van Helsing blieb abrupt stehen und sah Erkennen in ihren Augen aufblitzen. »Vous!«, rief einer von ihnen und wies anklagend mit dem Finger auf ihn.

Reflexartig zog Van Helsing eine Pistole und zielte auf den größeren der beiden Männer. Er würde sie nur im Notfall benutzen, aber für heute hatte er genug von den Franzosen. Ohne nachzudenken, spannte er den Hahn und bereitete sich auf den Schuss vor.

In diesem Moment trat ein Junge hinter dem Mann hervor, auf den Van Helsing zielte. Es war offensichtlich, dass dieser der Vater des Kindes war.

Die Zeit blieb stehen, als sie Van Helsing anstarrten. Ihm sank das Herz, er hatte das Gefühl, am Rande eines Abgrunds zu schwanken. So schnell er konnte, sicherte er die Waffe und steckte sie wieder ins Holster.

Van Helsing wandte sich ab und rannte durch die schmale Gasse zu seinem Pferd, wobei er Maßnahmen ergriff, die garantierten, dass jeder, der ihm folgte, die Spur verlor. Dass die beiden Männer und das Kind ihn gesehen hatten, bereitete ihm keine Sorgen.

In ihren Augen war Furcht gewesen.

5

Zwei Tage später, im Morgengrauen, ritt Van Helsing durch Rom: eine dunkel gekleidete Gestalt auf einem schwarzen Hengst. Er erreichte den Vatikan, passierte das große Tor und galoppierte über die riesige Piazza San Pietro, den weiten Platz vor dem Petersdom. Wieder war er von der Geschichte umgeben, der Vergangenheit. Die Glocken läuteten, als würden sie singen, während er an den beiden großen Brunnen und den beiden halbkreisförmigen Säulenreihen vorbeiritt, die den weitläufigen Platz umgaben. Die Säulen führten zur Basilika und schienen sie zu bewachen, wie sie es schon seit Jahrhunderten taten.

Der Petersdom war die älteste und prächtigste Kirche der ganzen Christenheit. St. Petrus, einer von Jesu Christi Aposteln, hatte Christi Schicksal auf Erden geteilt und war gekreuzigt worden, wobei er in seiner Demut auf einem umgedrehten Kreuz bestanden hatte. Laut der Kirchengeschichte war die große Basilika auf Petrus' Grabstätte errichtet worden – auf seinem Blut.

Van Helsing war stets von Ehrfurcht erfüllt, wenn er sich der Kirche näherte. Ihn faszinierten die Last der Jahrhunderte, der das Bauwerk widerstanden hatte, die schiere Größe und Schönheit des Ortes und noch etwas anderes: Dieses Gebäude, eines der größten der Welt, strahlte förmlich aus, das es für etwas noch viel Größeres stand als für sich selbst.

Van Helsing erreichte die Treppe vor der Kirche, zügelte sein Pferd, stieg ab und übergab die Zügel dem Mann, der ihn erwartete. Dann betrat er die Kirche und schritt über den Marmorboden. Das Licht im Innern des Gebäudes kam von den Lichtgaden, dem oberen Teil der Außenmauern mit den Buntglasfenstern. Warm und farbenprächtig, sollte es die Gläubigen mit einem Gefühl des Staunens über die Schöpfung und mit Frieden erfüllen. Im Moment empfand Van Helsing weder das eine noch das andere.

Die Kirche hatte die Form eines Kreuzes. Im Zentrum erhob sich die große Kuppel, die Michelangelo entworfen hatte. Das Bauwerk war über zweihundert Meter tief, und Van Helsing brauchte einige Zeit, um sein Ziel zu erreichen. Unterwegs hörte er die Gesänge der Mönche.

Früher einmal hatten die gregorianischen Gesänge ihn besänftigt, und er hatte seltene Momente des Friedens in diesem Gebäude erlebt. Doch diesmal störte ihn der Gesang, und auch das Bauwerk schien ihn zu richten und für zu leicht zu befinden.

Van Helsing erreichte einen verzierten Beichtstuhl, trat hinein, fiel auf ein Knie und sagte: »Vergib mir, Vater, denn ich habe gesündigt.« Sogleich biss er die Zähne zusammen und wappnete sich für das, was als Nächstes kommen würde. Ein kleines Paneel glitt vor ihm zur Seite, und er konnte eine Gestalt hinter dem Holzgeflecht erkennen.

Die Stimme, die zu ihm sprach, klang verärgert, gereizt und enttäuscht – ein Ton, wie ihn nur Kardinal Jinette zu Stande bringen konnte. »Sie haben das Rosenfenster zerstört!«

»Ich will ja keine Haarspalterei betreiben, Sir, aber das war Mr Hyde.«

Der Kardinal ignorierte ihn und lamentierte weiter: »Im dreizehnten Jahrhundert gebaut – über sechshundert Jahre alt! Dafür wünsche ich Ihnen eine Woche in der Hölle!«

»Das wäre noch eine angenehme Strafe«, erwiderte Van Helsing trotzig.

»Verstehen Sie mich nicht falsch: Ihre Erfolge sind ausgezeichnet, aber Ihre Methoden erregen zu viel Aufmerksamkeit. Fahndungsplakate? Wir sind nicht erfreut.« Der Kardinal klang jetzt nur noch verzweifelt.

Van Helsing spürte, wie seine eigene Frustration wuchs. »Denken Sie, mir gefällt es, der meistgesuchte Mann Europas zu sein? Warum unternehmen Sie und der Orden nichts dagegen?«

Der Kardinal beugte sich zu ihm und senkte die Stimme. »Sie wissen warum. Weil *wir* nicht existieren.«

»Dann existiere ich auch nicht.« Van Helsing gewann nur selten in einem Streitgespräch mit dem Kardinal, und obwohl dies nur ein kleiner Erfolg war, kam er einem großen Sieg gleich. Van Helsing stand auf und hörte, gerade als er sich zum Gehen wandte, von der Seite des Kardinals ein Klicken. Sofort rasteten die Riegel an der Tür ein. Seine Eminenz beugte sich näher, die Stimme gepresst und tödlich ernst.

»Als wir Sie gefunden haben, wie Sie die Treppe dieser Kirche hinaufkrochen, blutüberströmt und halb tot, war uns allen klar, dass Sie geschickt worden waren, um Gottes Werk zu verrichten.«

»Warum kann Er das nicht selbst tun?«, schoss Van Helsing zurück.

»Keine Blasphemie! Sie haben bereits zur Strafe für Ihre einstigen Sünden Ihr Gedächtnis verloren.«

Ein zweites Klicken ertönte, als der Kardinal einen weiteren Hebel betätigte. Eine Reihe von Zahnrädern setzte sich in Bewegung, die Rückwand des Beichtstuhls glitt zur Seite und enthüllte eine Geheimtreppe. »Wenn Sie es wieder finden wollen, schlage ich vor, dass Sie Ihr Werk fortführen.«

Van Helsing seufzte. Wie so oft bei diesen Begegnungen mit dem Kardinal hatte er zwar einen kleinen Sieg errungen, die Schlacht aber verloren. Schweigend stiegen die beiden Männer die Treppe hinunter, und ein paar Sekunden später betraten sie das unterirdische Arsenal unter den Beichtstühlen. Es war riesig und doch nur ein kleiner Teil des unterirdischen Universums, das unter der großen Basilika verborgen war.

Das Arsenal war wie gewöhnlich von hektischer Aktivität erfüllt. Der Dampf der Schmiedeherde erfüllte die Luft. Van Helsing konnte die Hitze der Feuer spüren, die sich für ihn wie die Flammen göttlichen Zorns anfühlten. Er sah die jüdischen Rabbiner, die in den Schwaden arbeiteten, die Hindu-Priester, die die Feuer schürten, und die muslimischen Imame, die mit ihren Hämmern rot glühende Krummschwerter auf Ambossen bearbeiteten.

Es *herrschte* Krieg. Vor ein paar Tagen noch war Van Helsing an der Front gewesen; jetzt war er wieder im Hauptquartier und erwartete neue Befehle.

Im Gehen hielt Kardinal Jinette seinen vertrauten Vortrag: »Regierungen und Imperien kommen und gehen, aber wir sorgen seit undenklichen Zeiten für die Sicherheit der Menschheit. Wir sind die letzte Bastion gegen das Böse – ein Böses, von dessen Existenz der Rest der Menschheit nichts ahnt.«

Van Helsing kannte diese Rede in- und auswendig, so oft hatte er sie schon gehört. Von Zeit zu Zeit verspürte der Kardinal das Bedürfnis, sie zu wiederholen, und Van Helsing musste zugeben, dass es durchaus Momente gab, in denen er sie gerne hörte. Das Böse existierte – in den letzten sieben Jahren hatte er zu viel gesehen, um dies zu leugnen. In dieser Zeit hatte er es studiert, bekämpft und besiegt.

Jinette sprach die Wahrheit, aber es gab Dinge, die er mit keinem Wort erwähnte und die er vielleicht auch nicht verstehen konnte: dass jeder Sieg, den Van Helsing davontrug, seinen Preis hatte. Ein Krieg wurde ausgetragen, und der Kardinal war der General, der nicht verstehen konnte, welch hohen Preis seine Fußsoldaten zahlten. »Für Sie sind diese Monster böse Wesen, die bezwungen werden müssen«, stellte Van Helsing fest, »aber ich bin derjenige, der dort steht, wenn sie sterben und wieder zu den Menschen werden, die sie einmal waren.«

Jinette schwieg einen Moment. Als er schließlich sprach, war sein Ton sanft. »Für Sie, mein guter Sohn, ist dies alles eine Prüfung des Glaubens. Deshalb haben Sie keine Ahnung, wer Sie sind oder woher Sie kommen.« Van Helsing musterte den Kardinal genauer und wartete auf etwas … eine Antwort vielleicht. »Sagen wir, Sie haben Gott getroffen und er hat Ihnen einen Auftrag erteilt«, fuhr der Kardinal fort. »Sie hätten keine Angst, wenn Sie wüssten, dass Gott mit Ihnen ist. Aber da Ihre Erinnerung an die Begegnung mit Gott verloren ging, wird Ihr Glaube jeden Tag erneut auf die Probe gestellt.«

Nicht direkt eine Antwort – zumindest nicht die, die Van Helsing sich erhofft hatte. Wie viel wusste der Kardinal über seine Vergangenheit, seine Identität? Mehr als er heute sagen würde, so viel war sicher.

Aber der Kardinal hatte Recht: Sein Glaube wurde auf die Probe gestellt. Irgendwie hoffte er, dass das Wissen um seine Vergangenheit es ihm leichter machen würde, den schrecklichen Preis seiner Arbeit zu zahlen oder vielleicht hinter sich zu lassen. Bleierne Müdigkeit überkam ihn und schien bald mehr zu wiegen als sein Körper.

Der Kardinal schnippte mit den Fingern, und die Lichter um sie herum wurden gedämpft. Einer der Kirchenmänner schaltete einen Diaprojektor ein. Er hantierte an dem Gerät und die Bilder wechselten, zeigten den Weg von Rom in die Länder Osteuropas. Van Helsing wusste, was nun kommen würde. Der Kardinal würde etwas von ihm verlangen. Wie gewöhnlich würde es zu viel sein, und er würde erwarten, dass Van Helsing es trotzdem tat. Diesmal würde er den Kardinal vielleicht überraschen.

»Wir möchten, dass Sie gen Osten reisen, ins entlegene Rumänien, ein verfluchtes Land, das von allen Sorten albtraumhafter Kreaturen terrorisiert wird.« Van Helsing kannte die Region; er hatte gehört, was in den rumänischen Karpaten lauerte, in einer Region namens Transsilvanien. Das Bild eines osteuropäischen Adeligen tauchte auf der Leinwand auf. Das Gesicht war hübsch, aber mit seinen Augen stimmte irgendetwas nicht, stellte Van Helsing fest. Sie waren eiskalt.

»Wie ist Ihr Rumänisch?«, fragte der Kardinal.

Van Helsings Gesicht schien Unsicherheit zu verraten, denn der Kardinal fragte: »Sie sprechen doch Rumänisch?«

Van Helsing dachte einen Moment darüber nach. »Ja.«

»Gut. Das Land wird von einem gewissen Grafen Dracula beherrscht.«

Van Helsing war plötzlich alarmiert und studierte das Bild mit Interesse. Natürlich hatte er schon von Dracula gehört, aber irgendwie hatte er das seltsame Gefühl, jemanden zu sehen, den er kannte.

Das nächste Bild zeigte das Gemälde eines Edelmanns aus dem fünfzehnten Jahrhundert. Der Mann sah resolut aus und trug eine Rüstung mit dem Zeichen des Kreuzes. Ein Name erschien im unteren Teil des Gemäldes: Valerious der Ältere.

»Vor vierhundertfünfzig Jahren versprach ein transsilvanischer Ritter namens Valerious der Ältere Gott, dass seine Familie niemals ruhen, nicht den Himmel betreten würde, ehe sie nicht Dracula aus ihrem Land vertrieben hatte. Sie sind erfolglos geblieben, und ihre Familie stirbt aus.«

Weitere grobkörnige Bilder von Familienmitgliedern tauchten auf der Leinwand auf. Da war ein kräftiger, robust wirkender älterer Mann, der wie ein König aussah. Dann das hübsche Gesicht eines jungen Mannes. »Boris Valerious, König der Zigeuner. Er verschwand vor fast einem Jahr. Sein Sohn Velkan starb vergangene Woche.«

Das Bild eines schwarz gekleideten Mädchens auf einem Pferd ersetzte das des jungen Mannes. Sie mochte um die zwanzig sein und war wunderschön – und sie wirkte gefährlich. Sie hatte lange dunkle Haare, die ihr in Locken über den Rücken fielen. Obwohl sie enge schwarze Reitkleidung trug, wirkte sie wie jemand, der schon Schlachten erlebt hatte. Ihre Augen waren auffällig und von dünnen, gewölbten Brauen überschattet, der Blick durchdringend.

Da war etwas Wildes an dieser Frau, in diesen Augen. Vielleicht Zigeunerblut. »Und das Mädchen?«, fragte Van Helsing.

»Prinzessin Anna, *die Letzte der Valerious*«, sagte der Kardinal betont. »Wenn sie getötet wird, werden neun Generationen niemals das Tor von Sankt Petrus durchschreiten können.«

Plötzlich durchflutete Licht den Raum, und der Kardinal sah Van Helsing an. »Seit mehr als vier Jahrhunderten hat diese Familie unsere linke Flanke geschützt. Sie haben ihr Leben gegeben. Wir können sie nicht einfach ins Fegefeuer stürzen lassen.«

»Und deshalb schicken Sie *mich* in die Hölle.«

»In gewisser Weise«, sagte Kardinal Jinette schlicht.

In diesem Moment trat ein alter Priester näher und gab dem Kardinal etwas, das dieser direkt an Van Helsing weiterreichte. Es handelte sich um einen Fetzen bemalten Tuches, in Glas eingefasst. Es passte mühelos in seine Hand. »Das hat der alte Ritter vor vierhundert Jahren hier zurückgelassen. Wir wissen nicht warum, aber er hätte es bestimmt nicht ohne Grund hier gelassen.«

Van Helsing studierte das Artefakt. Das Tuch wies eine lateinische Inschrift auf. *Deum lacessat ac inaum imbeat aperiri.* Der Kardinal übersetzte laut: »Im Namen Gottes, öffne diese Tür.«

Und dann sah Van Helsing etwas, das ihn überraschte: An der Ecke befanden sich die Insignien eines Drachen. Er hatte ihn nicht nur schon früher gesehen, sondern der Ring an seinem Finger trug dasselbe Symbol, genau wie damals, als die Männer des Kardinals ihn gefunden hatten.

Der Kardinal beobachtete den Kampf, der sich auf Van Helsings Gesicht abspielte, und legte seinem Spezialagenten in einer väterlichen Geste die Hand auf den Arm. »Ich denke, dass Sie vielleicht in Transsilvanien die Antwort finden werden, die Sie suchen …«

Das war es. Diesmal wurde die Bitte des Kardinals von einem Angebot begleitet, das Van Helsing nicht ablehnen konnte. Irgendwann würde er vielleicht einen Weg finden, diesem Mann einen Wunsch abzuschlagen, aber nicht heute.

Ein Gefühl der Dringlichkeit erfüllte ihn, und er schritt durch das Arsenal, direkt durch eine große Dampfschwade.

Sofort eilte eine Gestalt auf ihn zu: Carl, mit wehender brauner Kutte. »Da sind Sie ja. Haben Sie ihn mitgebracht? Oder haben Sie ihn getötet?«

Van Helsing antwortete nicht.

»Sie haben ihn getötet, nicht wahr? Deshalb sind sie so verärgert gewesen. Wenn sie Sie bitten, jemanden zurückzubringen, dann meinen sie nicht als Leichnam.«

Van Helsing runzelte die Stirn und wandte sich Carl zu, der ihm nur ein dünnes Lächeln schenkte. »In Ordnung«, erklärte dieser. »Sie sind in einer dieser Stimmungen. Nun, kommen Sie. Ich habe ein paar Dinge, die Sie aufheitern werden.«

Wieder spürte Van Helsing, wie sein Interesse wuchs. Es ließ sich nicht leugnen, dass Carl in der Lage war, Dinge zu erschaffen, die den Werken der besten Waffenschmiede seiner Zeit um Jahre voraus waren. Van Helsing beobachtete, wie unmittelbar hinter dem Ordensbruder Schwerter aus einer feurigen Esse gezogen wurden. Manchmal waren die alten, direkten Wege und Waffen die besten.

Doch Carl erklärte nur gereizt: »Jeder Idiot kann ein Schwert schmieden.«

Wie auf ein Stichwort trat ein großer, fleischiger Mann in der Robe eines buddhistischen Mönchs hinter der Esse hervor und funkelte Carl an.

»Verzeihung, Vater!« Eilig führte Carl Van Helsing zu einem Regal. Er nahm ein paar Dinge herunter, drückte sie Van Helsing in die Hände und sagte: »Knoblauchzehen, Weihwasser, ein Holzpflock, ein silbernes Kruzifix ...«

Plötzlich übertönten laute Schüsse den Lärm des Arsenals. Van Helsing fuhr herum und sah ein großes, mehrläufiges Gewehr auf einer Lafette auf dem Boden stehen. Er hatte davon gehört: die Erfindung eines klugen Amerikaners namens Gatling. Das Drehgewehr feuerte in rasender Geschwindigkeit Schuss auf Schuss ab, und Van Helsing wusste, dass er durch ein Fenster direkt in die Zukunft sah. Vielleicht hatte er Verwendung dafür.

»Warum kann ich nicht eins *davon* haben?«

Carl warf ihm einen missbilligenden Blick zu und starrte ihn an wie ein ausgesprochen dummes Kind, ein Blick, der eine Spezialität religiöser Menschen zu sein schien. »Sie haben noch nie zuvor Vampire gejagt, nicht wahr?«

Van Helsing zuckte die Schultern. »Vampire, Gargoyles, Hexer, ist doch alles dasselbe.«

»Ist es nicht. Ein Vampir ist etwas anderes als ein Hexer. Einen Hexer könnte sogar meine Großmutter töten.«

»Carl, Sie sind nie außerhalb der Abtei gewesen. Was verstehen Sie schon von Vampiren?«

Da war er wieder, dieser Blick. »Dazu gibt es auch Bücher.« Natürlich – der Vatikan besaß zweifellos die größte Bibliothek der Welt. Ein kleiner Teil dieser Sammlung stand hier in den Regalen. Van Helsing sah Ausgaben von Sokrates, Kopernikus, Da Vinci und Galileo. Einige der größten Werke der brillantesten Denker in der Geschichte der Menschheit. Und direkt neben ihnen lagerten Dynamitstangen, deren Schweiß in Fläschchen zu tropfen schien.

Carl folgte seinem Blick und sagte: »Hier ist etwas Neues. Glyzerin achtundvierzig.« Er steckte seinen kleinen Finger in eins der Fläschchen und schnippte einen Tropfen des Dynamitschweißes gegen eine Wand, die sofort in einem großen Feuerball explodierte. Mehrere der Männer um sie herum fuhren alarmiert hoch und schrien gleichzeitig: »Hör auf damit, Carl!«

Verlegen beteuerte Carl: »Tut mir Leid!«, und wandte sich dann wieder an Val Helsing. »Die Luft hier steht vor Neid.«

Mit einer beiläufigen Bewegung, die seinen offensichtlichen Stolz verbergen sollte, nahm Carl eine seltsam aussehende Armbrust und reichte sie Van Helsing. Sie war von eisernen Pumpen und Kupferröhren bedeckt. »Das ist meine neueste Erfindung.« Carl war sichtlich mit sich zufrieden. Van Helsing wusste auch warum: Die Waffe sah extrem effektiv aus.

»Nun, die gefällt mir.«

»Gasangetrieben und in der Lage, Bolzen in rapider Folge mit enormer Geschwindigkeit abzufeuern. Sie drücken einfach den Abzug und halten ihn«, erklärte Carl. Van Helsing musterte die Waffe anerkennend. Carl übertrieb nie den Wert seiner Schöpfungen – das hatte er auch gar nicht nötig. Van Helsing justierte das optische Visier, während Carl fortfuhr: »Ich habe Geschichten aus Transsilvanien gehört; vertrauen Sie mir, Sie werden das hier brauchen. Das Werk eines wahren Genies.«

Van Helsing schenkte ihm ein verkniffenes Lächeln. »Wenn Sie das sagen.«

Nachdem Carl sein gesamtes Leben im Vatikan verbracht hatte, unter lauter anderen religiösen Männern, war er immun gegen Sarkasmus und erwiderte ehrlich: »Habe ich doch gesagt.« Dann fügte er ohne auch nur einen Hauch Humor hinzu: »Ich bin ein wahres Füllhorn an Talent.«

Ein weiterer Apparat, den Van Helsing noch nie zuvor gesehen hatte, stach ihm ins Auge, und er hob ihn auf. »Haben Sie das auch erfunden?«

Carl nickte. »Daran habe ich zwölf Jahre gearbeitet. Er besteht aus komprimiertem Magma vom Vesuv und reinem Alkali aus der Wüste Gobi. Er ist einzigartig.«

Das klang beeindruckend. »Wozu dient er?«

»Ich habe keine Ahnung, aber ich bin sicher, dass er Ihnen nutzen wird«, erwiderte Carl ernst und ging weiter.

Van Helsing folgte ihm. »Zwölf Jahre, und Sie wissen nicht, welchen Zweck er hat?« Das war selbst für Carl exzentrisch.

»Das habe ich nicht gesagt. Ich sagte, ich weiß nicht, *wozu* er dient. Sein *Zweck* ist es, ein Licht zu erzeugen, das so hell wie das der Sonne ist.«

»Und das wird mir wie nutzen?«

Carl griff nach zwei schweren Stofftaschen und reichte sie Van Helsing. »Ich weiß es nicht. Sie könnten Ihre Feinde blenden. Ein Rudel angreifender wilder Tiere grillen. Machen Sie von Ihrer Fantasie Gebrauch.«

Typisch, dachte Van Helsing. Wie die meisten Leute im Hauptquartier dieses Krieges hatte er keine Ahnung, wie es wirklich auf dem Schlachtfeld aussah. Und obwohl Carl brillant war, hatte er absolut keine Vorstellung vom Leben außerhalb des Vatikans. Nun, es war an der Zeit, das zu ändern. Van Helsing wusste, wenn er Jagd auf Dracula machte, würde ein wenig Brillanz gewiss nicht schaden.

»Nein, Carl, ich werde von *Ihrer* Fantasie Gebrauch machen. Wie ist Ihr Rumänisch?«

Verwirrt zuckte der Geistliche die Schultern und sagte: »Ausgezeichnet, denke ich. Allerdings habe ich noch nie mit einem Rumänen persönlich gesprochen.«

»Dazu gibt es Bücher«, erwiderte Van Helsing. Carl nickte und sah ihn mit zusammengekniffenen Augen an, ehe er fortfuhr: »Sie kommen mit mir.«

»Die Hölle sei verdammt, wenn ich das tue.«

Van Helsing wies anklagend mit dem Finger auf ihn. »Sie haben *geflucht*. Nicht sehr gut, aber Sie sind ja auch ein Ordensbruder. Eigentlich dürfen Sie überhaupt nicht fluchen.«

»Eigentlich bin ich bloß ein einfacher Bruder. Ich kann so oft fluchen, wie ich will … verdammt.«

»Der Kardinal hat Ihnen befohlen, mich am Leben zu halten« – Van Helsing drückte Carl die beiden Stofftaschen in die Arme – »und zwar so lange wie möglich.« Mit diesen Worten schritt der Spezialagent des Vatikans durch die Essen, die um ihn herum flammten und brannten.

Es mag sein, dass ich direkt in die Hölle reise, dachte er, aber diesmal wenigstens nicht alleine.

Hinter ihm protestierte Carl lautstark: »Aber ich bin kein Feldagent!«

Aleera flog und stieß zwischen zwei Berggipfeln in die Tiefe. Marishka und Verona folgten ihr. Die beiden anderen Bräute mussten sich anstrengen, um mitzuhalten. Sie waren weder auf diesem Gebiet noch auf anderem, wichtigerem, bewandert, etwa ihrem Herrn und Meister Dracula Freude zu bereiten.

Aleera wusste, dass sie auch in dieser Arena fähiger war. Dennoch hatte der Meister Gelüste, die keine Braut befriedigen konnte, obwohl Aleera nichts lieber getan hätte. Und im Moment zählte nur, dass der Plan des Meisters die Hilfe aller drei erforderte. Sobald Draculas Traum verwirklicht war, nun, dann war alles möglich.

Das Fliegen war eins der wenigen Dinge neben der Aufgabe, Dracula zu dienen, die Aleera noch immer Vergnügen bereiteten.

Ihr gefiel das Gefühl, wie die Luft an ihren Schwingen vorbeirauschte, und der mächtigen Körper: eins von Draculas größten Geschenken an seine Bräute. Und sie genoss es, die Lebenden herumwimmeln zu sehen. Wenn sie nur wollte, konnte sie jeden von ihnen haben, jederzeit. In diesen Momenten ahnte sie, wie es sein musste, Dracula selbst zu sein, mit Macht über alles, was auf Erden wandelte.

Da entdeckte sie das Dorf Vaseria, geduckt in seinem Tal, und wünschte, sie könnte über die Lebenden dort hinwegfliegen und gesehen werden. Eigentlich musste sie sich von ihrem Blut nähren, schwelgte aber schon allein in ihrer berauschenden Furcht. Das befriedigte eine andere Art von Hunger, eine, die nicht so dringlich war wie ihr Blutdurst, aber genauso real.

Über dem Dorfplatz suchte sich Aleera ein Dach aus und kam darüber zum Halt. Beim Landen nahm sie ihre menschliche Gestalt an. Marishka und Verona folgtem ihrem Beispiel und gingen neben ihr nieder. Ihre weißen Schwingen verwandelten sich in weiße Gewänder.

»Ich bin sehr, sehr aufgeregt«, sagte Aleera, obwohl sie wusste, dass hier Gefahr drohte, wenn auch nur geringe. Sie zog Beute, die sie in stummem Entsetzen anstarrte, jener vor, die sich wehrte. Aber es spielte sowieso keine Rolle. Diese Menschen verfügten nicht über die Macht, ihr etwas anzutun.

»Warum lassen wir das nicht einfach den Werwolf erledigen?«, fragte Marishka.

Typisch: faul und feige, dachte Aleera.

Verona warf Marishka einen verächtlichen Blick zu. »Vertraue nie darauf, dass ein Mann die Arbeit einer Frau erledigt.«

6

Van Helsing vergewisserte sich, dass die breite Krempe seines Hutes sein Gesicht verdeckte, und hielt den Kopf gesenkt, als sie das Dorf betraten. Er sah zu Carl hinüber, um sich zu überzeugen, dass der Geistliche es ihm gleichtat. Natürlich schenkten die Kopfbedeckungen ihnen nicht nur etwas Anonymität, sondern hielten die beiden Männer auch warm. Es war kühl, und auf dem Boden lag eine dünne Schneeschicht.

Vaseria war eine recht große Ortschaft, zumindest für hiesige Verhältnisse. Im Zentrum standen eine Reihe Holzhäuser, die ein oder zwei Stockwerke hoch waren. Wie der Großteil des umgebenden Landes wirkten sie alt, seit Jahrzehnten unverändert.

Die Einwohner von Vaseria schienen eindeutig böse, und er konnte keinen zusätzlichen Ärger auf dieser Reise gebrauchen; schließlich würde Graf Dracula ihnen in Kürze wohl schon genug Schwierigkeiten machen.

Während sie sich durch die Menge drängten, plapperte Carl unverdrossen weiter. »… Sie erinnern sich also an alles aus Ihrem Leben in den letzten sieben Jahren, aber an nichts davor?«

»Nicht jetzt, Carl.«

»Irgendetwas muss es geben«, sagte Carl unbeirrt.

»Ich erinnere mich daran, in Masada gegen die Römer gekämpft zu haben«, erklärte er ernst.

Er musste nicht erst Carls Gesicht sehen, um zu wissen, dass der schockiert dreinblickte. »Das war dreiundsiebzig A. D. …?«

Van Helsing zuckte die Schultern. »Sie haben gefragt.«

Carl schwieg und Van Helsing bemerkte, wie er nervös die Dorfbewohner beobachtete, die den beiden Neuankömmlingen misstrauische Blicke zuwarfen. Carl hätte ihren Argwohn sofort bemerkt, wäre er auch nur einen Moment still gewesen. Nicht zum ersten Mal zweifelte Van Helsing daran, ob es klug gewesen war, den Ordensbruder auf diese Reise mitzunehmen. Carl war oft abgelenkt und erwies sich ebenso als Ablenkung für Van Helsing. Seine Entscheidung, ihn mitzunehmen, hatte größtenteils auf einem Instinkt beruht, der Van Helsing sieben Jahre lang am Leben gehalten und ihn noch nie im Stich gelassen hatte.

Jedenfalls bis jetzt ...

»Was machen wir hier?«, fragte Carl. »Warum ist es überhaupt so wichtig, Dracula zu töten?«

»Weil er der Sohn des Teufels ist«, erwiderte Van Helsing.

»Davon abgesehen, meine ich.«

»Wenn ich ihn töte, wird jeder, der von ihm gebissen oder erschaffen wurde, ebenfalls sterben«, erklärte Van Helsing.

»Davon abgesehen, meine ich.«

Van Helsing ignorierte die Bemerkung. Dracula zu töten würde vielleicht mehr reale Monster und mehr echtes Böses vernichten, als Van Helsing in den letzten Jahren ausgemerzt hatte, und das war der einzige Grund, den er brauchte. Der Kardinal würde höchst zufrieden sein; es wäre ein großer Sieg im Krieg der Kirche. Doch Van Helsing hatte Hoffnungen, die weit weniger hochfliegend waren. Vielleicht würde die Mission etwas Licht in das Dunkel seiner Vergangenheit bringen. Warum erinnerte er sich an Ereignisse aus verflossenen Jahrhunderten, als wären sie erst gestern geschehen, wo es doch völlig unmöglich war, dass er in jenen Zeiten gelebt hatte? Am Ende, so hoffte er, würde Draculas Tod ihm wirklich etwas Frieden bringen.

Ein hoch gewachsener Mann mit einem Zylinder tauchte vor ihnen auf. Lange, strähnige blonde Haare und hervorstehende Wangenknochen gaben ihm ein skeletthaftes Aussehen. Außerdem waren seine Augen seltsam; sie waren groß und irr. Auf Van

Helsing wirkte er wie ein Totengräber – einer, dem seine Arbeit vielleicht etwas zu viel Vergnügen bereitete. »Willkommen in Transsilvanien«, sagte der Mann auf Rumänisch, mit einem drohenden Unterton in der Stimme.

Van Helsing war sofort alarmiert. Er wusste, was als Nächstes geschehen würde; er hatte es oft genug erlebt. Alle Dorfbewohner, die sie beobachtet hatten, machten mehrere Schritte in ihre Richtung und hielten wie durch einen Zauber plötzlich Messer, Macheten und Mistgabeln in den Händen. Binnen Sekunden waren die Neuankömmlinge umzingelt.

Van Helsing hörte, wie Carl schneller atmete, und sah, als er sich umdrehte, dass der Mönch Angst hatte. Es war schließlich sein erster wütender Mob und seine erste Erfahrung, wie es »an der Front« aussah. Er musste ihm zugute halten, dass er nicht in Panik geriet. »Ist das immer so?«, fragte Carl und versuchte dabei gelassen zu klingen.

»Meistens.« Van Helsing musterte die Menge. Obwohl ein Mob gefährlich sein konnte, war seine Denkart doch geradezu kindlich naiv. Van Helsing blieb nur eine Reaktion, und er würde schnell handeln müssen. Eine derartige Gruppe hatte keinen individuellen Mut; ihr Wille entstammte ihrer kollektiven Stärke, die von einem einzelnen Anführer kontrolliert wurde.

Van Helsing vermutete, dass der Mann mit dem Zylinder dieser Anführer war. Er musste ihn ausschalten, bevor die Menge näher kam. Zwar hätte Van Helsing wohl auch einen direkten Angriff der Gruppe überlebt, konnte aber nicht gleichzeitig Carl beschützen.

Er hielt sich jedoch zurück, da die Dorfbewohner nicht näher kamen, fast so, als würden sie auf Anweisungen warten. Momente später tauchte eine junge Frau auf, und Van Helsing sah sofort, dass sie die eigentliche Anführerin war. Sie stand auf der hüfthohen Steinmauer, die den Brunnen umfasste.

Das Mädchen …

Er kannte sie. Einen kurzen Moment lang glaubte Van Helsing, sie wäre ein Mensch aus seiner Vergangenheit, aber dann fiel ihm ein, wo er sie schon einmal gesehen hatte: im Arsenal unter dem Petersdom. Sie war Anna – jene Frau, der er helfen sollte.

Die Prinzessin trug schwarze Reitkleidung, wie auf dem Gemälde. »Sie da! Lassen Sie mich Ihre Gesichter sehen!« Das war ein Befehl, keine Bitte.

Van Helsing war nicht sehr gut darin, Befehle entgegenzunehmen. Er hob den Kopf und blickte unter der breiten Krempe seines Hutes zu ihr auf. »Warum?«

»Weil wir Fremden nicht trauen.«

Aus gutem Grund, dachte Van Helsing. »Ich vertraue *niemandem*«, konterte er und sprach zum ersten Mal Rumänisch – zumindest das erste Mal, an das er sich erinnern konnte.

Der Mann mit dem Zylinder zog ein Maßband aus der Tasche und hielt es an Carls Seite. »Fremde überleben hier nicht lange.« Er war also wirklich der Totengräber.

»Gentlemen, Sie werden jetzt entwaffnet«, erklärte Anna. Mehrere Dorfbewohner traten näher. Van Helsing funkelte sie an. Das Mädchen hatte die Gleichung geändert: Dies würde keine normale Konfrontation mit einem wütenden Mob sein, weil sie keine gewöhnliche Anführerin war. Es würde womöglich *interessant* werden.

»Sie können es versuchen«, sagte er herausfordernd. Die Männer blieben abrupt stehen, und Van Helsing sah, wie ihre Entschlossenheit unter seinem finsteren Blick ins Wanken geriet. Vielleicht wird das Ganze am Ende doch nicht so interessant, sinnierte er.

»Sie weigern sich, unsere Gesetze zu befolgen?«

»Die Gesetze der Menschen bedeuten mir wenig.«

»Schön«, sagte Anna. Sie wandte sich an die Menge. »Tötet sie.«

Die Dorfbewohner hoben ihre Waffen und rückten näher.

»Ich bin hier, um Ihnen zu helfen«, erklärte Van Helsing.

»Ich brauche keine Hilfe.« Noch während sie dies sagte, sah Van Helsing eine Bewegung hinter ihr. Er ignorierte die Menge, riss Carls neu entwickelte Armbrust von seinem Rücken und nahm sich nur den Bruchteil einer Sekunde Zeit zu zielen.

Anna sah, wie er seine Waffe auf sie richtete, und duckte sich, was ihm einen besseren Blick auf die drei riesigen weißen Fledermäuse verschaffte, die in einer Formation direkt hinter ihr flogen. Sie hatten die Größe von Männern – oder in diesem Fall Frauen, denn Van Helsing konnte noch immer deutlich drei weibliche Gesichter erkennen. An ihren mächtigen Händen und Füßen besaßen die Fledermäuse gefährlich aussehende Klauen.

Van Helsing hatte einiges über Vampire gelernt, seit der Kardinal ihm seinen Auftrag erteilt hatte. Sie hatten die Kraft von mindestens zwanzig Männern und die Fähigkeit, die Gestalt von Dämonenfledermäusen anzunehmen. Was seine Studien ihm vorenthalten hatten, war, wie böse und tödlich sie aussahen. Es waren keine Geringeren als Draculas Bräute, seine untoten Dienerinnen. Van Helsing fragte sich, wie es sein mochte, Dracula in einem Kampf auf Leben und Tod gegenüberzutreten.

Er feuerte drei Schüsse in rascher Folge ab. Carls Erfindung schleuderte die Pfeile mit hoher Geschwindigkeit und Treffsicherheit, aber die Kreaturen bewegten sich mit überirdischer Schnelligkeit und wichen den Projektilen mühelos aus.

Jetzt zeigten mehrere Dorfbewohner zum Himmel hinauf und schrien: »*Nosferatu!*«

Die Hölle brach los. Die Fledermäuse rasten durch die Dorfmitte, rissen Türen und Fensterläden aus den Angeln, kippten Tische und Stühle um und schleuderten die Menschen zu Boden. Diese Kreaturen versuchten die Herzen der Dorfbewohner mit Angst zu erfüllen und hatten, wie Van Helsing sehen konnte, durchschlagenden Erfolg damit. Die Menschen flohen in Panik.

Anna stand noch immer auf dem Brunnen. Ihre gebieterische Stimme donnerte: »Alle in die Häuser!« Sie stand unerschütterlich da, höher und verwundbarer als jeder andere auf dem Platz.

Van Helsing feuerte weiter und nahm eine der Bräute ins Visier. Er wählte seine Ziele sorgfältig aus und folgte ihnen, um ihre hohe Geschwindigkeit zu kompensieren, war aber nicht in der Lage, auch nur einen einzigen Treffer zu landen. Plötzlich stieß eine der Fledermäuse nieder und raste direkt auf Anna zu.

Die Prinzessin sah sie kommen, sprang vom Brunnen und prallte gegen Van Helsing. Beide stürzten zu Boden, wobei Anna auf ihm zu liegen kam.

»Eigentlich mag ich keine Frauen, die sich mir an den Hals werfen …«, bemerkte er. Dann dämmerte ihm, dass er seine Armbrust verloren hatte. Schon sah er etwas Weißes aufblitzen, und Anna wurde von der Fledermaus in die Höhe gerissen. Die Kreatur hielt die Prinzessin mit ihren Klauen fest und schlug dabei heftig mit den Flügeln. Van Helsing rappelte sich auf und war mit einem Satz auf dem Brunnen. Er sprang und packte Annas Beine, als sie nach oben getragen wurde. Er spürte den Wind, den die breiten, flatternden Flügel der Kreatur erzeugten.

»Ich dachte, Sie brauchen keine Hilfe!«, schrie er. Ohne Vorwarnung ließ die Vampirin Anna los, und die beiden fielen aus zweieinhalb Metern Höhe zu Boden.

Zum zweiten Mal landete die Prinzessin auf Van Helsing, diesmal mit ihren Oberschenkeln auf seinem Gesicht. Er streckte die Hände aus, packte sie und rollte sie auf den Boden. »Bleiben Sie hier.«

Sie riss ihn zurück und rollte *ihn* auf den Boden. »*Sie* bleiben hier. Sie versuchen, *mich* zu töten.« Dann löste sie sich von ihm und rannte davon. Van Helsing wollte ihr schon folgen, da entdeckte er seine Armbrust im Dreck zwischen den fliehenden Dorfbewohnern. Noch ehe er sich auf sie stürzen konnte, sah er zwei der grausigen Fledermausfrauen hinauf zu den Dächern fliegen.

Eine drehte sich und rief: »Marishka, meine Liebe, bitte töte den Fremden.«

»Liebend gern.«

Van Helsing blieb nicht viel Zeit. Er rannte durch die Menge, hob seine Waffe auf und wirbelte herum. Zwei der Kreaturen flogen durch das Chaos, verfolgten Anna und schleuderten Bauern aus ihrem Weg. Van Helsing lief hinüber zur Prinzessin, feuerte und brachte eine der Kreaturen aus dem Gleichgewicht. Er zielte erneut und drückte den Abzug.

Nichts.

»Carl! Ich habe keine Munition mehr!«

Sofort brachte der Geistliche ein Magazin voller Pfeile zum Vorschein und warf es Van Helsing zu, der es auffing, als eine der Fledermäuse heranflog. Aber er hatte keine Zeit mehr, einen Schuss vorzubereiten. Kurz entschlossen ließ er sich auf den schneebedeckten Boden fallen und spürte den Luftzug der vorbeirasenden Kreatur im Genick. Als er aufblickte, sah er, wie der Klauenfuß statt seiner eine unglückliche Kuh packte. Die Vampirin hob das schwere Tier in die Luft und schleuderte es wütend durch den Balkon im ersten Stock eines nahen Hauses.

Van Helsing sprang auf, legte das Magazin ein, fuhr herum und sah Anna über die gegenüberliegende Seite des Platzes rennen, dicht gefolgt von einer der Fledermäuse. Sofort schulterte er seine Waffe und schoss in rascher Folge eine Reihe von Bolzen ab. Dutzende von Pfeilen zerfetzten die Ladenfronten hinter der Kreatur und Anna.

Die Prinzessin hechtete über mehrere Kisten, als das Monster auf sie niederstieß, sie mit seinen zupackenden Klauen verfehlte und stattdessen einen flüchtenden Mann in die Luft hob. Als der Dorfbewohner entsetzt aufschrie, konnte Van Helsing ein grausiges Lächeln auf dem halbmenschlichen Gesicht der Kreatur sehen. »Freue dich, dass dein Blut mich schön halten wird«, sagte sie, bevor sie ihm in den Hals biss. Der Totengräber lachte schrill hinter einem Stapel Särge.

Anna tauchte hinter den Kisten auf, in die sich Dutzende von Pfeilen gebohrt hatten. Sie war unverletzt, warf Van Helsing aber einen wütenden Blick zu.

»Wen versuchen Sie zu töten?«, zischte sie.

Plötzlich senkte sich Stille auf den gesamten Platz. Draculas Bräute waren nirgendwo zu sehen, und die Dorfbewohner waren entweder in den Häusern oder duckten sich zu Boden. Van Helsing warf der Prinzessin einen fragenden Blick zu. »Die Sonne«, sagte sie nach oben nickend. »Van Helsing!«

Als ein Sonnenstrahl durch die Wolken fiel, drang aus der

Richtung des Brunnens ein lautes Platschen. Langsam näherten sich Van Helsing und Anna dem Brunnen aus entgegengesetzten Richtungen – Van Helsing mit seiner schussbereiten Armbrust und Anna mit einer Sichel, die einer der Dorfbewohner fallen gelassen hatte.

Näher ... noch näher ... Van Helsings und Annas Blicke trafen sich. Gleichzeitig spähten sie über den Brunnenrand in den Schacht, bereit zum Zuschlagen.

Die Vampirin schoss herauf, explodierte förmlich aus der Tiefe des Brunnens. Van Helsing wurde hintenüber geschleudert und sah zu, wie eine der Bräute Anna packte. Sofort sprang er wieder auf, legte seine Armbrust an und versuchte, auf die Kreatur zu zielen, aber Anna und die Fledermaus waren schon zu weit entfernt.

Die Kreatur spielte mit der Prinzessin und schleifte sie über die Dächer, sodass ihre Stiefel über die Ziegel schabten. Das war der erste Fehler des Monstrums, erkannte Van Helsing: Sie hatte Anna nicht sofort getötet.

Die Prinzessin nutzte die Gelegenheit. Sie zog ein Schnappmesser aus dem Stiefel, klappte es auf und stach nach dem Fußknöchel der Kreatur. Das Monster kreischte und warf Anna in die Luft. Dann stieß es nieder, um sie erneut zu greifen, und die Klinge der Prinzessin flog davon.

Van Helsing feuerte einen einzelnen Pfeil ab, der den Klauenfuß der Fledermaus traf. Mit einem Schrei ließ diese Anna fallen. Die Prinzessin stürzte einen Meter hinab und schlug hart auf einem Schrägdach auf.

Als sie das Dach hinunterrollte, sah Van Helsing, dass sie über den Rand und zehn Meter tief auf den Boden fallen würde. Aber sie überraschte ihn, indem sie sich im letzten Moment drehte und die Dachrinne packte. Einen Moment hing sie gefährlich in der Luft.

Und wieder erstaunte sie ihn, als sie losließ und durch die Luft zu einem Baum flog. Behände schwang sie sich von einem Ast zum anderen und landete katzengleich, in einer Serie von Bewegungen, die seiner würdig waren, auf den Beinen. Diese Frau hätte er gerne etwas näher kennen gelernt.

Dann tat Anna genau das, was er in derselben Situation auch getan hätte: Sie fuhr herum und rannte wie der Teufel.

Plötzlich schrie Carl: »Van Helsing! Zwei Uhr!«

Er wirbelte herum und sah Marishka heranrasen. Die Armbrust in seinen Armen erwachte zum Leben und feuerte in rascher Folge sechs Bolzen in die Vampirin, die daraufhin spiralförmig über den Platz flog und die Seite eines Gebäudes durchbrach.

Endlich ein Treffer. Dieser Kampf schien sich zu wenden. Mit etwas Glück hatten sie es jetzt nur noch mit zwei Vampirinnen zu tun. Das war zwar nicht viel, aber zumindest ein Fortschritt.

Anna rannte in ein nahes Haus, schlug die Tür zu und legte den Riegel vor. Solange sie nicht eingeladen wurden, konnten die Untoten ein Haus nicht betreten. Sie würde wenigstens eine kleine Weile sicher sein, genug Zeit, um einen Plan zu schmieden, zu Kräften zu kommen und wieder in den Kampf einzugreifen.

Sie fuhr herum und sah sich Aleera gegenüber, in ihrer menschlichen Gestalt. Irgendwie war sie hereingekommen. Die Vampirin baumelte kopfüber von einem der Deckenbalken, ihre langen Haare hingen zu Boden. Gelassen zog sie ihr Bein zum Mund und leckte den blutenden Knöchel, den Van Helsing verwundet hatte.

»Weißt du eigentlich, wie lange ich dich schon töten will?«, zischte sie. Für Anna sah die Kreatur überirdisch schön aus, aber das war nur eine Maske, die das darunter liegende Monster verbarg.

Die Prinzessin wich zurück, nicht ihren Tod, sondern allein das Ende der Jahrhunderte alten Mission ihrer Familie fürchtend. Sie würde nicht – konnte nicht – zulassen, dass ihr Geschlecht hier endete.

Zuerst musste sie die nächsten paar Minuten überleben. Anna mochte eine gute Kämpferin sein, aber die Kreatur vor ihr war schneller und stärker als jeder Sterbliche, konnte Kräfte entfesseln, denen Anna nichts entgegenzusetzen hatte.

Mit atemberaubender Schnelligkeit sauste Aleera in diesem Moment von dem Balken und landete genau zwischen Anna und der Tür. Die Prinzessin hatte keine andere Wahl, als in das Wohnzimmer zurückzuweichen. Verzweifelt suchte sie nach einem Ausweg.

Wo zum Teufel steckte dieser Van Helsing, der so mir nichts dir nichts in die Stadt marschiert war und behauptet hatte, dass er ihr helfen wollte? Wo war er jetzt, da sie ihn wirklich brauchte?

»Du kannst mir nichts vormachen, Prinzessin; du bist genau wie all die anderen hübschen kleinen Vorfahren in deiner Familie, die meinen Meister vernichten wollten. Aber ich weiß, was in deinem lüsternen Herzen lauert«, säuselte Aleera. Dann sah Anna es: schwarze Eifersucht. Aleera verfügte über die Macht des Teufels und genug Kraft, um ihr mit nur einem Finger das Genick zu brechen, befürchtete aber, dass Anna ihr den bösen Meister ausspannen würde. Es wäre amüsant gewesen, hätte die Gefahr hier nicht so real und gegenwärtig gelauert.

In einem Versuch, Aleera aus der Fassung zu bringen, konterte Anna: »Ich hoffe, du hast ein Herz, denn eines Tages werde ich einen Pflock hindurchbohren.«

Der beiläufige Aufwärtshaken der Vampirin traf Anna unter dem Kinn. Die Prinzessin flog rücklings durch ein geschlossenes Fenster. Sie hörte und spürte, wie um sie herum das Glas zersprang, als sie sich in der Luft drehte, um draußen auf den Beinen zu landen. Bevor ihr Verstand auch nur registrierte, dass sie noch immer am Leben war, rannte Anna bereits die angrenzende Gasse hinunter.

Gefolgt von Carl, kroch Van Helsing zu dem Gebäude, durch dessen Wand die Kreatur gebrochen war. Der Ordensbruder war erstaunlich gefasst, wenn man die Umstände bedachte, vor allem, da es sein erster Tag an der Front war. Die Leute aus diesem Dorf hatten ihr ganzes Leben mit der Vampirgefahr verbracht, aber beim ersten Anblick der Untoten stoben sie trotzdem in Panik davon. Doch Carl war bei Van Helsing geblieben und hatte allen Anfeindungen widerstanden.

Zum Teil hatte er Carl nur deshalb mitgenommen, um ihm zu zeigen, wie es wirklich bei einem Auftrag zuging. Jetzt dämmerte Van Helsing, dass Carl hier draußen vielleicht eine echte Hilfe war.

Als sie sich dem Gebäude näherten, hörten sie im Innern eine weibliche Stimme jammern: »Mein Gesicht, seht nur, was sie mit meinem Gesicht gemacht haben ...« Das ist sie, durchfuhr es Van Helsing, die Vampirin. Sie war verletzt, aber am Leben – mit sechs direkten Treffern? Es kam ihm unmöglich vor.

Er schulterte die Armbrust und kroch weiter. Plötzlich sprang die Haustür auf, Marishka rannte heraus, packte Van Helsing und schleuderte ihn zwanzig Meter durch die Luft. Beim Aufprall in einiger Entfernung flog seine Waffe in hohem Bogen davon. Carl warf sich zur Seite, als Van Helsing wieder auf die Beine kam und sah, wie die Kreatur sich Armbrustbolzen aus Brust und Gesicht zog. Sie flog in die Höhe, landete dann auf einem Balkon und verwandelte sich in eine wunderschöne dunkelhaarige Frau, die ein weißes Gewand trug. Dann, fast genauso schnell, heilten ihre Wunden an Brust und Gesicht und verschwanden.

Carl sprang auf und rief: »Das sollte helfen!« Der Mönch warf Van Helsing eine Stahl- und Glasflasche zu. »Weihwasser!«, erklärte er.

Van Helsing griff danach, aber schon war eine der Kreaturen herabgestoßen und fing sie auf. Gezielt ließ sie sie in den Brunnen fallen und rief den anderen zu: »Erledigt ihn.«

»Zu schade. So traurig«, rief jene namens Marishka in einem Singsang und drehte sich in der Luft zu ihm um. Verzweifelt suchte Van Helsing seine Umgebung ab. Irgendetwas musste es doch geben, das er benutzen konnte ...

Dann entdeckte er auf der anderen Seite des Platzes die Kirche und davor ein Weihwasserbecken. Die Vampirbraut hatte mittlerweile ihre menschliche Gestalt angenommen und beobachtete ihn wachsam. Misstrauisch blickte sie von ihm zu dem Weihwasser hinüber. Als Van Helsing loslief, stellte er fest, dass sie dasselbe tat. Es würde ein Wettrennen werden, auf Leben und Tod.

Anna stürzte in das erste Gebäude, das sie finden konnte – eine Taverne –, und blieb im Innern abrupt stehen. Aleera befand sich dort, in ihrer menschlichen Gestalt, und nippte lässig an einem Glas mit einer verdächtig roten Flüssigkeit. Reflexartig wirbelte Anna herum, nur um festzustellen, dass Verona ihr den Weg versperrte.

Sie waren zu zweit – Anna steckte in Schwierigkeiten.

»Hallo, Anna, meine Liebe«, sagte Verona und stürzte sich sofort auf sie, um sie zu töten. Die Prinzessin stolperte rücklings gegen eine Wand: Sie saß in der Falle!

»Du kriegst mich nie«, war alles, was ihr einfiel.

Die Vampirin lächelte zufrieden und leckte sich die Lippen. »Die Letzte der Valerious«, bemerkte sie und entblößte Eckzähne, die sich zu schrecklichen Fängen verlängert hatten.

Anna zögerte nicht. Beherzt schlug sie der Kreatur ins Gesicht. Mit lichtschneller Geschmeidigkeit packte Verona ihre Faust. Anna spürte die schiere Kraft in der Hand der Vampirin, die einem eisernen Schraubstock glich. Verona zwang Anna auf die Knie.

Da trat Aleera vor und schob ihre Gefährtin zur Seite. »Ich will zuerst beißen.«

Verona nickte mürrisch, und gierig beugte sich Aleera hinunter, um zu töten.

Es tut mir Leid, Velkan, ich hab's versucht, ich hab's wirklich versucht, dachte Anna.

Van Helsing wurde klar, dass er das Weihwasser nicht rechtzeitig erreichen würde – dafür aber vielleicht seine Armbrust, die mitten auf dem Platz lag, auf halbem Weg zwischen ihm und der Vampirin. Auf dem Geländer, auf dem sie hockte, hob Marishka die Arme, als würde sie fliegen wollen, und schien ihn förmlich dazu aufzufordern, sie auszutricksen.

Van Helsing rannte los und warf sich nach seiner Waffe. Als er wieder auf die Beine kam, hatte sich Draculas Braut in die Fledermauskreatur verwandelt. Sie schoss über seinen Kopf hinweg und erzeugte einen heulenden Wind, doch als er seine Armbrust hob, scheute sie den Angriff und flog vorbei.

Van Helsing stob über den Platz zur Kirche. In seinem Rücken konnte er die Kreatur wild lachen hören. Er wagte nicht, den Kopf zu drehen, und hetzte weiter, bis er die Frontseite der Kirche erreichte. Überzeugt, dass es jeden Moment zu einer Attacke kommen konnte, bewegte er sich so schnell wie möglich und tauchte die Spitzen der Pfeile in das Weihwasser. Er spürte die Kreatur näher kommen, wirbelte herum und feuerte in einer einzigen fließenden Bewegung.

Die Fledermaus raste direkt auf ihn zu und war nur noch ein paar Meter entfernt, als die Armbrustbolzen ihr Ziel trafen. Die Vampirin kreischte entsetzlich, und Van Helsing konnte das Zischen verschmorenden Fleisches hören. Fast sofort änderte die Kreatur die Richtung, stieg spiralförmig in die Luft und prallte nur einen Moment später gegen den Kirchturm.

Der Biss der Vampirin würde das Letzte sein, was Anna spürte, ehe sie starb – ihr blieben jetzt nur noch Sekunden. Nichts wünschte sie sich sehnlicher als eine Waffe. Selbst wenn sie sie nicht töten konnte, wollte sie sie zumindest verletzen – alles außer hilflos auf den Knien zu sterben.

Aleera beugte sich näher, und Anna entschied, wenn sie schon nichts anderes tun konnte, sich wie eine Valerious dem Tod zu stellen, mit all der Würde, die sie aufbringen konnte. Plötzlich jedoch schrien Verona und Aleera laut auf, und Anna wurde von einem Sturmwind durch die Taverne geschleudert, als sich die beiden weiß gekleideten Bräute in Fledermäuse verwandelten.

Van Helsing verfolgte, wie die beiden weißen Gespenster durch ein Dach nach draußen brachen. Er versuchte sie anzuvisieren, aber sie flogen wie verrückt heulend davon. Bedauerlich, da er doch endlich eine Waffe besaß, die bei diesen Kreaturen wirkte.

Er trat zurück und konnte die sterbende Marishka sehen, aufgespießt an der Kirchturmspitze. Die Menge, die sich hinter ihm sammelte, gaffte stumm.

Nach und nach verwandelte sich die höllische Fledermaus in ein unglaublich schönes junges Mädchen, das Van Helsing anfunkelte und fauchte. Dann transformierte sie sich erneut, ihr Fleisch schmolz dahin. Marishka sah wie ein lebender Flüssigkeitsbehälter aus, um dann zu verwesen und zu zerfallen.

Der Prozess lief schnell ab, doch ihre Todesschreie waren nicht weniger entsetzlich, als sich ihr Fleisch vor Van Helsings Augen auflöste. Ein paar Sekunden später brachen die Schreie ab, und was von ihrem Körper übrig geblieben war, erstarrte und verwandelte sich langsam zu Staub.

Raunen erfüllte den Platz. Van Helsing suchte die Menge ab, bis er Carl in der Nähe sah. Als den Dorfbewohnern dämmerte, dass die Gefahr vorüber war, wagten sie sich langsam aus den Ruinen ihres Städtchens. Van Helsing erlaubte sich einen Moment der Befriedigung. Er hatte eine der gefürchteten Vampirinnen besiegt – Kreaturen, die sich auch am Tag frei bewegen konnten, solange sie direktes Sonnenlicht mieden. Für dieses Dorf bestand zum ersten Mal seit Jahrhunderten Hoffnung.

Die Leute starrten ihn an und zeigten mit dem Finger auf ihn. Ihre Aufmerksamkeit hatte etwas Aggressives an sich; es war definitiv kein Zeichen der Bewunderung einer dankbaren Bevölkerung.

Einer von ihnen trat vor. »Er hat eine Braut getötet. Er hat Marishka getötet! Er hat eine Vampirin getötet!«

Er sagt das, als wäre es etwas Schlechtes, dachte Van Helsing. Carl schien genauso verwirrt.

Der Totengräber trat mit einem amüsierten Lächeln näher. »Die Vampire töten nur, was sie brauchen, um zu überleben: ein oder zwei Menschen im Monat. Jetzt werden sie aus Rache töten.«

Erneut schienen die Dorfbewohner Mistgabeln und Waffen aus dem Nichts herbeizuzaubern und näherten sich Carl und Van Helsing.

»Sind Sie immer so beliebt?«, fragte Carl.

»Meistens«, erwiderte Van Helsing.

Der Totengräber zog seinen Zylinder vor Van Helsing. »Und welchen Namen, mein guter Sir, soll ich auf *Ihren* Grabstein schreiben?« Van Helsing umklammerte seine Armbrust fester. Er wollte diesen Kampf nicht. Er war gekommen, um gegen die Untoten zu kämpfen, nicht gegen die fehlgeleiteten Lebenden.

Da tauchte aus dem Nichts die Prinzessin auf und trat vor. »Sein Name ist Van Helsing.«

Ein Murmeln ging durch die Menge. Da war sie endlich, die Bewunderung. »Van Helsing … es ist Van Helsing …«, hörte er. Er war erst seit ein paar Stunden hier, aber Van Helsing entschied, dass ihm Rumänien besser gefiel als Frankreich.

Anna nickte ihm zu. »Ihr Ruf eilt Ihnen voraus.«

Van Helsing warf ihr einen langen Blick zu. »Beim nächsten Mal bleiben Sie in meiner Nähe. Tot nützen Sie mir nichts.«

Sie war offenbar nicht daran gewöhnt, mit weniger als tiefem Respekt angesprochen zu werden. Einen Moment lang sah es so aus, als würde sie erneut den Befehl geben, ihn zu töten, aber dann lachte sie nur. »Nun, ich muss zugeben, Sie haben Mut.« Anna wandte sich an die Menge. »Er ist der Erste, der seit über hundert Jahren einen Vampir getötet hat!«, erklärte sie. Nachdem sie Van Helsing einen weiteren anerkennenden Blick zugeworfen hatte, fügte sie hinzu: »Ich würde sagen, damit hat er sich einen Drink verdient.«

Dracula spürte, wie seine Braut starb, ihren Schmerz, ihre Furcht – und dann riss die Verbindung einfach ab. Wut kochte in ihm hoch. Jemand hatte vernichtet, was *ihm* gehörte, ihm etwas genommen, das ihm wertvoll war.

Er erwachte und stand auf, und sein Zorn schmolz den Schnee und das Eis, die seinen Sarg bedeckten. »*Marishkaaa!*«, brüllte er, dass seine Stimme durch die ganze Festung hallte.

Er ging an der mächtigen Säule neben seinem Sarg hinauf. Als er den antiken Kandelaber passierte, entzündete er die Kerzen mit der Kraft seines Willens. Er war außer sich vor Zorn! Ein Sterblicher hatte genommen, was ihm gehörte! Die Lebenden waren sein Vieh, seine Nahrung. Die unglaubliche Frechheit dieser Tat erschütterte ihn.

»Wenn es nicht die Christen sind, sind es die Mauren! Warum können sie uns nicht einfach in Ruhe lassen? Wir töten nie mehr, als wir brauchen. Und weniger, als uns zusteht. Können *sie* dasselbe behaupten?«

Er erreichte die eisverkrustete Decke und ging zu seinen beiden verbliebenen Bräuten hinüber, Verona und Aleera, die von einem Balken hingen, sich aneinander klammerten und schluchzten. Er hatte Zugriff zu ihren Gedanken und entnahm ihnen die Information, die er brauchte. Die Prinzessin. Der Fremde.

Als er dicht vor seinen Bräuten stand, spürte er, wie seine Wut wuchs. »Habe ich nicht gesagt, wie wichtig es ist, diese *Valerious* auszumerzen? Jetzt, da wir so dicht davorstehen, unseren Traum zu verwirklichen?«

Schock und Bestürzung zeichneten sich auf ihren Gesichtern ab. »Bedeuten wir dir so wenig?«, fragte Aleera.

»Hast du kein Herz?«, fügte Verona hinzu.

Er war sofort streng. »Nein! Ich habe kein Herz. Ich empfinde weder Liebe noch Furcht noch Freude noch Trauer. Ich bin leer! Seelenlos! Im Krieg mit der Welt und jeder lebenden Seele in ihr! … Aber bald … sehr bald wird die Schlacht der Entscheidung beginnen.« Dracula lächelte. »Ich muss herausfinden, wer unser neuer Besucher ist.« Dann ging ihm auf, dass er nicht völlig leer war. Der Fremde hatte seine Marishka getötet, und dafür würde er mit dem Leben bezahlen. Der Gedanke erfüllte ihn mit einer gewissen Befriedigung, und er leckte sich die Lippen. Ja, seine Schulden trieb er stets in Form von Blut ein.

Dracula sprang die zwölf Meter zum Boden hinunter und spürte die Nähe eines anderen seiner Diener. Der Schatten des Werwolfs erschien an der Wand. Der Graf drehte sich um und verfolgte, wie dieser hin und her lief, so weit es ihm die Kette um den Hals erlaubte.

Der Fremde würde seinen Zorn schon zu spüren bekommen. »Wir werden aus ihm einen besonderen Aperitif machen. Wir stehen zu dicht vor dem Erfolg, um uns jetzt stören zu lassen.«

Seine Bräute landeten neben ihm auf dem Boden. »Nein, mein Lord! Bitte! Sag, dass du es nicht noch einmal versuchen wirst!«, flehte Aleera.

»Mein Herz könnte den Kummer nicht ertragen, wenn wir erneut versagen«, fügte Verona hinzu.

»Schweigt!«, schrie er und seine Stimme donnerte durch die große Halle. Die Bräute duckten sich furchtsam. Er bedauerte es, sie zu ängstigen. Sie hatten an diesem Tag schon genug gelitten. Sanft hüllte er sie in seinen Umhang, tröstete sie mit seiner Stimme und seinem Willen. »Nein, nein, nicht. Fürchtet mich nicht, ihr müsst mich nicht fürchten, alle anderen fürchten mich.« Bald schnurrten Verona und Aleera in seiner Umarmung.

»Aber wir müssen es versuchen … wir haben keine andere Wahl … für unser Überleben.« Dracula atmete ein und roch seine Bräute. Ihr Duft war berauschend, und einen kurzen Moment erinnerte er sich fast wieder an das Gefühl, lebendig zu sein.

Der Zauber wurde vom Heulen des Werwolfs gebrochen. Der Graf konnte sehen, wie eine kleine, verwachsene Gestalt mit einem langen Stock nach dem Schatten des Untiers stach. Jedes Mal, wenn der Stock das Fell des Werwolfs traf, knisterte eine elektrische Entladung. »Igor!«, rief Dracula.

Der missgestaltete Mann huschte zu ihm, schlitterte mit dem drei Meter langen Viehstock über das Eis. »Ja, Meister!«

»Warum quälst du dieses Ding so?«

»Das ist meine Art.«

»Denk immer daran, Igor: ›Tu anderen etwas an …‹«

»Ja, Meister, bevor sie mir etwas antun«, erwiderte der verkrüppelte Mann.

Dracula stellte fest, dass er seinem Diener nicht böse sein konnte, nicht, wenn er seine Lektionen so gut gelernt hatte. Außerdem brauchte er Igor; inzwischen war er unverzichtbar für seinen Plan geworden. »Geh jetzt«, sagte der Graf und entließ seinen Diener mit einem Wink.

Dracula blickte zu den Dachsparren hinauf und sah seine Dwergi auf den Balken kauern. Klein und gedrungen, erinnerten sie an die Trolle der menschlichen Märchen. Aber sie waren überaus lebendig, eine der wenigen Gruppen Sterblicher, die Dracula nützlich fand. Mit ihren Masken und Brillen wirkten sie Furcht erregend – und das gefiel ihm. Doch sie hatten noch mehr Vorzüge.

»Zur Burg Frankenstein!«, rief er. Ja, es war an der Zeit. Eine neue Ära brach an. Draculas langes Warten war beendet.

7

Das Anwesen der Valerious' überragte das Dorf, umgeben von den zerklüfteten Felsen der Karpaten. Die Familie der Prinzessin lebte hier offensichtlich schon seit langer Zeit.

Van Helsing folgte Anna durch das Haus zu einer großen Tür, die, als sie sie öffnete, die Waffenkammer der Familie enthüllte. Tödlich wirkende Waffen aus vier Jahrhunderten lagen hier in Vitrinen und Regalen bereit: Breit- und Kurzschwerter, Säbel und Krummsäbel, Streitkolben, Speere und simple Keulen. Van Helsing kannte nicht alle Waffen, und einige hatte er bisher nur in Büchern gesehen.

Jetzt war *er* beeindruckt. Carl schaute sich ebenfalls mit aufgerissenen Augen um und stellte fest, dass die Waffen um sie herum von Meisterhand geschmiedet worden waren. Anna drehte den Kopf und fragte: »Wie sind Sie hierher gelangt?«

»Wir kamen über das Meer«, erwiderte Carl sofort.

Anna war ungewöhnlich neugierig. »Wirklich? Das Meer? Die Adria?« Dann schien sie ihre Begeisterung zu zügeln und gewann sofort ihre eiserne Beherrschung zurück. Van Helsing hatte den Eindruck, dass sie Informationen von ihnen haben wollte, aber gleichzeitig zeigen musste, dass sie das Kommando hatte – was auch erklärte, warum sie sie in diesen Raum geführt hatte, um zu reden.

Normalerweise hätte er sich gern mit ihr gemessen und den Machtkampf genossen, aber er hatte einen Auftrag, und ihm blieb nur wenig Zeit. Die Bräute mussten ihrem Meister inzwischen Bericht erstattet haben.

»Wo finde ich Dracula?«, fragte er.

»Früher, vor vier Jahrhunderten, lebte er einmal in diesem Haus, aber niemand weiß, wo er sich jetzt aufhält.« Anna wies auf ein riesiges Ölgemälde, das eine ganze Wand einnahm. Es handelte sich dabei um eine detaillierte und fantasievolle Karte Transsilvaniens, das Werk eines Meisterkünstlers und Kartografen. »Mein Vater hat es stundenlang studiert und nach Draculas Schlupfwinkel gesucht«, sinnierte sie.

Dann nahm sie ein Schwert von einem Ständer sowie einen eisernen Streitkolben und einige Wurfsterne zur Hand. Anna war mutig, doch selbst wenn diese Waffen den Grafen oder seine Bräute verletzen konnten, so würden sie sie nicht töten. »Deshalb sind Sie also gekommen: um Dracula zu vernichten«, sagte sie.

»Ich kann Ihnen helfen«, erklärte er.

»Niemand kann mir helfen«, erwiderte sie resigniert. Da war es: Sie war nicht nur bereit zu kämpfen, sondern auch ihr Leben zu opfern. Die Prinzessin holte Luft und fügte hinzu: »Sie könnten bei dem Versuch sterben. Wie meine ganze Familie. Ich komme schon allein zurecht.«

»Das habe ich bemerkt«, nickte Van Helsing.

Trotzig fuhr die Prinzessin herum. Zorn verdüsterte ihr Gesicht. »Die Vampire haben bei Tage angegriffen. Das tun sie sonst nie. Ich war unvorbereitet. Das wird mir nicht noch einmal passieren.«

»Warum haben sie bei Tage angegriffen?«, fragte Van Helsing, verwundert, dass die Kreaturen ihr Leben riskiert hatten.

»Zweifellos wollten sie mich überrumpeln. Sie scheinen meine Familie unbedingt auslöschen zu wollen.«

Das war ein wichtiger Punkt; Van Helsing konnte es fühlen. »Warum? Warum jetzt?«

»Sie stellen eine Menge Fragen.«

Van Helsing schüttelte den Kopf. »Normalerweise stelle ich

nur zwei: Womit haben wir es zu tun? Und wie kann ich es töten?«

Anna ging weiter und zog einen metallenen Brustpanzer und zwei stachelstarrende Handschuhe an. »Mein Vater hat den Großteil seines Lebens damit verbracht, nach Antworten zu suchen, Jahr für Jahr.« Sie wies durch das Fenster auf den Burgturm. »Er hat diesen Turm förmlich auseinander genommen und sämtliche Familienarchive durchwühlt.«

Van Helsing warf einen Blick zu Carl hinüber. Der Mönch bewunderte noch immer das Waffenarsenal. »Der Turm. Fangen Sie dort an«, befahl er.

»Richtig«, entgegnete Carl, rührte sich aber nicht. Er starrte Van Helsing nur an, als wartete er auf etwas. »Jetzt?«, fragte er schließlich.

Van Helsings einzige Antwort bestand aus einem finsteren Blick. »Richtig. Der Turm. *Jetzt*«, beeilte sich Carl zu sagen und ging hinaus.

Anna ignorierte die beiden, nahm eine Scheide, befestigte sie an ihrer Hüfte und wandte sich den Schwertern zu. Erneut stellte Van Helsing fest, wie nobel und tapfer sie war. Aber es würde ihnen nicht helfen. Entschlossen versperrte er ihr den Weg. »Sie können Ihre Familie nur retten, indem Sie am Leben bleiben, bis Dracula getötet wird.«

»Und wer wird ihn töten, wenn nicht ich? Wer wird den Mut aufbringen, wenn nicht ich?«

»Wenn Sie allein losziehen, werden Sie unterliegen.« Er wies aus dem Fenster nach draußen, wo es mittlerweile dämmerte, und fügte hinzu: »Und *Sie* können im Dunkeln nicht sehen.«

Anna lachte nur und ging weiter. Van Helsing nutzte die Gelegenheit, die Lücke zwischen ihnen zu schließen, bis er nur noch Zentimeter von ihrem Gesicht entfernt war. Da war etwas Vertrautes in ihren Augen, ein Ausdruck, den er schon einmal gesehen hatte: Nicht nur, dass sie bereit war zu sterben, sie rechnete sogar jeden Tag damit.

Und diese Einstellung machte Van Helsing gleich zwei Probleme. Erstens bestand ein Teil seines Auftrags darin, sie zu beschützen. Zweitens brauchte er sie und ihr Wissen für den anderen Teil: Dracula zu vernichten. Jetzt, da Mr Hyde ein für alle Mal erledigt war, war seine Leistungsbilanz perfekt: Er hatte noch nie bei einem Auftrag versagt, und das sollte auch so bleiben.

Er starrte ihr in die Augen und erklärte: »Am Morgen werden wir ihn zusammen jagen.«

Anna musterte ihn, bevor sie sprach. »Einige sagen, dass Sie ein Mörder sind, Van Helsing. Andere sagen, Sie sind ein heiliger Mann. Was ist richtig?«

»Beides, denke ich.« Er spürte einen Moment der Erleichterung; er hatte sie überzeugt. Es war kein großer Sieg, aber immerhin ein Anfang.

Ein angedeutetes Lächeln huschte über Annas Gesicht. »Ich habe Ihnen einen Drink versprochen. Die Bar ist am Ende des Korridors. Bedienen Sie sich. Was mich betrifft ...« Ihre Miene war entschlossen, und der Funke Humor in ihren Augen erlosch. »Ich gehe.«

So viel zum Thema Sieg ...

Anna nahm ein Schwert und steckte es in die Scheide. »Es tut mir Leid, dass Sie diese Last zu tragen haben«, sagte Van Helsing.

»Im Gegenteil«, erwiderte sie. »Ich möchte es gar nicht anders.« Van Helsing sah, dass sie es ernst meinte. Was war es, das sie motivierte? Was ihn antrieb, wusste er: Er wollte wissen, wer er war, wollte seine Vergangenheit zurückgewinnen. Außerdem war das Ganze sein Job, und darin war er gut. Das genügte, um ihn alle Zweifel besiegen zu lassen.

Sie war stark, aber er wurde das Gefühl nicht los, dass noch etwas anderes dahinter steckte. Ihre Familie? Ihre Tradition? Zu seiner Überraschung stellte Van Helsing fest, dass er neugierig auf sie war – dass er sich für Dinge interessierte, die mit der aktuellen Situation, mit seinem Auftrag, nicht direkt etwas zu tun hatten. Das passte nicht zu ihm. Natürlich, alles würde verloren sein, wenn die Prinzessin getötet wurde. Er beobachtete, wie sie nach einem gefährlich aussehenden Helm griff, schwarzes Metall mit scharfen Metallkränzen.

»Die Sache mit Ihrem Vater und Bruder tut mir Leid«, sagte er, um sie aufzuhalten. Wenn er sie dazu brachte, über die bisherigen Opfer nachzudenken, würde sie vielleicht auch darüber nachdenken, wie sie die Ziele erreichen konnte, für die sie gestorben waren.

»Ich *werde* sie wieder sehen«, erwiderte sie. Als sie die Irritation in seinem Gesicht sah, fügte sie hinzu: »Wir Transsilvanier können dem Tod auch etwas Positives abgewinnen.«

»Etwas Positives?«

»Ja, auch wenn das nicht einfach ist.« Mit diesen Worten setzte die Prinzessin ihren Helm auf und wandte sich zur Tür. Kurzerhand ergriff Van Helsing sie am Arm, zog sie zu sich herum und hielt eine Hand zwischen ihre Gesichter. Dann blies er ihr das blaue Pulver in seiner Hand ins Gesicht.

Die Prinzessin fiel ohnmächtig nach hinten gegen eine Wand. Van Helsing fing sie auf, bevor sie zu Boden sank. »Auch das tut mir Leid.«

Er hatte sie daran gehindert, hinaus in die Nacht zu gehen, sich Dracula allein zu stellen. Ein weiterer kleiner Sieg. Von jetzt an würde Van Helsing nicht mehr klein beigeben.

»Hör auf deinen Bruder«, sagte Mama.

Anna stand da, stumm und innerlich kochend.

»Anna«, mahnte Mama mit erhobener Stimme.

»Ich bin bereit«, erwiderte sie.

»Es ist zu gefährlich«, wandte Velkan ein.

»Ich komme schon allein zurecht; selbst Papa sagt ...«, begann Anna trotzig

»Papa ist nicht hier, und bis er kommt ...«, unterbrach Velkan.

»Du hast mir gar nichts zu befehlen.« Anna fluchte im Stillen darüber, dass ihre Stimme zu hoch, fast schon schrill klang. Dann drehte sie sich um und sagte: »Mama?«

Ihre Mutter lächelte, und Anna wusste, dass ihr nicht gefallen würde, was als Nächstes kam. »Anna, in ein paar Jahren ...«

»Aber ich bin kein Kind mehr.« Erneut überschlug sich Annas Stimme.

Mama lächelte wieder, und am liebsten hätte Anna geschrien. »Aber, Schatz, du bist ein Kind. Du bist erst zwölf. Sei nicht so ungeduldig.«

»Velkan ist erst vierzehn.«

»Zwei Jahre älter als du«, sagte Velkan spitz.

»Du lässt ihn nur gehen, weil er ein Junge ist«, klagte Anna.

Mama seufzte nur, statt zu antworten. Nach einem Moment trat Velkan vor und sagte sanft: »Anna, Papa hat neue Pläne. Wenn wir Glück haben, ist alles vorbei, bevor du alt genug bist, um zu gehen. Vielleicht musst du nie tun, was wir tun werden.«

Seine sanfte Stimme, der herablassende, besorgte Ausdruck auf seinem Gesicht ... Unvermittelt stiegen ihr Tränen in die Augen. Sie war entsetzt. Brüsk wandte sie sich ab und rannte in ihr Zimmer.

Es war so ungerecht. Er verstand sie nicht, genauso wenig wie Mama. Sie wollten sie beschützen, als wäre sie ein hilfloses Kind – aber das war sie nicht. Sie war stark und konnte gut mit dem Schwert umgehen, fast so gut wie Velkan. Sie wollte unbedingt helfen, wollte, dass ihre Eltern stolz auf sie waren, und dass Velkan das in ihr sah, was sie war: seine ebenbürtige Partnerin.

Papa kam nicht einmal eine Stunde später nach Hause, doch Anna ging nicht nach unten, um ihn zu begrüßen. Stattdessen schlich sie zur Treppe und lauschte, wie Papa, Mama und Velkan in der Waffenkammer miteinander sprachen. Velkan und Mama lachten, als sie Papa von ihrem Streit erzählten. Papa lachte nicht. Er sagte nur zu Mama: »Sie ist willensstark, Schatz. Das hat sie von ihrem Vater.« Der hörbare Stolz in seiner Stimme tat Anna gut.

Sie wartete still, bis die Männer aus dem Dorf kamen, ihre Waffen holten und die ganze Gruppe ging. Danach rannte sie in ihr Zimmer und wartete auf Mama, die ihr Tee brachte.

»Geht es dir gut, Anna?«

»Ja, ich ... tut mir Leid wegen vorhin.«

»*Ist schon in Ordnung. Bitte vergiss nicht: Wir alle, auch Velkan, wollen nur das Beste für dich.*«

»*Weiß ich doch, Mama.*« *Dann, Gott sei Dank, verließ ihre Mutter das Zimmer. Anna wartete, bis sie hörte, wie die Tür von Mamas Schlafzimmer geschlossen wurde, dann brach sie auf. Am liebsten hätte sie gewartet, bis Mama schlief, aber sie wusste, ihre Mutter würde nicht eher ruhen, bis Papa und Velkan gesund und wohlbehalten von der Jagd zurückgekehrt waren.*

Anna schlüpfte in ihre schwarze Reitkleidung, der beste Schutz vor Entdeckung in der Dunkelheit. Als sie aus dem Fenster spähte, sah sie den Vollmond niedrig am Himmel stehen. Es war die erste Nacht des Herbstmondes, die hellste des Jahres. In anderen Ländern, so wusste sie, erlaubte das Licht des Herbstmondes den Bauern, ihre Felder bis spät in die Nacht zu bestellen. Das war hier zweifellos unmöglich, doch eines Tages würde es wieder so weit sein. Dank ihrer Familie – und vielleicht ihr – würde der Herbstmond wieder ein Symbol des Lebens und nicht der Furcht und des Todes sein.

Sie schlich die Treppe hinunter und schlüpfte in die Waffenkammer. Die Diener waren alle in ihren Zimmern. Bei Vollmond bewegten sich die Menschen so wenig wie möglich, was es Anna erlaubte, frei durch das Haus zu streifen.

Sie nahm keine Rüstung, da sie nicht wollte, dass irgendetwas sie behinderte. Anna würde sich beeilen müssen, um ihren Vater einzuholen. Was wohl geschehen würde, wenn sie ihn fand? Zuerst würde er wütend sein, sie aber dennoch für die Dauer der Jagd bei sich behalten müssen. Wenn er sah, wie sie sich schlug, würde er zugeben müssen, dass sie bereit war. Und hinterher würde er stolz auf sie sein.

Anna nahm ein Schwert, eine der größeren Waffen. Es war ziemlich schwer, aber sie wollte verdammt sein, wenn sie zuließ, dass sie vor Velkans Augen das Kurzschwert eines Kindes trug. Dann griff sie einige Wurfsterne und die wichtigste aller Waffen: den silbernen Dolch.

Schließlich trat Anna ans Fenster und öffnete es. Sie konnte un-

möglich eine der Türen benutzen. Sie würde Lärm machen und riskieren, dass jemand sie hörte und aufzuhalten versuchte. Rasch kletterte sie auf die Fensterbank, schwang die Beine nach draußen und zögerte einen Moment.

Sie hatte Gewissensbisse, weil sie ihre Familie täuschte, doch ihr Vater hatte es selbst gesagt: Sie war willensstark. In Kürze würde ihre Familie herausfinden, wozu sie fähig war. Anna umklammerte die Fensterbank, ließ sich, so weit es ging, nach unten gleiten und dann fallen. Es war nicht tief, der Aufprall aber trotzdem heftig. Jetzt war sie draußen, auf sich allein gestellt, und das bei Vollmond! Es fühlte sich wundervoll an! Die Kraft ihrer Vorfahren strömte durch ihre Adern, als sie sich darauf vorbereitete, am großen Kampf ihrer Familie teilzunehmen. Sie wusste, wo ihr Vater beginnen wollte, und lief in diese Richtung.

Anna hatte erst ein paar Schritte gemacht, als sie ein Heulen hörte, ein Laut, der ihr einen Schauder über den Rücken jagte, unverkennbar der Ruf eines Werwolfs, tiefer und volltönender als der eines gewöhnlichen Wolfes. Der Drang, stehen zu bleiben und Schutz zu suchen, überkam sie, aber sie zwang sich weiterzugehen – von jetzt an allerdings vorsichtiger und langsamer.

Anna lauschte nach irgendeinem Zeichen der Jagdgesellschaft oder ihrer unheiligen Beute. Doch sie hörte nur die normalen Laute der Nacht und das Pfeifen des Windes, was allerdings auch schon bedrohlich genug klang. Sie hatte das Gefühl, von allen Seiten beobachtet zu werden. Ihr einziger Trost war, dass ein Werwolf, hätte er sie entdeckt, sofort über sie hergefallen wäre.

Eine halbe Stunde lang trottete Anna über die Felder, bis sie den Wald erreichte. Sie war versucht, nach ihrem Vater zu rufen, aber das wäre nicht nur töricht gewesen, sondern schlicht selbstmörderisch.

Was ist, wenn ich ihn nicht finden kann?, sorgte sie sich.

Eine der wichtigsten Regeln der Jagd war, dass niemand allein hinausging. Werwölfe griffen bevorzugt einsame Wanderer an ... so wie sie. Plötzlich knackte irgendwo zu ihrer Linken ein Zweig, und ihr Kopf ruckte in diese Richtung. Sie glaubte Schritte zu hö-

ren. Ihr Herz hämmerte, und sie sagte sich, dass es das Rascheln des Windes in den Blättern gewesen sein musste.

Der Wind ...

Sie erinnerte sich, wie wichtig der Wind war. Er trug Gerüche mit sich, und der Geruchssinn der Werwölfe war einer der schärfsten. Anna musste sich gegen den Wind halten, damit das Untier nicht ihren Geruch ausmachte, aber wie sollte das gehen, wenn sie nicht wusste, woher er kam?

Sie selbst konnte nur das feuchte Laub auf dem Boden riechen. Im Wald war es totenstill: Keine kleinen Tiere huschten umher, nicht einmal das Zirpen der Grillen erfüllte die Nacht. Dafür konnte es nur einen Grund geben: Eine dunkle Macht war am Werk, ein Raubtier unterwegs, das alle anderen Kreaturen fürchteten.

Plötzlich sehnte sich Anna nach ihrem Zimmer und der Behaglichkeit ihres warmen Bettes zurück, und sie erwog umzukehren. Wenn sie Glück hatte, konnte sie unbemerkt ins Haus schlüpfen, und niemand würde je erfahren, dass sie fort gewesen war. Aber der Stolz hinderte sie daran; stattdessen folgte sie dem Weg, der am Fuße der Berge entlangführte. Ihr Vater hatte ihn ihr in der Sicherheit des Tageslichts gezeigt.

Die Furcht hielt Annas Sinne geschärft, während sie auf etwaige Anzeichen von Gefahr achtete. Dann hörte sie eindeutig Schritte. Das ist er, das ist Papa, dachte sie.

Die Schritte kamen näher. Sie erreichte eine Lichtung im Wald und blieb stehen, wollte sie nicht betreten, bevor sie sicher war, dass es die Jagdgesellschaft ihres Vaters und nicht ihre Beute war.

Dann war es bis auf das Rascheln des Windes in den Bäumen still. Vielleicht hatte sie es sich nur eingebildet. Genug war genug: Sie würde nach Hause gehen. Beim nächsten Mal würde sie Papa einfach überreden, sie mitzunehmen.

Kurz entschlossen drehte Anna sich um ... und sah, zum ersten Mal in ihrem Leben, einen Werwolf aus Fleisch und Blut. Das Monster überragte sie, versperrte ihr den Weg. Es war über zwei Meter groß, mit mächtigen Muskeln, und stand auf den Hinterläufen wie ein Mensch. Sein Atem hing als weiße Nebelfahne in der kühlen, mondbeschienenen Nacht. Das Gesicht der Kreatur war mehr wölfisch als menschlich, mit großen, spitzen Ohren und einer vorstehenden Schnauze mit Hundezähnen. Das Einzige, was dieses Gesicht von dem eines Tieres unterschied, war die grausige Intelligenz in den Augen. Die Kreatur war weniger als zehn Schritte entfernt und beobachtete sie stumm und regungslos.

Anna schien das Herz stehen zu bleiben, dann hämmerte es in ihrer Brust. Sie spürte einen Schrei in der Kehle, hielt ihn aber zurück. Sie musste ruhig bleiben. Etwas tun ...

Das Schwert.

Langsam griff sie mit der rechten Hand danach. Der Werwolf beobachtete sie mit Interesse, rührte sich aber nicht. Anna legte die Finger um den Knauf der Waffe und wusste, dass sie nur eine Chance haben würde. Wenn sie den Wolf nicht hart und schnell traf, würde sie nie nahe genug kommen, um den Dolch zu benutzen.

Anna zog an dem Schwert und spürte, wie es in der Scheide feststeckte. Panik stieg in ihr hoch, doch sie kämpfte sie nieder. Dann registrierte sie, dass sich die Spitze der Scheide in den Boden gebohrt hatte. Sie verfluchte ihren Stolz, der es ihr nicht erlaubt hatte, ein kürzeres Schwert mitzunehmen, das sie leichter hätte ziehen können. Schließlich gelang es ihr, die Klinge zu befreien.

Die Stille wurde vom Knurren des Werwolfs durchbrochen, und Anna machte gleichzeitig zwei Dinge: Sie kreischte und ließ das Schwert los. Als die Kreatur einen Schritt auf sie zutrat, rannte Anna instinktiv um ihr Leben. Etwas traf sie, und sie stürzte auf die Lichtung. Der Werwolf hatte ihr von hinten einen Stoß versetzt. Sie wirbelte herum und sah, wie er sich nur ein paar Schritte von ihr entfernt aufbäumte.

Ich bin erledigt, durchfuhr es sie. Furcht und Demütigung erfüllten sie. Mama und Velkan hatten Recht: Sie war nur ein törichtes Mädchen, das in dieser Nacht sterben würde, und ihre Eltern würden wahrscheinlich nie erfahren, was ihr zugestoßen war. Mit ihrer letzten Tat würde sie Schande über die Familie Valerious bringen.

Wird er mich auf der Stelle töten?, fragte sie sich. *Oder wird er ein Weilchen mit mir spielen, bevor er mich frisst?*

Der Werwolf blickte auf sie herunter, und ihr blieben nur Sekunden, bevor er angriff. Er hob den Kopf und stieß ein so lautes und tiefes Heulen aus, dass sie spüren konnte, wie es in ihrer Brust widerhallte.

Beherzt griff Anna nach dem silbernen Dolch an ihrer Seite und sprang auf. Noch bevor sich ein Plan in ihrem Kopf formen konnte, attackierte sie das Untier, und sie spürte im selben Moment, wie etwas hart ihre Seite traf. Wieder flog sie durch die Luft, dann fühlte sie nichts mehr.

Sekunden oder Minuten oder Stunden später öffnete Anna die Augen. Während sie versuchte, einen klaren Kopf zu bekommen, dämmerte ihr, dass sie auf dem Rücken lag und über den Boden geschleift wurde. Aber das war unmöglich, sie musste doch ... tot sein.

Langsam lichtete sich der Nebel vor ihren Augen. Verschwommen sah Anna den Rücken des Werwolfs, der vor ihr ging – seine große Klauenhand umklammerte ihren Stiefel, und die Bestie zog sie hinter sich her wie ein totes Kaninchen.

Aus irgendeinem Grund war sie noch immer am Leben. Die Kreatur schleppte sie auf eine Lichtung, wo sie einen weiteren Werwolf warten sah. Dieser war kleiner, vielleicht ein Halbwüchsiger.

Im nächsten Moment hatte Anna verstanden. Der erwachsene Werwolf hatte sie nicht verschont; er hatte sie mitgeschleppt, um sein Junges zu füttern. Sie versuchte vergeblich, ihren Fuß aus dem eisernen Griff des Monsters zu befreien, kämpfte und kreischte: »Papa! Hilf mir, Papa!«

Der Werwolf schenkte ihr keinerlei Beachtung. Grob packte er sie mit beiden Klauen und warf sie der jüngeren Kreatur vor, die laut aufheulte. Benommen von ihrem Sturz, war Anna zu verängstigt, um noch schreien zu können. Sie wartete auf den Angriff, als sie eine plötzliche Bewegung sah. Etwas Kleines flog durch ihr Blickfeld und bohrte sich in die Brust des jungen Werwolfs.

Anna sah das Familienwappen, einen Halbmond, am Knauf der Waffe in der Brust der Kreatur. Es war der Silberdolch ihres Bruders!

»Anna, lauf!«, donnerte Velkans Stimme. Sie konnte nur zuschauen, wie sich das junge Monster krümmte und laut jaulte. Velkan hatte es direkt ins Herz getroffen.

Tot fiel es Anna vor die Füße.

Der ältere Werwolf brüllte vor Wut und fuhr zu Velkan herum, den sie jetzt am Rande der Lichtung stehen sah. Ihr Bruder hatte sein Schwert gezogen und forderte die Kreatur offen heraus.

Er war allein.

»Lauf, Anna!«, schrie er.

Da stimmte etwas nicht. Wo war Papa? Wo waren die anderen? Sie mussten sich getrennt haben, um nach ihr zu suchen. Den Revolver mit den Silberkugeln hatte bestimmt Papa, sonst hätte Velkan ihn bereits benutzt.

Der Werwolf griff an und schlug nach Velkan, der daraufhin mit dem Schwert zustieß, das Monster am Arm traf und sich zu Boden fallen ließ. Als der Werwolf vor Schmerz heulte, sprang Velkan auf die Beine.

Die Kreatur schlug erneut zu, und Velkan parierte mit dem Schwert und traf die Bestie am anderen Arm. Wieder heulte der Werwolf. Lange würde das nicht gut gehen: Velkan konnte ihn zwar mit seiner Klinge verletzen, ohne Silber aber nicht töten.

Auch ihrem Bruder schien das klar zu werden, und er schrie erneut: »Anna, lauf, verschwinde von hier!«

Nein, dachte sie. Wenn ich gehe, wird Velkan allein zurückbleiben, und dann wird es nur noch eine Frage der Zeit sein. Ich mag ein Kind sein, doch ich bin nicht völlig hilflos, und das da vorne ist mein Bruder.

Anna rappelte sich auf und griff in die Tasche nach ihren Wurfsternen. In diesem Moment wurde Velkan rücklings zu Boden geschleudert, und sofort war das Monster über ihm.

Zeit nachzudenken blieb Anna nicht. Sie packte die Sterne mit ihrer linken Hand, wechselte sie nacheinander in ihre rechte und ließ sie fliegen.

Eins ... zwei ... drei ... vier ... fünf ... sechs.

Der Werwolf brüllte vor Schmerz und fuhr zu ihr herum. Sofort sprang Velkan auf und stieß mit seinem Schwert zu. Die Klinge bohrte sich in den Rücken der Kreatur und kam vorne wieder heraus. Sie heulte, griff nach der Waffe und entriss sie Velkans Griff.

Wie wild drehte sich das Monster im Kreis, zog von vorne und hinten an dem Schwert, doch das rührte sich nicht. Anna spürte einen Funken Hoffnung. Velkan hatte es sichtlich schwer verletzt.

Aber das reichte nicht. Nicht mit hundert stählernen Schwertern würden sie das Ungeheuer töten können. Sie brauchten Silber ... einen Silberdolch.

Anna suchte die Lichtung nach dem anderen Werwolf ab. Einen verrückten Moment lang glaubte sie, dass er verschwunden sei, bis sie entdeckte, dass er sich verwandelt hatte. Anstelle des Monsters lag ein Junge von vielleicht dreizehn Jahren auf dem Boden, mit dem Messer ihres Bruders in der Brust.

Er ist kaum älter als ich, dachte sie. Doch sie verdrängte diesen Gedanken, rannte zu dem Jungen und zog den Dolch heraus. Der ältere Werwolf hatte es mittlerweile aufgegeben, sich von dem Schwert zu befreien. Schwankend belauerte er Velkan, näherte sich ihrem Bruder gefährlich. Konnte sie es von hier aus mit dem Dolch treffen? Nein, sie war zu weit entfernt. Um es auf der Stelle zu töten, musste sie direkt auf sein Herz zielen; ansonsten würde es lange genug leben, um ihren Bruder zu töten oder gar zu beißen ... und ein Biss war schlimmer als der Tod.

»Velkan!«, schrie Anna nur und warf ihm das Messer zu. Es überschlug sich im Flug. Velkan streckte die Hand aus.

Wenn er es verfehlt ..., bangte sie.

Aber Velkan fing das Messer auf. Er holte mit dem Arm aus und warf es, ohne zu zögern.

Der Dolch bohrte sich in die Brust des Werwolfs. Er hatte kaum

Zeit, nach dem Messer zu greifen, schon brach er tot zusammen. Anna beobachtete mit grausiger Faszination, wie das Untier die Gestalt eines Mannes in Papas Alter annahm. Einen Moment später verschwand das Fell der Kreatur und ließ nur den Mann zurück.

Velkan war vor ihr und packte sie mit besorgtem Blick an den Schultern. »Bist du verletzt? Hat er dich verletzt? Hat er dich gebissen?«

Anna schaute kurz an sich hinunter: Kratzer und Blutergüsse, aber keine Schnitte und, wichtiger noch, keine Bisse. »Nein, ich bin ... okay.«

Ihr Bruder brauchte einen Moment, bis er das alles verarbeitet hatte, und Anna wartete darauf, was als Nächstes kommen würde: das Geschrei, die Vorwürfe. Sie verdiente sie. Aber als sie das Gesicht ihres Bruders betrachtete, geschah etwas, das sie mehr schockierte als alles andere in ihrem jungen Leben: Velkan brach in Tränen aus. Er umarmte sie fest und fiel auf die Knie. »Ich dachte, wir hätten dich verloren ...«, sagte er zwischen den Schluchzern.

Anna drückte ihren Bruder an sich, und ihre eigenen Tränen vermischten sich mit seinen. Im Stillen betete sie um seine Vergebung und schwor sich und Gott, dass sie Velkan oder den Rest der Familie nie wieder enttäuschen würde.

Velkan ..., dachte Anna, als sie erwachte. Er war am Leben! Sie hatte ihn gesehen, gerade erst!

Nein, es war nur ein Traum. Obwohl sie seit dem Tod ihres Bruders jede Nacht Visionen von ihm gehabt hatte, quälte diese sie doch am häufigsten.

Das ergab Sinn. Es war das erste Mal gewesen, dass sie ihre Familie und ihren Bruder enttäuscht hatte. Das zweite Mal war vor einem Monat gewesen, als Velkan mit seinem Leben bezahlt hatte. Heißer Kummer durchströmte ihren Körper. Wie an jedem Morgen in diesem Monat – dem letzten Zyklus des Mondes – spürte sie erneut, wie ihr Bruder starb.

Anna schüttelte den Schlaf ab. Irgendetwas stimmte nicht. Es war noch immer dunkel. Was machte sie hier? Sie sollte draußen sein und kämpfen!

Van Helsing! Er hatte sie unter Drogen gesetzt, damit sie schlief und nicht allein nach draußen gehen konnte. Er war unmöglich. Dazu hatte er kein Recht!

Wozu? Dir das Leben zu retten? Dich davon abzuhalten, denselben Fehler zu machen wie damals, als du zwölf warst?, fragte eine Stimme in ihrem Kopf.

Nein, er hatte kein Recht, sich einzumischen! Sie trug noch immer ihre Kleidung, nur Harnisch und Waffen fehlten. Sie fluchte gepresst und setzte sich hastig auf.

Stöhnend griff sie sich an den Kopf. »Oh, mein Gott, tut das weh ... dieser Hurensohn.« Sie ignorierte den stechenden Kopfschmerz, sprang aus dem Bett und stürmte zur Tür.

Im Korridor fiel ihr auf, wie totenstill es im Haus war – nicht ungewöhnlich für eine Vollmondnacht, aber nach den Ereignissen des vergangenen Tages war Anna extrem wachsam. Zufrieden nahm sie wahr, wie die von der Droge erzeugte Benommenheit wich. Das Licht der Laternen an der Wand war trübe, doch es genügte, um mehrere Meter in jede Richtung sehen zu können.

Sie spitzte die Ohren, hörte aber nur den Regen, der gegen die Fenster prasselte, außerdem ein Knarren – normal für das Haus der Familie, wenn man sein Alter bedachte. Sie streckte die Hand aus und nahm eine Laterne von der Wand.

Etwa eine Minute später war sie in der Waffenkammer, dem Ort, wo sie sich am sichersten fühlte. Ein weiteres Knarren. Plötzlich wusste sie, dass jemand in der Nähe war, und fühlte sich wieder wie das zwölfjährige Mädchen.

»Van Helsing?«, rief Anna laut.

Ein weiteres Geräusch kam von den Vitrinen mit den Waffen ihrer Familie. Sie sah sich in der dunklen Waffenkammer um. Die Laterne in der Hand, bereitete sie sich darauf vor, den oder das anzugreifen, was sie bedrohte. Sie näherte sich der Quelle des Geräuschs und spähte vorsichtig um eine Ecke.

Ein Fenster stand offen, und Wind und Regen ließen die Läden gegen die Wand schlagen. Anna verfluchte sich, dass sie eine solche Närrin war, und schloss das Fenster, die Augen auf den Vollmond gerichtet. Als sie sich abwandte, entdeckte sie die feuchten Pfotenabdrücke auf dem Boden.

Ihr stockte der Atem, aber sie zwang sich, mit dem Blick den Spuren zur Mitte des Raumes zu folgen ... wo er verharrte. Einer von ihnen war hier, bei ihr.

Anna stellte die Laterne ab und nahm einen Morgenstern aus seiner Halterung. Sie konnte seine Gegenwart spüren. Ihre Instinkte schrien Alarm, doch sie hatte keine Ahnung, wo die Kreatur steckte. Beherzt straffte sie sich und suchte die Vitrinen mit den tödlichen Waffen ihrer Familie ab.

Anna war nicht länger ein verängstigtes zwölfjähriges Mädchen; sie war eine erwachsene Frau, die oft gekämpft und dem Tod ins Auge gesehen hatte. Wenn im Haus ihrer Familie ein Werwolf war, dann würde sie für die letzte Überraschung seines unheiligen Lebens sorgen.

Da hallte ein langes, tiefes Knurren durch den Raum. Anna erstarrte in der Mitte der Waffenkammer und holte mit dem Arm aus, bereit zum Zuschlagen.

Ein einzelner Regentropfen fiel ihr auf die Wange. Sofort blickte Anna nach oben. Sie hatte keine Schwierigkeiten, den Werwolf in den Schatten auszumachen. Er hing über ihr an einem Balken und starrte nach unten.

Die Kreatur brüllte, und Anna rannte zur Tür. Sie bog gerade um eine der Waffenvitrinen, als sie spürte, wie sie gegen etwas prallte.

Der Werwolf, erkannte sie. Anna schrie und wollte die Waffe schwingen, aber die Kreatur packte ihre Hände ... Nein, nicht die Kreatur: ein Mann. Velkan! Sie war zu erschüttert, um sprechen oder sich bewegen zu können. Erleichterung und dann Freude durchfluteten sie, und der Monat der Trauer um ihren Bruder war vergessen. In diesem Moment dachte sie nicht einmal mehr an den Werwolf in der Kammer.

»Velkan! Oh, mein Gott! Du lebst!«

»Still, Anna, ich habe nur einen Moment.«

Dann fiel es ihr wieder ein. »Velkan, da drin ist ein Werwolf!«

Sein Gesicht war todernst. »Vergiss ihn! Hör mir zu! Ich kenne Draculas Geheimnis! Er hat ...« Velkan zögerte und sagte: »... mumblich ... Nowger ... lochen ...«

Ein Kampf zeichnete sich auf seinem Gesicht ab. Velkan war verletzt. Er schien seinen Mund nicht kontrollieren zu können, und seine Kleidung hing in Fetzen an ihm. Dann verkrampfte er sich und zuckte, als würde er über mehr als nur seinen Mund die Kontrolle verlieren. Plötzlich sprang er zur Wand und *kletterte hinauf.*

Annas Verstand protestierte: Nein, der Werwolf ist dort oben ...

Dann dämmerte ihr eine schreckliche Erkenntnis.

Sie sah, wie Velkan den Kopf zum Fenster drehte, wo der Vollmond soeben hinter der Wolkendecke hervorkam.

»Anna! *Lauf!*«, schrie er.

Nein! Er war ihr Bruder, er brauchte Hilfe, ganz gleich, was mit ihm geschah! Vor ihren Augen verwandelte sich Velkan. Sein Körper schien sich zu entspannen und dann größer zu werden. Eine Sekunde lang sah es so aus, als wäre etwas in ihm, das zu groß für seine Haut war, die sich beulte, auf seltsame Weise bewegte ... und aufriss, bis der darunter verborgene Werwolf herauskam. Das war nicht ihr Bruder ... das konnte er nicht sein ...

In diesem Moment sprang die Tür auf, und Van Helsing stürzte mit gezogenen Waffen herein.

Anna fuhr herum, und der Werwolf brach durch die Balkontür, sodass Glas und Wasser in die Waffenkammer regneten. Van Helsing rannte zu ihr.

»Geht es Ihnen gut?«

Bevor sie antworten konnte, war er bereits auf dem Balkon und suchte draußen nach der Kreatur ... nach Velkan.

Van Helsing beobachtete, wie die Kreatur horizontal an der Seite des Herrenhauses entlangkletterte. Nach ein paar Schritten stieß sie sich ab, sprang hinunter in den Fluss und schwamm Richtung Dorf. Von drinnen hörte er ein Geräusch: Van Helsing wirbelte herum und sah Carl die Waffenkammer betreten.

Schnüffelnd fragte der Ordensbruder: »Warum riecht es hier nach nassem Hund?«

Van Helsing steckte seine Revolver ins Holster und wandte sich zur Tür. »Werwolf.«

»Ah! Richtig. Dann werden Sie Silberkugeln brauchen.« Carl wühlte in seiner Kutte und zog einen Schulterpatronengurt mit glänzender Munition hervor. Er warf ihn Van Helsing zu, der ihn in der Luft fing und über die Schulter schlang.

Inzwischen hatte sich Anna von dem Schock erholt, den sie erlitten hatte. »Nein. Warten Sie.«

Er hatte keine Zeit. Sie würde mitkommen wollen, aber im Haus war sie besser aufgehoben. Van Helsing rannte aus der Waffenkammer und warf die Tür hinter sich zu. Das Hämmern, das von drinnen drang, brachte ihn auf den Gedanken, dass sie, wenn sie schon wegen des K.O.-Pulvers empört war, jetzt noch viel wütender sein würde.

»Van Helsing!«, schrie sie. Er ignorierte sie, konzentrierte sich auf die vor ihm liegende Aufgabe und stürmte hinaus in die Nacht. Die Jagd hatte begonnen.

Er marschierte zu Fuß zum Dorf. Die Straßen waren ein Labyrinth aus Geschäften und Häusern; die einzigen Laute waren die gedämpften Stimmen, die aus den vielen Tavernen drangen. Es war bemerkenswert: Erst vor ein paar Stunden hatten Vampire das Dorf angegriffen, und jetzt feierten die Leute schon wieder. Das war wirklich ein seltsames Dorf! Van Helsing fragte sich, was die Bewohner im Lauf der Jahre alles erlebt haben mochten.

Bald schon überkam ihn der Zustand erhöhter Konzentration, den er nur spürte, wenn er eine der dunklen Kreaturen jagte; er war sich sämtlicher Geräusche bewusst, jedes Geruchs, jeder Bewegung in seinem Blickfeld.

Vor seinem geistigen Auge erschien Annas Gesichtsausdruck, kurz bevor er sie zurückgelassen hatte. Da war Furcht, aber auch noch … etwas anderes gewesen. Und wie hatte sie so lange in einem Raum mit einem Werwolf überleben können?

Da war es. Seine Beute war in der Nähe, der Gestank überdeutlich. »Nasser Hund«, sagte er laut.

Da schoss auch schon etwas Felltragendes aus einer fernen Gasse. Die Umrisse des Werwolfs verschwammen, als er mit schier unglaublicher Geschwindigkeit kreuz und quer über die Straße hetzte, von Tür zu Tür, näher und immer näher kommend. Van Helsing riss die Waffen hoch, aber irgendwie gelang es der Kreatur, seinem Visier immer einen Schritt voraus zu sein.

Mit einem einzigen Satz verschwand sie schließlich in einer etwa sieben Meter entfernten Gasse. Die Spielregeln hatten sich geändert. Ein Sinn, der älter und schärfer war als die fünf normalen Sinne, verriet Van Helsing, was Sache war. Er wich ein paar Schritte zurück und fragte sich: »Wer jagt hier wen?«

Der Werwolf war hinter ihm her, so viel stand fest, und schmale Gassen waren nicht gerade der ideale Ort, sich dem Monster zu stellen. Van Helsing eilte weiter, bis er fand, was er suchte: Vaserias Friedhof.

In der Nähe erklang ein Geräusch. Van Helsing bog um die Ecke, presste den Rücken an die Wand und bereitete sich auf den Angriff vor, der jeden Moment erfolgen musste. Nichts. Es war wieder still – zu still für seinen Geschmack. Plötzlich prallte etwas neben ihm gegen die Wand. Van Helsing riss die Waffe herum und zielte auf die Gestalt an seiner Seite. Im Mondlicht sah das kadaverhafte Gesicht des Totengräbers mehr wie ein Schädel denn wie etwas aus Fleisch und Blut aus.

Van Helsings Blick fiel auf das, was die Wand neben ihm getroffen hatte: ein Sarg. Der Totengräber lächelte in die Mündungen von Van Helsings Pistolen, ein sonderbares Lächeln, das seine Augen nicht erreichte. Irgendwie passte er zu diesem unheimlichen Ort. Als Van Helsing die Waffen senkte, tippte der Totengräber an seinen Hut, wies auf den Sarg und sagte: »Nun, sehen Sie sich ihn an, er passt perfekt. Was für ein Zufall.« Er wandte sich mit einer Schaufel in der Hand dem Friedhof zu. »Wie ich sehe, hat der Wolfsmensch Sie nicht getötet.«

»Keine Sorge, das wird er noch«, knurrte Van Helsing und hob erneut die Waffen. Er folgte dem Totengräber auf den Friedhof.

»Sie scheinen sich wegen ihm keine großen Sorgen zu machen«, fuhr Van Helsing fort.

»Oh, ich bin keine Bedrohung für ihn, außerdem bin ich es, der hinter ihm aufräumt. Wenn Sie verstehen, was ich meine.« Wieder fiel Van Helsing auf, dass dieser Mann eindeutig viel zu viel Vergnügen an seiner Arbeit hatte.

Der Totengräber rammte die Schaufel in die Erde und begann ein neues Grab auszuheben. Wie viele Aufträge hatten Draculas Lakaien diesem Mann verschafft? Und wie lange dauerte die seltsame, heimliche Partnerschaft des Grafen und des Totengräbers schon?

»Etwas spät, um Gräber auszuheben, finden Sie nicht?«

»Zum Gräber ausheben ist es nie zu spät. Man weiß nie, wann man ein frisches braucht.«

Da kam von hinten ein Geräusch. Van Helsing wirbelte herum und suchte die Dunkelheit ab.

Gefahr!, schrie sein Verstand, und gerade noch rechtzeitig fuhr er erneut herum: Soeben schwang der Totengräber die schwere Schaufel nach seinem Kopf. Van Helsing packte sie mit der Hand, als sie nur noch Zentimeter von seinem Gesicht entfernt war. Plötzlich fragte er sich, wie »heimlich« die Partnerschaft des Mannes mit Dracula wirklich sein mochte.

Jetzt blickte der Totengräber entsetzt drein. Van Helsing entging nicht, wie der Mann kurz über die Schulter schaute. Das genügte ihm als Warnung.

Schon kam ein mächtiger Schemen aus der Dunkelheit hinter ihm angesaust. Der Werwolf traf den Totengräber frontal, sodass sein Zylinder durch die Luft segelte. Zusammen schossen der Mann und die Bestie zwanzig Meter die Gasse hinunter. Der Totengräber war tot, noch bevor die beiden gegen den Laternenpfahl prallten. Benommen rappelte sich der Werwolf auf. Van Helsings Waffen waren bereits in seinen Händen, und er zielte auf die Kreatur.

»Nein!«, schrie da jemand. Hände umklammerten seine Pistolen und schlugen sie nach oben, sodass sie in den Himmel feuerten.

Schon war der Werwolf um eine Ecke gebogen. Van Helsing rannte hinterher, nur um gerade noch zu sehen, wie er im dunklen Wald verschwand. Anna lief zu ihm. Wütend umklammerte Van Helsing ihre Kehle, drückte sie gegen die nächste Wand.

»*Warum?*«, brüllte er. Sein Griff war so fest, dass sie nicht atmen konnte.

»Sie … Sie erwürgen mich«, krächzte sie.

»Geben Sie mir einen Grund, es nicht zu tun«, sagte Van Helsing mit zusammengebissenen Zähnen.

Anna starrte ihn mit aufgerissenen Augen an, verängstigt – aber verraten würde sie nichts, das sah er. Schließlich lockerte er seinen Griff ein wenig.

»Ich kann nicht … wenn die Leute erfahren …«, sagte sie.

Van Helsing musterte ihr Gesicht und ließ sie dann los. Als sie nach Luft schnappte, spürte er, wie sein Zorn verrauchte. »Er ist nicht mehr Ihr Bruder, Anna.«

»Sie wussten es?«

»Ich habe es vermutet.«

»*Bevor* oder *nachdem* ich verhindert habe, dass Sie auf ihn schießen?«

Er wusste, dass ihr die Antwort nicht gefallen würde. »Schon vorher.«

Jetzt war es an ihr, wütend zu sein. »Und Sie haben trotzdem versucht, ihn zu töten?«

»Er ist ein Werwolf! Er wird Menschen töten«, erklärte Van Helsing, ihm war aber auch klar, dass sie das besser wusste als jeder andere.

»Er kann nichts dagegen tun. Es ist nicht seine Schuld.«

»Ich weiß, aber er wird es trotzdem tun.«

Sie musterte ihn einen Moment. »Wissen Sie, was Vergebung ist?«

»Ich bitte oft darum«, erwiderte Van Helsing.

Entschlossenheit verhärtete ihr Gesicht. »Es heißt, dass Dracula ein Heilmittel hat. Wenn es eine Chance gibt, meinen Bruder zu retten, dann nehme ich sie auch wahr.« Anna wollte davonstürmen, doch Van Helsings Hand schoss vor und packte sie.

»Ich muss Dracula finden«, erklärte er. Und dafür brauche ich Sie. Vorzugsweise lebend, fügte er im Stillen hinzu.

Die Entschlossenheit auf ihrem Gesicht verschwand, und Tränen traten ihr in die Augen. Fort war die Prinzessin, die starke Frau, die zähe Monsterjägerin. Jetzt sah sie wie ein kleines Mädchen aus, verzweifelt und darauf erpicht, ihren Bruder zu retten. »Ich verabscheue Dracula mehr, als Sie sich vorstellen können. Er hat mir alles genommen und mich allein in der Welt gelassen.« Sie sank erschöpft an die Wand. Als Van Helsing ihren Kummer sah, dämmerte ihm, dass es etwas Schlimmeres gab, als keine Vergangenheit zu haben.

»Erinnerungen an jene zu haben, die man geliebt und dann verloren hat, ist vielleicht härter, als überhaupt keine Erinnerungen zu haben«, sagte er seufzend. Ihr zu helfen war töricht und gefährlich. Es würde ihn von seinem Auftrag ablenken; vielleicht würde es sogar Dracula helfen, und definitiv würde es den Kardinal wütend machen ... Zumindest einen positiven Aspekt hatte die Sache also.

Van Helsing lächelte und sagte: »In Ordnung, Anna, suchen wir Ihren Bruder.«

8

Dracula beobachtete die Dwergi bei der Arbeit. Sie waren abscheuliche Kreaturen, sogar für seine Begriffe, aber zu irgendetwas waren selbst die Lebenden zu gebrauchen. Victor Frankenstein zum Beispiel war definitiv von großem Nutzen gewesen. Er hatte dieses Laboratorium aufgebaut, was kein anderer Mensch zu Stande gebracht hätte – nicht einmal der Graf selbst, wie er zugeben musste. Dieses Eingeständnis fiel ihm nicht leicht, denn auch er war im Leben ein außergewöhnlicher Mann gewesen: Soldat, Staatsmann und Alchemist, der auf dem neuesten wissenschaftlichen Stand seiner Zeit arbeitete.

Nun, im Tode war er viel mehr als das, und selbst Frankenstein in seiner ganzen Genialität hatte sich recht schnell seinem Willen beugen müssen.

Seine Günstlinge sahen ihn erwartungsvoll an, und nickend gab Dracula seine Zustimmung. Sogleich legte ein Dwerger mit seinen kleinen Fingern, die in einem Handschuh steckten, einen riesigen Schalter um, und das Laboratorium erwachte zum Leben. Lichtbögen blitzten auf, als große Dynamos, Generatoren und weitere Geräte sich mit Getöse an die Arbeit machten. Die Dwergi huschten hin und her und trafen in großer Eile die letzten Vorbereitungen.

Plötzlich blitzte es erneut, und Dracula sah nach oben zu dem Fenster im Dach, das er in jener Nacht zertrümmert hatte, als er aus dem Laboratorium geflogen war – nachdem Frankenstein sein Experiment erfolgreich zu Ende gebracht hatte. »Igor!«, rief er.

Der verwachsene kleine Mann schaute durch das Fenster nach unten, wobei er sich heftig gegen den Wind stemmte, der ihn fast wegzuwehen drohte. Der Graf hatte gut daran getan, ihn damals in Frankensteins Dienst zu stellen. Igor war ihm bei der Reparatur der defekten Geräte eine wertvolle Hilfe gewesen und hatte ihn gelehrt, die Apparate zu bedienen. Obendrein war er von Natur aus grausam und hinterlistig, und das wusste Dracula zu schätzen.

»Ja, Meister!«, rief Igor von oben.

»Bist du fertig?«

»Ja, alles vorbereitet! Wir kommen jetzt runter, um die letzten Geräte anzuschließen!«

»Gut.« Ja, die Lebenden waren in der Tat zu gebrauchen ... sogar diejenigen, die nicht als Nahrung dienten.

Dracula spürte die Anwesenheit eines weiteren Dieners. Durch einen Spalt in der Granitmauer schlüpfte der Werwolf, den Blick auf Dracula geheftet. Das Geschöpf wollte sich seinem Herrn noch nicht so recht fügen, aber das würde sich schon geben. Der Graf ignorierte die Bestie ganz bewusst. »Werwölfe sind eine echte Plage in ihrer ersten Vollmondphase. Schwer in den Griff zu bekommen!«

Die schweren Gewitterwolken, die sich vor den Mond schoben, zeigten rasch Wirkung – das Tier begann zu schrumpfen und verlor sein Fell. Wenige Augenblicke später lag Prinz Velkan aus dem Hause Valerious schmerzgekrümmt auf dem Boden.

Dracula umkreiste ihn. »Ich habe dir einen einfachen Auftrag gegeben. Du solltest herausfinden, wer unser neuer Freund ist, und du nutzt die Gelegenheit, um mit deiner Schwester zu reden!« Er hatte das Gespräch im Geist verfolgt und war beunruhigt. Velkan hatte zwar nichts Entscheidendes verraten können, trotzdem war es ihm, als der Mond von den Wolken verdeckt wurde, vorübergehend gelungen, wieder menschliche Gestalt anzunehmen.

»Lass sie aus dem Spiel, Graf!«, zischte Velkan. »Sie kennt dein Geheimnis nicht, und bald werde ich es mit ins Grab nehmen.«

Er war tatsächlich stark, wenn er ihm sogar jetzt noch innerlich Widerstand leistete. Dracula hatte seine Freude daran. Er trat an den schmutzigen Eisenkäfig, im dem Frankensteins Kreatur einst zum Leben erweckt worden war. Dem neuen Insassen war dieses Glück nicht beschieden – in der Apparatur lag eine völlig verkohlte Leiche.

»So bald wirst du nicht sterben. Du wirst mir noch von einigem Nutzen sein«, erklärte Dracula voller Vorfreude auf das, was er Velkan antun wollte.

»Eher sterbe ich, als dass ich dir helfe«, fauchte Velkan.

»Sei nicht so langweilig! Wer das sagt, lebt nicht mehr lange«, entgegnete der Graf. Bei Victor Frankenstein war es jedenfalls so gewesen. Dracula löste die Metallbügel von der Leiche. »Außerdem hast du ab heute Nacht, wenn es erst einmal Mitternacht geschlagen hat, gar keine andere Wahl mehr, als mir zu gehorchen.«

Dracula riss mit einer Hand den verkohlten Leichnam aus dem Käfig und warf ihn Velkan vor die Füße. »Kommt dir der bekannt vor?«, fragte er gespannt.

Velkan sah sich die verkohlte Gestalt genauer an und erkannte plötzlich, wen er vor sich hatte. »Vater«, flüsterte er. Der Schmerz stand dem Prinzen ins Gesicht geschrieben, als ihm klar wurde, dass sich sein Vater, seit er verschwunden war, in Draculas Gewalt befunden hatte. Es war Velkan deutlich anzusehen, wie er sich vorstellte, welche Grausamkeiten der Graf seinem größten Feind Lord Valerious zugefügt haben mochte.

Dracula war gnadenlos bei seiner Nemesis vorgegangen. Letzten Endes war Valerious zu schwach gewesen. Doch auch im Tode hatte er sich noch als nützlich erwiesen. Dracula hatte Frankensteins Experiment an Lord Valerious' Leiche wiederholt – natürlich ohne Erfolg, aber durch den Versuch hatte er einige Korrekturen an dem wissenschaftlichen Experiment vornehmen können.

Der Graf hätte die Qualen, die sich in Velkans Gesicht spiegelten, gern länger genossen, aber er hatte Wichtigeres zu tun. Er packte den Prinzen, hob ihn hoch und warf ihn in den Käfig.

Igor erteilte den Dwergi barsche Befehle, und rasch schnallten sie Velkan fest.

»Er war unbrauchbar. Aber da du nun das Werwolfgift im Blut hast, hoffe ich, du wirst von größerem Nutzen für mich sein.« Der Graf drückte Velkan den rostigen Helm auf den Kopf und schloss die daran befestigten Drähte und Elektroden an die Dynamos an. Velkan, der sich inzwischen von seiner letzten Verwandlung erholt hatte, kämpfte heftig gegen seine Fesseln an. Er bot sogar eine durchaus passable Demonstration menschlicher Stärke und Leistungsfähigkeit, fand der Graf, aber alle Gegenwehr war natürlich zwecklos.

»*Mir* ist es nicht gelungen, dich zu töten, Graf, aber meine Schwester wird dich zur Strecke bringen!«, schwor Velkan trotzig und versuchte vergeblich, sich aufzubäumen.

Anna und Van Helsing ritten Seite an Seite die verschneite Landstraße hinunter. Aufmerksam ließ Van Helsing den Blick immer wieder über Wald und Straße streifen. Dabei registrierte er mit Interesse, dass auch Anna sich häufig umsah. Sie machte sich große Sorgen um ihren Bruder, und trotzdem hatte es den Anschein, als suche sie den Kampf mit den dunkelsten Kräften dieser Welt und der nachfolgenden.

»Ich tue das alles aus ganz persönlichen Gründen: Es geht um die Familie und die Ehre«, erklärte Anna. Das konnte Van Helsing nachvollziehen, zumindest auf Verstandesebene. Er selbst hatte keine Familie, derer er gedenken konnte. Die Prinzessin sah ihn neugierig an. »Und warum tun *Sie* es?«, fragte sie. »Ihre Tätigkeit – was erhoffen Sie sich davon?«

»Ich weiß nicht ... so etwas wie Selbsterkenntnis vielleicht«, sagte er, aber im Vergleich zu Annas Beweggründen kamen ihm seine recht unbedeutend vor.

»Was hat die Arbeit Ihnen bisher gebracht?«, hakte sie nach, als hätte sie seine Gedanken erraten.

»Rückenschmerzen«, entgegnete er mit einem Anflug von Humor in der Stimme. Anna lächelte, und Van Helsings Mundwinkel gingen unwillkürlich nach oben. Der heitere Augenblick endete jäh, als ihnen weiter vorn auf der Straße etwas ins Auge stach. Gleichzeitig sprangen sie vom Pferd. Anna erreichte die Stelle als Erste und hob ein Büschel langer, drahtiger Haare vom Boden auf.

»Werwölfe können nur vor ihrem ersten Vollmond das Fell abwerfen. Bevor der Fluch vollends von ihnen Besitz ergreift«, erklärte sie.

Blitze zuckten über den Himmel, und Sekunden später donnerte es. In einiger Entfernung ragte ein bedrohlich wirkendes Schloss in den Himmel. Aus dem Gebäude, das kurz darauf von weiteren Blitzen erhellt wurde, schossen grelle Lichtbögen. Etwas Seltsames ging dort vor. Und was auch immer es sein mochte, Van Helsing wusste genau, wer dahinter steckte.

Wortlos saßen er und Anna auf und ritten auf das Schloss zu. Minuten später erreichten sie die verfallene alte Scheune neben dem Hauptgebäude. Beim Absteigen sagte Anna: »Ich verstehe das nicht. Der Mann, der hier lebte, wurde vor einem Jahr getötet – zusammen mit der schrecklichen Kreatur, die er geschaffen hatte.«

»Damals ist auch Ihr Vater verschwunden«, bemerkte Van Helsing.

»Kurz danach.«

Van Helsing überlegte, ob er deutlicher werden sollte, aber was konnte er Anna schon sagen? Dass sein Instinkt ihm verriet, dass Dracula an diesem Ort war? Er beschloss zu schweigen, und sie banden ihre Pferde an einem Pfosten fest.

Sie stapften an der Scheune entlang durch den Schnee und spähten durch das ramponierte Tor zum Schloss. In einem Fenster hoch oben im Hauptturm blitzte es. Weitere Erklärungen waren überflüssig, fand Van Helsing, der Anblick sollte der Prinzessin eigentlich genügen.

»Vampire, Werwölfe, Blitze im Winter … ein wahrhaft albtraumhafter Ort«, bemerkte er.

Anna starrte das unheimliche Schloss gedankenverloren an. »Ich war noch nie am Meer«, sagte sie schließlich. Van Helsing sah sie an. Auf ihrem Gesicht lag ein wehmütiger Ausdruck.

Vielleicht wird das auch so bleiben, dachte er, und stellte fest, dass ihn dieser Gedanke betrübte. Obwohl er in den letzten sieben Jahren so viele Tote gesehen hatte, so viele verschwendete Leben, rührte ihn der schlichte Wunsch einer jungen Frau, etwas zu sehen, was sie noch nie zuvor gesehen hatte. Er nahm sich vor, ihr bei Gelegenheit ein wenig über das Meer zu erzählen.

»Es ist bestimmt wunderschön dort«, sinnierte Anna traurig und wollte schon auf das Schloss zugehen, als Van Helsing sie zurückhielt.

»Die einen nehmen den Haupteingang«, sagte er und zeigte auf einen Leichenhaufen im Gebüsch, der kurz im Lichtschein eines Blitzes zu sehen war. »Und die anderen leben noch ein bisschen länger.«

Anna hatte einen guten Instinkt. Was ihr für diese Arbeit fehlte, war Erfahrung. Wenn sie das alles überlebte, würde sie vielleicht so gut werden wie er. Van Helsing hoffte allerdings, dass sie sich aus diesem furchtbaren Geschäft zurückzog, bevor sie … so wurde wie er. Bevor sie für den siegreichen Kampf zu viel von sich selbst opferte.

Wenn Draculas Fluch von diesem Land genommen war, gab es keine Monster mehr, die sie bekämpfen musste. Vielleicht konnte er sie bis dahin beschützen – einmal etwas bewahren, statt immer nur zu zerstören. Vielleicht würde er so einiges von sich zurückgewinnen, das ihm unterwegs abhanden gekommen war.

Van Helsing führte Anna auf die Rückseite des Schlosses, wo sie auf eine kleine Tür stießen: eine Art Notausstieg. Sie wäre ihnen gar nicht aufgefallen, hätte sie nicht wegen eines ausgerissenen Scharniers schief im Rahmen gehangen. Nachdem sie hindurchgeschlüpft waren, platschte Schmutzwasser um ihre Stiefel, und sie fanden sich mitten in einer großen Empfangshalle wieder, die schon bessere Zeiten erlebt hatte. Es roch nach Tod und Verwesung. Dracula war da; das spürte Van Helsing deutlich. Am anderen Ende des Raumes huschte eine kleine Gestalt vorbei. Van Helsing legte seine Schrotflinte an. Anna nickte und sagte: »Ein Dwerger.«

»Ein Dwerger?«, wiederholte Van Helsing.

»Einer von Draculas Dienern. Wenn Sie die Gelegenheit bekommen, einen zu töten, dann tun Sie es – bevor die Dwergi Gelegenheit haben, Ihnen Schlimmeres anzutun.«

»Alles klar.«

Ein weiterer Dwerger kam herein. Er war in Lumpen gekleidet und trug eine Art Maske mit Schutzbrille. Van Helsing ließ die Flinte sinken.

Der Dwerger blickte hoch und schrie etwas. Entsetzt drehte Anna sich zu Van Helsing um. »Sie benutzen meinen Bruder für irgendein Experiment!«

»Anna …« Mehr brachte er nicht heraus.

Anna war verzweifelt. »Mein Bruder kämpft immer noch gegen das Böse in ihm an. Es gibt noch Hoffnung!«

Van Helsing fasste sie am Arm und redete leise auf sie ein: »Anna! Es gibt keine Hoffnung für Ihren Bruder, aber wenn wir Dracula töten, schützen wir viele andere.« Es auszusprechen schmerzte ihn – und er wusste, es zu hören schmerzte sie –, aber es war nun einmal die Wahrheit. Sie konnten dennoch etwas erreichen, etwas Wichtiges von nachhaltiger Bedeutung, damit der Tod ihres Bruders und die vielen anderen Opfer ihrer Familie nicht umsonst gewesen waren.

In Annas Augen sah er, dass sie langsam verstand. Van Helsing starrte sie wortlos an, und Bedauern stand ihm ins Gesicht geschrieben.

Als ein Blitz den Himmel erhellte, lächelte Dracula. Ein weiterer Diener, der sich seinem Willen beugte. Die Gewitter kontrollierte er ebenso wie die Werwölfe, die er mit seinem Fluch dazu zwang, seine Befehle auszuführen.

Die Dwergi eilten hin und her und kümmerten sich um die Geräte. Das Kräftegleichgewicht bei diesem Experiment war eine äußerst heikle Sache: Der kleinste Berechnungsfehler machte das Testobjekt nutzlos – wie im Falle des verkohlten Lord Valerious.

Der Graf hatte frustriert feststellen müssen, dass einige von Frankensteins Notizen fehlten und auch seine Tagebücher – eine unerfreuliche Überraschung, die jedoch zu verschmerzen war. Das Werwolfgift machte Velkan stärker und weniger anfällig für kleine Ungenauigkeiten bei der Prozedur.

Die elektrische Spannung knisterte. Die Dynamos und Generatoren surrten. Das Becken für die chemische Reaktion brodelte. Sämtliche Prozesse beschleunigten sich. Ja, bald war es an der Zeit.

Der Graf drehte an einem Schwungrad, und die Apparatur mit Velkan stieg in die Höhe, dem Dachfenster entgegen.

Als Van Helsing und Anna um eine riesige Steinsäule bogen, bot sich ihnen ein merkwürdiger Anblick: Unter der Decke und an den Balken hingen Dutzende klebrig-weißer madenähnlicher Kokons. Schleim tropfte auf den Boden, und ein grässlicher Gestank lag in der Luft.

»Haben Sie so etwas schon einmal gesehen?«, fragte Van Helsing.

Anna schüttelte den Kopf. Der Anblick widerte sie offenbar genauso an wie ihn. »Was ist das?«

Van Helsing trat näher und hatte die Antwort sofort parat. »Nachwuchs.«

»Was?«, fragte Anna verständnislos.

»Ein Mann, der vierhundert Jahre mit drei herrlichen Frauen gelebt hat?« Van Helsing zog eine Augenbraue hoch und sah Anna abwartend an. Sie ließ den Blick über die Kokons schweifen.

»Vampire sind wandelnde Tote. Da liegt es auf der Hand, dass auch ihre Kinder tot geboren werden«, sagte sie nachdenklich.

In allen Kokons steckten Kabel. »Er versucht bestimmt, sie zum Leben zu erwecken.« Bei dieser Vorstellung gefror Van Helsing das Blut in den Adern. Sein Blick wanderte die Drähte entlang, die, zu einem Strang zusammengedreht, die breite Treppe hoch in einen Raum führten, aus dem flimmerndes Licht zu ihnen herunterschien. »Wie man mir sagte, haben Dracula und seine Bräute nur ein, zwei Leute pro Monat getötet.«

Er öffnete mit einer Hand seine Schrotflinte und riss mit der anderen eine Schachtel Patronen auf. Es war eine besondere Munition, die Carl entwickelt hatte. Sie bestand weitgehend aus Silbernitrat.

»Wenn die alle zum Leben erweckt werden ...« Van Helsing sparte sich den Rest des Satzes. Stattdessen lud er seine Waffe mit den Spezialpatronen.

Dracula ging zu dem Becken für die chemische Reaktion, knallte die Klappe zu und verriegelte sie. »Lasst uns beginnen!«, rief er dann.

Igor und die Dwergi erklommen das Gerüst, das über dem Laboratorium aufgebaut war, und nahmen ihre Positionen ein. Das Unwetter wurde heftiger. Immer wieder fegten Regen und Windböen durch das Dachfenster. Grelle Blitze zuckten über den schwarzen Nachthimmel, gefolgt von lauten Donnerschlägen. Dies war der Beginn eines neuen Zeitalters auf der Erde, ein wahrhaft berauschender Augenblick.

Ein Blitz schlug in den Konduktor oben in den Käfig ein. Der Graf stellte sich vor, wie die elektrische Ladung durch Velkans Körper jagte. Es war bestimmt sehr schmerzhaft – ein Gedanke, der ihm Vergnügen bereitete. Einen Augenblick später strömte die Energie durch die Kabel, und für einen Moment wurde es im Laboratorium taghell.

Dracula hatte fast das Gefühl, wieder lebendig zu sein.

Van Helsing berührte einen der Kokons. Er fühlte sich weich an, und er bohrte seine Finger hinein, obwohl sein Magen auf der Stelle rebellierte. Eine widerliche Arbeit, die Arbeit eines Lumpensammlers!, dachte er bitter. Der faule Gestank wurde noch schlimmer, als er dicken, kalten Schleim an den Fingern spürte.

Plötzlich blitzte es, und ein Donnerschlag erschütterte das Gebäude. Die Kabel begannen wie wild zu zucken. Van Helsing kämpfte gegen den Impuls an, die Hand aus dem Kokon zu ziehen. Tapfer bohrte er immer weiter und machte sich auf alles gefasst.

Da war es: etwas Festes in der viskosen Masse.

Er vergrößerte das Loch, bis er es sehen konnte: das kleine, fast schon menschliche Gesicht eines Fledermauswesens.

Es sah aus wie die Ungeheuer, denen er früher am Tag begegnet war, nur runder und stämmiger. Die Augen waren groß, dunkel und ohne Lider. Eine behaarte Schweineschnauze saß über einem weit geöffneten Maul voller kleiner, spitzer Zähne, die fleckig und grün gefärbt waren.

Die Augen des Monsterkindes waren zwar offen, aber vollkommen leblos. Van Helsing spürte, wie sich ihm erneut der Magen umdrehte, als er die ungewöhnliche Kreatur betrachtete. Wie er mit einem Seitenblick feststellte, bereitete auch Anna dieser Anblick Übelkeit.

Noch einmal blitzte und donnerte es, und sämtliche Kabel knisterten. Vor ihren Augen wurde die abscheuliche kleine Kreatur mit einem Fauchen lebendig. Anna schrie unwillkürlich auf. Van Helsing hielt ihr rasch den Mund zu – mit Bedacht nahm er dazu nicht die Hand, mit der er gerade noch in dem ekeligen Kokon gewühlt hatte. Er zog die Prinzessin fest an sich und beobachtete, wie sämtliche Schleimbeutel von pulsierendem Leben erfüllt wurden.

Von oben kamen Geräusche, und Van Helsing sah, wie die zwei Bräute und ein Mann in Schwarz aus dem flimmernden Licht des Laboratoriums auf einen Balkon traten. Dracula! Die Vampire bemerkten sie nicht. Vorsichtig zogen sich Van Helsing und Anna in eine dunkle Ecke zurück, als es zum dritten Mal blitzte und alle Kabel heruntergerissen wurden. Die Kokons begannen heftig zu zittern. Die kleine Fledermauskreatur, an der Van Helsing herumgestochert hatte, barst aus ihrem Kokon und schoss mit Flügeln, die weit über einen Meter lang waren, in die Höhe.

Weitere Kokons platzten, und der weiße Schleim spritzte an Wände und Säulen.

Die neugeborenen Ungeheuer flatterten mit ohrenbetäubendem Gekreische durch die Halle.

Von oben dröhnte Draculas Stimme herunter: »Sie brauchen Nahrung. Zeigt ihnen, wie es geht! Und betet zum Teufel, dass sie diesmal am Leben bleiben!«

Die beiden Bräute mischten sich unter ihren Nachwuchs, und Van Helsing lief es bei der Vorstellung, was sie den Leuten auf dem Lande antun würden, kalt den Rücken hinunter. »Holt euch Nahrung! Ihr müsst ins Dorf! Ins Dorf!«

»An dieser Stelle komme ich ins Spiel«, rief Van Helsing. Entschlossen stürzte er zurück in die Halle und stellte erfreut fest, dass die Kreaturen von dort verschwunden waren. Um ihren Eltern nahe zu sein, waren sie nach oben geflogen.

»Nein! Warten Sie! Tun Sie es nicht!«, rief Anna.

Van Helsing spannte den Hahn seiner Flinte, als plötzlich sämtliche Fenster in der Halle zerbarsten und die Bräute mit den Fledermauskreaturen hinausflogen. Er eröffnete das Feuer und schoss konzentriert einige Salven Silbernitrat ab. Einige der grässlichen Wesen wurden getroffen und explodierten zu schwarzem Schleim.

Während er weiterfeuerte, warf Van Helsing einen Blick nach oben und sah, wie zornig Dracula war. Rasch schob er seine Flinte wieder in das Halfter auf seinem Rücken. »Da ich nun Ihre ungeteilte Aufmerksamkeit habe...«

Einen Augenblick später fragte Van Helsing sich, ob es wirklich so schlau gewesen war, den Grafen auf sich aufmerksam zu machen, denn Dracula sprang mit einem wütenden Schrei von dem über zwanzig Meter hohen Balkon und stürzte durch die Luft auf ihn zu! Rasch versuchte er, sich und Anna in Sicherheit zu bringen. Über ihnen waren Schläge von riesigen Flügeln zu hören, und sie spürten kräftige Windstöße: Dracula hatte sich in eine Fledermauskreatur verwandelt. Der starke Luftzug wirbelte kleine und große Gegenstände umher und warf Anna fast um, als sie hinter einer Säule hervorkam und die Treppe hinaufflitzte – zu dem Laboratorium, zu ihrem Bruder. Van Helsing unterdrückte das Verlangen, ihr zu folgen. Der Graf hatte es auf ihn abgesehen, und sie war dort am sichersten, wo er nicht war …

So plötzlich, wie er eingesetzt hatte, ebbte der Wind auch wieder ab. Van Helsing rannte weiter, auch als er Draculas Stimme hörte: »Ich kann den Charakter eines Mannes am Klang seines Herzschlags erkennen. Wenn ich näher komme, ist es für gewöhnlich ein Takt, zu dem ich fast tanzen könnte … Seltsam, dass deiner so gleichmäßig ist.«

Wenn Dracula seinen Herzschlag hören konnte, spielte es keine Rolle, wie schnell oder wie weit er lief; der Graf würde ihn auf jeden Fall erwischen. Und doch rannte Van Helsing weiter.

Carl hätte nichts dagegen einzuwenden gehabt, ein paar Jahre in dem Turmzimmer der Familie Valerious zu verweilen. Es gab Bücher dort, die nicht einmal in den gut ausgestatteten Bibliotheken des Vatikans zu finden waren. Brauchtum, Geschichte, Spiritualität, aber auch Naturwissenschaft und Mathematik … Und er war auf Reliquien und alte Artefakte gestoßen, die er nicht einmal hatte identifizieren können.

Obwohl es ihm fast unangenehm gewesen war, die Sammlung in Unordnung zu bringen, hatte er das von ihm benötigte Material mit größtmöglicher Vorsicht rings um das große Himmelbett sortiert, das ihm übergangsweise als Schreibtisch diente. Er las eine lateinische Schrift, von der er unbedingt dem Kardinal berichten musste: ein heiliges Buch aus dem zweiten Jahrhundert, von dem er noch nie gehört hatte, aus der Feder eines Geistlichen, mit Fallbeispielen von Teufelsaustreibungen und den frühesten Formen kirchlicher Riten. Es war eines der erstaunlichsten Bücher, das er je gelesen hatte.

»Also, das ist interessant …«, sinnierte er laut.

Da riss ihn furchtbares Gekreisch aus seinen Gedanken. Er lief ans Fenster und erblickte einen Schwarm merkwürdiger Wesen, die aussahen wie fliegende Affen.

Was auch immer für Geschöpfe das sein mochten, sie brachten auf jeden Fall Unheil. Ohne zu zögern, verließ Carl im Laufschritt das Zimmer. Er rannte die Treppe hinunter und wies die Diener an, im Haus zu bleiben. Als er nach draußen lief, dachte er noch, dass er besser daran täte, den eigenen Rat zu befolgen. Aber es ging nicht anders: Er musste die Dorfbewohner warnen.

Er erreichte die Ortschaft kurz vor den Kreaturen. Dutzende Menschen standen bereits auf dem Dorfplatz, ein paar Männer kamen mit einer attraktiven Kellnerin aus dem Wirtshaus gestürmt, und alle starrten wie gebannt in den Himmel.

Carl warf einen Blick über die Schulter und sah, dass der Schwarm dicht hinter ihm war. Die beiden Bräute führten in Fledermausgestalt den Angriff an. Die Ähnlichkeit war unverkennbar, und plötzlich begriff Carl, um was es sich bei den kleinen Kreaturen handelte.

»Oh, mein Gott! Was sollen wir tun? Was sollen wir denn bloß tun?«, hörte er die Kellnerin rufen.

Für Carl lag die Antwort auf der Hand. Er rannte zu ihr hinüber und schrie: »Weglaufen!«

Dann packte er die Frau und suchte hinter der nächstbesten Tür mit ihr Schutz, in dem Moment, als die grässlichen Fledermäuse im Sturzflug angriffen. Die Leute stoben in alle Richtungen davon. Carl beobachtete entsetzt, wie die Ungeheuer ihre Opfer ergriffen und mit ihnen davonflogen oder zu mehreren über einzelne Dorfbewohner herfielen.

Die Geschöpfe waren stark und gefährlich – und sie waren sehr viele. Gott steh uns bei!, flehte Carl innerlich. Die Kellnerin klammerte sich verängstigt an ihn.

9

Mit der Hand am Heft ihres Schwertes schlich Anna die Treppe hoch. Dracula war hinter Van Helsing her, und die Bräute waren mit ihrem untoten Nachwuchs davongeflogen. Falls der Graf also irgendwelche Diener zurückgelassen hatte, waren sie auf jeden Fall sterblich … und verwundbar.

Oben angekommen zog die Prinzessin sofort ihr Schwert. Das Laboratorium war groß, und überall standen Geräte herum, von denen sie nur wenige kannte. Mit den meisten wusste sie gar nichts anzufangen. Lichtbögen zuckten, Kabel knisterten, und es herrschte ein schier unglaubliches Getöse. Überall flitzten die entsetzlichen Dwergi umher, und ein kleiner missgebildeter Mann mit einem Buckel brüllte über den Lärm hinweg Befehle. Anna hatte schon von ihm gehört; es war Igor, der früher bei Dr. Frankenstein gearbeitet hatte. Es hatte einen Skandal wegen Grabräuberei gegeben, und Igor war in eben jener Nacht verschwunden, in der Frankenstein und sein Ungeheuer umgekommen waren.

»Wir verlieren Energie! Der Mensch bringt es nicht! Dreht die Generatoren auf! Macht den Dynamos Dampf!«, schrie Igor.

Als Anna in die Höhe blickte, sah sie hoch über dem Fenster im Dach das Eisengehäuse. Da ist Velkan!, durchfuhr es sie entsetzt. In diesem Augenblick schlug der Blitz in den Käfig ein, und Anna zuckte zusammen, als ein Arm ihres Bruders wild zu zucken begann. Er lebte! Aber Werwolfblut hin oder her – viele

Blitzschläge würde er nicht überstehen. »Velkan«, flüsterte Anna und kletterte kurz entschlossen die nächstbeste Leiter hoch.

Sie gelangte auf einen Gerüststeg, der sechs Meter unterhalb des Daches an der Turmmauer entlangführte. Rasch lief Anna mit gezogenem Schwert auf die nächste Leiter zu. Auf halbem Wege hörte sie Geschrei und sah sich hastig um: Ein Dwerger kam von rechts auf sie zu, ein anderer von links.

Anna klemmte sich das Schwert zwischen die Zähne, beugte sich vor und machte einen Hechtsprung an das dicke Seil, das über einem Fass mit einer gefährlich aussehenden grünen Brühe hing. Einen Augenblick später sprangen ihr die Dwergi hinterher. Zu Annas Überraschung gelang auch ihnen der riskante Sprung. Sie rief sich in Erinnerung, dass sie stärker waren, als sie aussahen: Viele Landsleute hatten diese Kreaturen in der Vergangenheit unterschätzt und einen hohen Preis dafür bezahlt.

Anna kletterte dicht gefolgt von den beiden Dwergi an dem Seil hoch. Sie waren auch schneller, als sie aussahen. Anna überlegte, wie sie gegen sie vorgehen sollte, und entschied sich für das Nächstliegende: Sie nahm das Schwert zur Hand, um das Seil zwischen sich und den Verfolgern zu zerschneiden. Das alte Familienstück ließ sie nicht im Stich. Die Klinge durchtrennte das Seil mühelos, und ihrer Stärke, Schnelligkeit und Bösartigkeit zum Trotz plumpsten die Dwergi wie Steine in die grüne Brühe.

Die übrigen Diener von Dracula schienen Anna gar nicht zu bemerken. Sie arbeiteten fieberhaft weiter, und Anna hörte, wie Igor rief: »Wir dürfen die Nachkommenschaft des Meisters nicht verlieren!«

Das werdet ihr aber, wenn es nach mir geht!, dachte Anna und kletterte weiter.

Van Helsing wartete. Er hielt sich am oberen Ende der Säule fest und umklammerte seinen Holzpflock, um sich im geeigneten Augenblick auf Dracula zu stürzen. Da er dem Grafen, was Stärke und Geschwindigkeit anging, nicht gewachsen war, musste er das Ungeheuer überraschen.

Die energischen Schritte, die sich kurz darauf näherten, verrieten ihm, dass Dracula nach ihm suchte. Trotz seiner Rage schien der Vampir dabei mit eiskalter Präzision vorzugehen.

Als der Graf unter ihm auftauchte, machte Van Helsing sich bereit und wartete auf seine Gelegenheit. Dann trat Dracula auf das Phosphorzündholz, das Van Helsing auf dem Boden präpariert hatte.

Das Streichholz flammte auf, und Dracula sah erstaunt an sich hinunter. Im selben Moment ließ Van Helsing sich auf ihn fallen und holte aus. Dann rammte er dem Vampir den Pflock mit beiden Händen in die Brust. Es war ein präziser Hieb, exakt an der Stelle, wo das Herz des Grafen zu vermuten war.

Van Helsing sprang auf und wartete auf den Fall des Ungeheuers. Doch der Graf stand nur einen Augenblick lang reglos da … dann lächelte er. Unglaublich! Einen solchen Treffer konnte kein Vampir überleben!

»Hallo, Gabriel«, sagte er freundlich.

Van Helsing erstarrte. Der Graf begrüßte ihn wie einen alten Bekannten. Während Van Helsing diesen Schlag erst einmal verdauen musste, ergriff Dracula ganz ruhig den Pflock, der tief in seiner Brust steckte, riss ihn heraus und warf ihn lässig fort.

Die klaffende Wunde in seiner Brust schloss sich auf der Stelle und heilte vor Van Helsings Augen. Der Graf studierte ihn eingehend. »Du erinnerst dich doch, oder?«

»An was genau sollte ich mich erinnern?«, entgegnete Van Helsing und wich in die alte Halle zurück. Dracula folgte ihm. Mit seinen Bewegungen erinnerte er an eine Katze, die mit einer Maus spielt.

»Du bist der große Van Helsing. Den Mönche und Mullahs von Tibet bis Istanbul geschult haben. Der dem Schutze Roms untersteht! Der aber so wie ich …« – die Miene des Vampirs verfinsterte sich – »… von allen anderen gejagt wird.«

Van Helsing brauchte Zeit, um seine Gedanken zu ordnen – Zeit, die er nicht mehr haben würde, wenn das Ungeheuer ihn tötete. »Da die Ritter des Heiligen Ordens alles über *dich* wissen, ist es wohl keine Überraschung, dass du etwas über *mich* weißt.«

»Oh, viel mehr als das. Unsere gemeinsame Geschichte reicht weit zurück, Gabriel. Ich weiß, warum du so furchtbare Albträume hast. All diese grausigen Szenen aus vergangenen Schlachten. Weißt du, wie du zu den dreieckigen Narben auf deinem Rücken gekommen bist?«

Das war ein Trick, es musste einer sein, aber es fühlte sich wahr an. »Woher kennst du mich?«, wollte Van Helsing wissen.

Von oben ertönte ein schriller Schrei: Anna war in Gefahr! Dracula lächelte nur. »Soll ich dein Gedächtnis ein wenig auffrischen? Willst du ein paar Details aus deiner schmutzigen Vergangenheit?«

Da war es! Das, was er sich am meisten wünschte – das Ziel seiner Suche –, und ausgerechnet Dracula bot es ihm an. Van Helsing reagierte prompt: Er griff in seinen Umhang und holte das Kruzifix heraus, das im Vatikan geschmiedet und vom Papst persönlich gesegnet worden war. Entschlossen hielt er es Dracula vor die Nase.

Der Graf schrie auf und schlug das Kreuz wütend fort. Van Helsing hatte Mühe, es festzuhalten. Dracula fasste sich jedoch rasch wieder und tat so, als sei nichts geschehen. »Ich vermute, dieses Gespräch müssen wir ein anderes Mal fortsetzen. Aber bevor du gehst, will ich mich dir noch einmal vorstellen.« Er machte eine übertriebene Verbeugung. »Graf Vladislaus Dragulia. Geboren 1432, ermordet 1462.«

Van Helsing hielt das Kreuz fest umklammert. Aber selbst wenn es ihm damit gelang, sich den Vampir vom Leib zu halten, hatte er keine Waffe, mit der er ihm ernstlichen Schaden zufügen konnte. Dracula riss den Mund auf, und aus seinen Eckzähnen wurden spitze Vampirfänge. Neue Schreie waren zu hören, diesmal von weiter weg, aus Vaseria. Van Helsing meinte, die Stimmen von Draculas Bräuten zu hören, und auch der Graf wirbelte um die eigene Achse, um in die Richtung des Dorfes zu schauen.

Van Helsing verlor keine Zeit. Rasch sprang er in den stummen Diener und durchschnitt eins der Seile.

Als der Aufzug in die Höhe schoss und auf das Laboratorium zuraste, sah Van Helsing noch, wie Dracula sich zu ihm umdrehte und ihm hinterhersah.

Eine der Bräute Draculas flog über das Dorf hinweg, betrachtete vergnügt das Blutbad und freute sich über die vielen Toten. »Nur zu, meine Süßen! Esst euch satt!«

Carl lief, so schnell er konnte, und zerrte die Kellnerin hinter sich her. Entsetzt sah er, wie die Braut einen zu Tode erschrockenen Mann packte, der noch einen Augenblick an ihrer Hand baumelte, ehe sie ihn im hohen Bogen hinter das Dorf schleuderte. Kleinere Fledermauskreaturen schossen wie ein Schwarm Piranhas auf ihre Beute zu und rissen sie in Stücke.

Die Vampirnachkommen griffen die Dorfbewohner nun in Massen an, und Carl wurde von schlimmsten Befürchtungen heimgesucht. Er fürchtete nicht nur um sein eigenes Leben, sondern um die ganze Welt. Wenn sich diese Katastrophe fortsetzte, würde Draculas Brut bald die ganze Erde bevölkern: Das wäre das Ende der Schöpfung.

Das Fenster im dritten Stock eines Hauses zersplitterte, und eine Frau stürzte heraus. Zwei Feldermauskreaturen flogen hinter ihr her und fingen sie wenige Zentimeter über dem Boden ab.

Carl änderte die Richtung und zog die Kellnerin um die nächste Ecke, als die Kreaturen mit der Frau in den Himmel stiegen. Sie flogen recht niedrig, und ehe Carl bewusst wurde, was er tat, sprang er auch schon in die Höhe, um die Frau zu retten. Aber er erreichte sie nicht mehr, und die Biester machten sich mit ihr davon.

Da ertönte hinter ihm ein Schrei. Als Carl herumfuhr, sah er, wie die Kellnerin sich kopfüber in fast zwei Metern Höhe an einen Laternenpfahl klammerte, während eine Fledermauskreatur sie an den Füßen immer weiter in die Höhe zerrte. Eilig schnappte der Geistliche sich einen Stuhl, schwang ihn über den Kopf und schlug das Ungeheuer damit in die Flucht. Die junge Frau fiel ihm in die Arme, aber die Freude währte nur kurz, denn das Biest kehrte zurück und griff die beiden erneut an. Das Mädchen schrie, und Carl schrie unwillkürlich mit.

Einen knappen Meter vor ihnen kam das Wesen jedoch zum Halt und schwebte auf der Stelle. In seiner eben noch blutrünstigen Miene spiegelte sich Panik. Irgendetwas stimmte nicht. Das Wesen begann sich zu kratzen, und im nächsten Augenblick schien sein ganzer Leib sich zu verändern, er schmolz regelrecht, dann zerplatzte er unvermittelt.

Carl sah auf. Eine nach der anderen explodierten weitere Kreaturen, dann sogar ein paar gleichzeitig, bis sie schließlich alle verschwunden waren. Einige Unglücksraben unter den Dorfbewohnern, die von den Ungeheuern durch die Luft getragen wurden, als dies geschah, stürzten in den Tod. Die beiden Bräute flatterten aufgeregt umher und stießen hilflose, schrille Schreie aus.

Als Anna auf das Ende des Seils zukletterte, wurden drei Dwergi auf sie aufmerksam. Sie begann hin und her zu schaukeln, um Schwung zu holen, und sprang dann auf den Steg, der weiter oben an der Turmmauer entlanglief. Schon bei der Landung zog sie das Schwert.

Sobald sie das Gleichgewicht wieder gefunden hatte, ging sie zum Angriff über. Ihre Klinge prallte scheppernd von der Gesichtsmaske eines Dwergers ab, der rückwärts taumelte und fast hintenüberschlug. Wie sich dabei zeigte, waren seine Beine nicht annähernd so gut geschützt wie sein Gesicht. Die Prinzessin hackte sie ihm gnadenlos beide mit dem Schwert ab – und der Dwerger stürzte in die Tiefe. Davon ließen sich die anderen beiden jedoch nicht abschrecken und griffen gemeinsam an. Anna rannte ihnen entgegen.

Sie holte aus, traf den ersten in die Brust und stieß ihn rückwärts gegen die Mauer. Den nächsten stürzte sie mit einem gezielten Tritt vom Steg. Er gab einen kurzen, erstickten Schrei von sich, als er fiel.

Der dritte zögerte nur einen Augenblick, aber das genügte Anna, um ihm das Schwert in den Magen zu rammen. Als die Spitze der Klinge auf die Mauer hinter ihm traf, zog sie das Schwert wieder heraus, und der Dwerger brach auf dem Steg zusammen.

Mit einem Tritt beförderte sie ihn nach unten.

Ein paar Schritte, dann kletterte sie die Leiter hoch, um aufs Dach zu gelangen. Erfreut stellte sie fest, dass niemand dort war, aber sie blieb wachsam, denn Draculas Diener konnten jederzeit auftauchen.

Velkan lag auf einem Tisch aus Metall, der mit Kabeln an die schrecklichen Apparate des Grafen angeschlossen war. Es machte Anna wütend, dass Dracula ihren Bruder, den Besten der Familie, zu einem Werkzeug seines bösen Willens gemacht hatte. Als sie auf den Tisch zulief, hörte sie ein entsetzliches Geschrei, das nur von einer der Bräute Draculas stammen konnte, aus dem Dorf herüberschallen.

In seiner Benommenheit bemerkte Velkan sie zuerst gar nicht – nicht einmal, als sie begann, die Gurte zu lösen, mit denen er gefesselt war. Plötzlich jedoch wurde sein getrübter Blick klarer. Er schüttelte den Kopf und stieß sie mit dem freien Arm fort. Das war typisch für Velkan: Sogar in einer solchen Situation wollte er sie noch beschützen.

»Hör auf, Velkan! Hör auf! Ist schon gut. Ich bin gekommen, um dich zu retten«, sagte sie. In diesem Moment schlug die Turmuhr hinter ihnen Mitternacht, und mit einem Mal bekam Anna es mit der Angst zu tun.

Velkans Hand, die bereits mit Fell überwuchert war, verschloss Anna den Mund. Die langen Krallen gruben sich in ihre Wangen. Anna schrie ihren Schmerz heraus, die Angst um ihren Bruder und die Enttäuschung über ihr Scheitern. Sie war gekommen, um ihn zu retten, wie er es bereits zweimal für sie getan hatte. Aber im Gegensatz zu Velkan hatte sie versagt ...

Sie wehrte sich gegen ihn, doch Velkan hielt sie umso fester. Lieber würde sie sich von ihm das Gesicht zerfetzen lassen, als tatenlos zuzusehen, wie er Draculas Werkzeug wurde und die Familie auslöschte. Ihre Wut verlieh ihr neue Kraft, und irgendwie schaffte sie es, sich aus der Umklammerung ihres Bruders zu befreien.

Velkan besah seine Hände, die sich in Wolfspfoten verwandelten, und warf seiner Schwester einen letzten, langen Blick zu, in dem Schmerz und Bedauern lagen. Während die Turmuhr schlug, verwandelte er sich vor Annas Augen. Er verlor sein menschliches Antlitz, und der Wolf in ihm kam zum Vorschein. Anna wich zurück. Diesmal würde Velkan sie nicht retten; diesmal würde er …

Hinter ihr war jemand. Anna wirbelte um die eigene Achse und griff nach ihrem Schwert.

Es war Van Helsing. Er war gekommen … ihretwegen.

»Ich denke, wir haben die Gastfreundschaft des Hauses bereits überstrapaziert«, erklärte er. Ruhig und absolut von sich überzeugt, richtete er eine große glänzende Pistole auf die hohen Bäume vor dem Schloss und feuerte ein dünnes Seil ab, das über den Wassergraben direkt in die Krone einer riesigen Eiche in gut zweihundert Metern Entfernung flog. Dann zog Van Helsing das Seil stramm und befestigte das Ende am Dach.

Der Werwolf zerriss die Riemen, die seinen Brustkorb umspannten, und richtete sich auf, aber Van Helsing blieb ruhig. Ohne Panik hob er Anna hoch, griff mit der anderen Hand nach dem Seil und sprang über die Brüstung. Anna spürte, wie er von einem Schlag getroffen wurde, und befürchtete schon, die Bestie habe ihn erwischt, aber Van Helsing hielt sie weiter fest, als sie das Seil hinunterglitten.

Aus dem Augenwinkel nahm Anna eine Bewegung wahr und sah, wie der Werwolf das Seil durchtrennte. Dann fielen sie …

Nein, sie schwangen, und zwar über den Wassergraben und hinein in den dunklen Wald. Das Heulen des Werwolfs hallte vom Schloss herüber. Anna ließ sich zu Boden fallen, rollte sich ab und sprang rasch auf.

»Sind Sie verletzt?«, fragte Van Helsing.

»Nein, und Sie?«

Er schüttelte den Kopf.

Anna sah ihn mit ungläubigem Staunen an. Er war gekommen ...

Ihretwegen.

Carl schaute verwundert auf den Dorfplatz. Alles war still. Sogar der Regen hatte aufgehört, während die Überlebenden sich das Blutbad besahen. Ganz allmählich kamen wieder Leben und Bewegung in den Ort. Die Leute gingen umher, suchten ihre Lieben und halfen, wo sie konnten ...

»Was ist geschehen?«, fragte die Kellnerin.

»Sie ... sind einfach gestorben.«

Carl erlebte die zweite große Überraschung des Tages, als die Kellnerin unvermittelt die Arme um ihn schlang und ihn auf die Wange küsste. »Wie kann ich Ihnen das je vergelten?«, fragte sie.

Carl lächelte und flüsterte ihr etwas ins Ohr. Sie wirkte schockiert, jedoch nicht verärgert. »Aber das geht doch nicht! Sie sind ein Mönch.«

»Ach, ich bin nur ein kleiner Ordensbruder ...«

»Wo ist der Unterschied?«

»Es ist wahrscheinlich einfacher, wenn ich es Ihnen zeige.«

Dracula stand mit seinen Bräuten an der Brüstung des Turmes. Sie lagen ihm weinend in den Armen und konnten sich nicht beruhigen. Dracula hörte Igor von hinten kommen – hätte der Bucklige einen Schwanz besessen, er hätte ihn fest zwischen die Beine geklemmt, so verängstigt wirkte er. Gut so!, dachte Dracula. Dennoch war es mutig von dem Sterblichen, sich ihm überhaupt zu stellen.

»Es tut mir Leid, Meister. Wir geben uns die größte Mühe, aber ich fürchte, wir sind nicht so schlau wie Dr. Frankenstein.«

Maßlose Wut stieg in dem Grafen auf; er hätte größte Lust gehabt, das erbärmliche Leben seines Gegenübers zu beenden, doch Igor hatte Recht. Wie sehr ihn das Eingeständnis auch schmerzte:

Frankenstein war etwas gelungen, das selbst Dracula in seiner ganzen Größe nicht zu Wege brachte. »In der Tat. Der gute Doktor hat das Geheimnis des Lebens mit ins Grab genommen«, sagte der Graf nur.

Da erschien der Werwolf auf der Brüstung. Er strotzte nur so vor Energie, und sein Blick war nach menschlichen Maßstäben durchaus als irr zu bezeichnen. Der innere Konflikt, der zuvor noch in ihm getobt hatte, war ausgestanden. Nun gehörte das Geschöpf Dracula, es war sein Werkzeug.

Velkan Valerious gab es nicht mehr.

Dracula hatte seinen Bräuten schon oft gesagt, er habe keine Gefühle mehr und sei in seinem Innern kalt und leer. Aber das stimmte nicht: Er war fähig, Zorn zu empfinden. Seine Wut war kalt, und ihn dürstete nach Rache.

Es hätte ihm Vergnügen bereitet, Van Helsing eigenhändig umzubringen, aber er wollte seine Bräute nicht allein lassen. Daher sah er dem Werwolf in die Augen und befahl ihm: »Finde die beiden und töte sie!«

Der Werwolf knurrte böse und sprang von der Brüstung.

Es regnete in Strömen, als Anna und Van Helsing über das Moor liefen. Vor ihnen lag eine Ruine, die Anna kannte: Es handelte sich um die Überreste der alten Windmühle, die ein Jahr zuvor von den Dorfbewohnern bis auf die Grundmauern abgefackelt worden war … als Dr. Frankenstein sein Ungeheuer erschaffen hatte.

Der Tod konnte sie jeden Augenblick ereilen. Das Biest war hinter ihnen her. Nein, nicht das Biest, Velkan, protestierte Annas Herz. Aber sie wusste, er war es nicht; sie hatte ihren Bruder für immer verloren. Der Gedanke schmerzte mehr als jeder Messerstich.

Sie hatte ihn zwar noch einmal kurz sehen können, aber dann war er unmittelbar vor ihren Augen von Draculas Fluch vernichtet worden. Anna war völlig am Ende. Irgendwie gelang es ihr weiterzugehen, einen Fuß vor den anderen zu setzen, obwohl sie sich am liebsten zu Boden hätte fallen lassen, um den Tod ihres Bruders zu betrauern.

Ihren Gefühlen nachzugeben konnte sie sich jedoch nicht erlauben. Ich bin schließlich die Letzte, dachte sie. Die letzte Aufrechte, die letzte Valerious.

Als sie sich der Ruine näherten, sah sie Van Helsing an, der schweigend an ihrer Seite ging. Sein Gesicht war maskengleich. Anna verspürte das Bedürfnis, ihrer Frustration Luft zu machen. »Ein Holzpflock? Ein silbernes Kruzifix? Was soll das? Glauben Sie, wir hätten das nicht auch schon alles ausprobiert?«

Dann tat sie etwas, wonach es ihr tatsächlich ein wenig besser ging: Sie schubste Van Helsing unter einen der verkohlten Windmühlenflügel, der ihnen Schutz vor dem Regen bot, und fuhr mit ihrer Tirade fort. »Wir jagen dieses Ungeheuer nun schon seit über vierhundert Jahren! Wir haben auf Dracula geschossen, ihn erstochen und erschlagen, ihn mit heiligem Wasser besprengt und ihm einen Pflock ins Herz gejagt – und er lebt immer noch!«

Van Helsing betrachtete sie mit … ja, mit was? Mit Interesse? Einer Spur Belustigung? Was auch immer es war, es machte Anna nur noch wütender, und sie trat ganz dicht an ihn heran. »Begreifen Sie es nicht?«, schrie sie. »*Niemand* weiß, wie man Dracula töten kann!«

Ihre Gesichter waren nur Zentimeter voneinander entfernt, und um Van Helsings Lippen spielte ein ironisches Lächeln. »Das hätten sie mir auch ein bisschen früher sagen können.«

Anna sah ihn mürrisch an und atmete tief durch. Van Helsing starrte mit seinen dunklen Augen zurück. Es gefiel ihm offenbar, ihr so nahe zu sein. Also doch ein ganz normaler Mann!, dachte sie.

»Sehen Sie mich nicht so an! Ich kann darauf verzichten, dass Sie mich mit Ihren gierigen Blicken ausziehen …« Sie rückte von ihm ab und blickte hinaus in den Regen. »Im Augenblick jedenfalls.« Der Satz war ihr herausgerutscht, ehe sie überhaupt richtig hatte nachdenken können. Doch sie musste der Wahrheit ins Auge sehen.

Van Helsing bückte sich und hob eine unversehrte Flasche Absinth vom Boden auf. Anna sah ihn unverwandt an und spürte, wie sie ruhiger wurde. In der Nähe dieses Mannes konnte sie sich entspannen. Er war in der Lage, für ihrer beider Sicherheit zu sorgen. Das mochte eine Illusion sein, wenn auch eine sehr verlockende.

»Sie hatten Recht ... er ist nicht mehr mein Bruder«, sagte sie und trat näher, als er die Flasche entkorkte. »Haben Sie Familie, Herr Van Helsing?«

»Ich weiß es nicht. Ich hoffe, es eines Tages herauszufinden. Das ist es, was mich antreibt.«

Anna nahm die Flasche und prostete ihm damit zu. »Auf das, was Sie antreibt!« Sie nahm einen großen Schluck und genoss es, wie die Flüssigkeit in ihrer Kehle brannte und sie augenblicklich wärmte.

»Absinth. Hartes Zeug«, bemerkte er.

Anna gab ihm die Flasche. »Lassen Sie ihn nicht an Ihre Zunge kommen, das haut Sie ...«

Plötzlich bebte die Erde, und der aufgeweichte Boden unter ihren Füßen brach ein. In einem wahren Sturzbach aus Wasser und Holzplanken wurden sie in die Tiefe gerissen.

10

Carl erwachte benommen. Seltsam, es war ungewöhnlich ruhig im Kloster! Doch sowie er die Augen aufschlug, fiel ihm wieder ein, dass er sehr, sehr weit entfernt war von den sicheren Mauern seines Klosters. Ruckartig setzte er sich auf, und schlagartig meldeten sich die Ereignisse des vergangenen Tages in seinem Bewusstsein zurück. Er bekam es mit der Angst zu tun.

Neben sich erblickte er die schlafende Kellnerin, deren nackter Körper sich unter der Decke abzeichnete. Nun erinnerte er sich besser, sogar an einige recht angenehme Dinge, und lächelte. Anscheinend hatte der Tag nicht nur aus Grauen bestanden.

»Ach ja … nein, ich erinnere mich«, sagte er laut.

Als er sich an die Wand lehnte, spürte er, wie sich unter seiner Schulter etwas bewegte. Unmittelbar darauf klappte an der gegenüberliegenden Wand eine Geheimtür auf. Sie gab den Blick auf ein mittelalterliches Gemälde frei: ein fantastisches Wandbild von zwei Rittern, die in voller Rüstung und bewaffnet mit Schwertern und Schilden gegeneinander kämpften. Weiße Berge und ein riesiges gotisches Schloss ragten hinter ihnen auf, und an dem höchsten der Schlosstürme war eine Uhr zu erkennen.

Der Vollmond stand am Nachthimmel, und von der Seite zog weißer Nebel auf, der die Ritter einzuhüllen drohte und dem Gemälde einen unwirklichen Anstrich gab. Rings um die Kampfszene stand ein lateinischer Text, den Carl sofort zu übersetzen begann: »Auch ein Mann mit reinem Herzen, der allabendlich sein Gebet spricht, kann zum Wolf werden, wenn der Eisenhut blüht und der Mond am hellsten scheint …« Er trat näher, um den Text zu Ende zu lesen. »… oder nach dem Blut anderer lechzen, wenn die Sonne untergeht, und seinen Körper in die Lüfte schwingen.«

Kaum hatte er das letzte Wort ausgesprochen, wurde das Gemälde vor seinen Augen lebendig. Die Bäume schwankten, das Gras raschelte im Wind, und in der Ferne schlug die Turmuhr einer Kirche. Dann verwandelten sich zu Carls großer Verblüffung plötzlich die beiden Ritter: der eine in einen Werwolf, der andere in ein scheußliches Ungeheuer mit Flügeln. Die beiden gingen aufeinander los und kämpften mit überraschender Schnelligkeit und Stärke.

Carl wich entsetzt zurück, geriet ins Stolpern und kippte das Sofa um. Schließlich landete er auf der halb nackten Kellnerin, die sofort erwachte und sich augenblicklich aufregte. Wütend schubste sie ihn weg. Als Carl wieder aufsah, fragte er sich, ob er sich die ganze Sache nur eingebildet hatte.

Die junge Frau sammelte empört ihre Kleider zusammen. »Mönche, Ordensbrüder, Priester, ihr seid doch alle gleich!«, schimpfte sie.

Das war natürlich nicht richtig – es gab einige deutliche Unterschiede zwischen diesen drei Gruppen, und noch viel mehr zwischen den verschiedenen kirchlichen Orden –, aber Carl fand, es war nicht der richtige Zeitpunkt, um das der Frau zu erklären.

Van Helsing beobachtete, wie Anna wieder zu sich kam und sich benommen an den Kopf griff. Als sie laut stöhnte, legte er ihr blitzschnell die Hand auf den Mund. Er nickte ihr zu und legte den Zeigefinger an seine Lippen.

Sie waren in eine dunkle Höhle gestürzt, in die durch Ritzen in der Decke spärliche Lichtstrahlen fielen. Der Raum musste als Keller gedient haben, als die Windmühle noch in Betrieb war – und das war allem Anschein nach schon eine ganze Weile her. Ein stinkendes Rinnsal floss durch den Raum, und Van Helsing meinte den schwachen Geruch von gekochtem Fleisch auszumachen.

»Pssst! Hier unten ist irgendetwas. Und es ist ein Fleischfresser«, flüsterte er Anna zu und zeigte auf einen großen Haufen Rattenknochen, die sauber abgenagt worden waren. Anna erhob sich langsam und zog ihr Schwert; Van Helsing ging den Bachlauf hinunter.

»Was immer sich hier unten herumtreibt, es scheint menschlicher Abstammung zu sein«, erklärte er und deutete auf ein paar große Abdrücke von Stiefelsohlen. »Ich würde sagen, das ist mindestens Größe achtundvierzig. Um die hundertachtzig Kilo schwer und zwei fünfzig bis zwei achtzig groß. Er hinkt mit dem rechten Bein ... und hat drei Kupferzähne.«

»Woher wissen Sie, dass er Kupferzähne hat?«, fragte Anna erstaunt.

»Weil er direkt hinter Ihnen steht.«

Das Monster stand reglos da. Es war von menschlicher Gestalt – mehr oder weniger –, sehr groß und hatte eine extrem blasse Haut, die aussah, als hätte ein Kind sie an einigen Stellen zusammengeflickt. Eine üble Narbe verlief quer über seine Stirn und, soweit Van Helsing sehen konnte, rings um seinen völlig kahlen Schädel. Durch die zerrissenen Lumpen hindurch, die das Geschöpf trug, waren weitere Narben an seinem Körper zu erkennen. Die Kreatur glich einem Tier mindestens ebenso wie einem Menschen, trug aber – und das verwunderte Van Helsing – eine eiserne Stütze am rechten Bein. Doch dann erblickte er etwas, das ihn weit mehr verblüffte: einen leuchtend grünen Kristall, vielleicht auch ein Stück Glas, das an jener Stelle eingesetzt war, wo normalerweise das menschliche Herz saß.

Keine Frage, hier ging etwas Merkwürdiges vor, doch Van Helsing tat wohl besser daran, seine Vermutungen auf später zu verschieben und sich an die Arbeit zu machen. Gerade als er nach seinen Pistolen griff, stürzte das Monster aus der Dunkelheit und schubste Anna auf ihn. Sie beide stürzten, und Van Helsings Waffen flogen durch die Luft.

Das Monster war blitzartig bei ihm; überraschend schnell für ein so riesiges, plump anmutendes Wesen. Es hob ihn hoch und schleuderte ihn gegen die Wand. Van Helsing krachte mit der Schulter dagegen und sank auf dem Boden zusammen. Er sah, wie das Ungeheuer Anna anstarrte, die jedoch seinen Blick erwiderte, ohne eine Miene zu verziehen.

»Oh, mein Gott ... Frankensteins Monster«, stöhnte Van Helsing.

»Monster?«, sagte das Geschöpf mit dröhnender Stimme. »Wer ist hier das Monster?« Van Helsing versuchte seine Gedanken zu ordnen, als das Wesen Anna bereits vom Boden aufhob. »Ich habe niemandem etwas getan, und doch wünschen du und deinesgleichen mir den Tod!«, donnerte es empört. Im Vergleich zu seinem Erscheinungsbild wirkte seine Ausdrucksweise überraschend elegant.

Immer neue Rätsel – doch Van Helsing hatte keine Zeit, sie zu lösen. Erst die Arbeit ... Zügig rannte er los und stürzte sich auf die Kreatur. Sie schlug mit dem Hinterkopf gegen die Wand, sodass die obere Hälfte des Schädels absprang. Van Helsing packte sie am Hals. Er bekam einen Stromschlag, der ihn an die Wand schleuderte. Er schlug hart auf und musste mit aller Kraft gegen die drohende Bewusstlosigkeit ankämpfen.

Verschwommen sah er, wie die Kreatur sich die obere Hälfte ihres Schädels wieder aufsetzte. Dann ging sie auf Anna zu, die vor ihr zurückwich, bis sie mit dem Rücken an einen verkohlten Balken stieß. »Was willst du?«, fragte sie.

»Leben«, entgegnete die Kreatur wehmütig.

Als Van Helsing wieder einigermaßen klar denken konnte, begriff er, was an dieser Szene nicht stimmte: Das Monster war nicht das, was es zu sein schien. Dennoch drohte Gefahr: ihm, der Mission und Anna. Mit einer raschen Bewegung zog er sein Elfenbein-Blasrohr aus den Falten seines Umhangs und schoss sechs Pfeile ab, die das Geschöpf allesamt in den Rücken trafen. Es schlug mit den Armen um sich und versuchte sich davon zu befreien.

Van Helsing stand auf, während Anna angerannt kam und einen der Revolver vom Boden aufhob. »Wir müssen es töten«, sagte sie, aber Van Helsing packte sie am Handgelenk.

»Nein, warten Sie!«

Frankensteins Monster fiel auf die Knie und starrte sie mit trübem Blick an. Erstaunlich: sechs Pfeile, und es war immer noch bei Bewusstsein. Es wirkte erschöpft, besiegt und tieftraurig zugleich.

»Wenn euch das eigene Leben und das der Euren etwas wert ist, dann werdet ihr mich töten«, sagte es.

Van Helsing schob Anna zur Seite und ging auf die jämmerliche Kreatur zu, deren Pathos eindeutig darauf hinwies, dass sie mehr Mensch als Monster war. Ihr Atem ging immer schwerer. »Wenn Dracula mich findet … Ich bin der Schlüssel zu der Maschine meines Vaters … der Schlüssel zum Leben für Draculas Kinder.«

»Er hat sie bereits zum Leben erweckt, vergangene Nacht«, erklärte Van Helsing.

»Die stammten nur von einer Braut, von einer einzigen Geburt, und sie sind gestorben, wie letztes Mal, als er es versucht hat. Nur mit meiner Hilfe kann er ihnen ein dauerhaftes Leben schenken.«

Van Helsing kniete sich hin. »Es gibt noch mehr von diesen Biestern?«

Der Blick des Monsters war gefühlvoll, abwesend und voller Angst. »Tausende … Abertausende.« Dann verlor es gänzlich das Bewusstsein und schlug mit einem Poltern, das durch die ganze Höhle hallte, der Länge nach hin. Seine Worte verschlugen Van Helsing die Sprache.

Anna hob entschlossen den Revolver und zielte auf Frankensteins Monster. Ohne nachzudenken, stellte Van Helsing sich in die Schusslinie.

»Sie haben gehört, was er gesagt hat«, meinte Anna.

Van Helsing wusste, sie hatte Recht. Es war besser, das Monster zu vernichten, als zusehen zu müssen, wie die ganze Welt unterging!

Es war logisch und zutiefst vernünftig. Aber Van Helsing konnte es nicht tun.

Seit Jahren fragte er sich, was ihn von den Ungeheuern unterschied, die er jagte. Allzu oft waren ihre Methoden durchaus ähnlich. Und er hatte zu oft getötet, um Anspruch auf Tugendhaftigkeit erheben zu können. Aber noch nie hatte er einen Unschuldigen getötet, noch nie hatte er einen Unschuldigen sterben lassen, ohne nicht wenigstens den Versuch zu unternehmen, ihm zu helfen – auch wenn er dabei öfter versagt hatte, als ihm lieb war.

Unter Umständen bestand also nur ein feiner Unterschied zwischen ihm und den Mr Hydes der Welt, und Van Helsing war nicht bereit, die Grenze zu überschreiten. »Es ist mein Leben, meine Arbeit, das Böse zu vernichten. Ich *spüre* das Böse.« Dieses Gespür rührte von seiner Ausbildung her, von den Erfahrungen in seinem düsteren Metier und von Opfern, an die er sich lieber nicht erinnern wollte.

»Dieses Wesen … was auch immer es sein mag«, fuhr Van Helsing fort, »mag zwar vom Bösen geschaffen und gezeichnet sein, aber das Böse beherrscht es nicht. Also kann ich es nicht töten.«

»Ich aber«, entgegnete Anna eisern.

»Nicht, solange ich hier bin«, entgegnete Van Helsing.

Ihre Blicke kreuzten sich. Entschlossenheit und Zielstrebigkeit auf beiden Seiten. »Ihre Familie versucht seit vierhundert Jahren, Dracula zu töten. Vielleicht kann uns diese arme Kreatur dabei helfen.«

Plötzlich nahm Van Helsing den Geruch eines anderen Wesens wahr, das in die Höhle eingedrungen sein musste. Es roch nach nassem Hund. Er sah einen Schatten, nur kurz, aber deutlich: der Werwolf! Anna hatte ihn auch gesehen.

»Oh, mein Gott, er hat uns gefunden«, rief sie. »Jetzt kommen sie ihn holen. Und weder Sie noch ich werden sie daran hindern können.«

Van Helsing fasste sie am Arm und zog sie an sich. »Ich muss ihn nach Rom bringen. Dort ist er sicher.«

Anna wirkte nicht sehr begeistert, und Van Helsing konnte es ihr nicht verdenken. Sein Plan war erst im Anfangsstadium. Eigentlich war »Plan« sogar eine sehr wohlwollende Umschreibung für das, was er im Kopf hatte.

Frankensteins Geschöpf war viel zu groß, unmöglich zu transportieren. Wenn sie ihn tragen mussten, kamen sie keine zweihundert Meter weit. Van Helsing kniete sich hin und drehte es um. Zu seiner Überraschung half Anna ihm. Als er sie fragend ansah, zuckte sie mit den Schultern. »Wir haben nicht viel Zeit«, sagte sie nur.

Der große »Kerl« war das reinste Wissenschafts- und Naturwunder. Der grüne Kristall in seiner Brust pulsierte kräftig, und obwohl das Wesen grob zusammengeflickt wirkte, war es erstaunlich kompakt und hatte feste Muskeln.

»Und jetzt?«, fragte Anna.

»Wir müssen ihn irgendwie von hier wegbringen.«

»Sehen Sie sich doch an, wie groß er ist! Wie wollen Sie …?«, setzte Anna an.

»Ich arbeite daran«, fiel Van Helsing ihr ins Wort.

Anna schüttelte missbilligend den Kopf. »Bleiben Sie bei ihm. Ich hole eine Kutsche«, erklärte sie. »Wenn Sie ihn nicht lieber tragen wollen«, fügte sie noch hinzu, bevor Van Helsing protestieren konnte.

Er blieb in der fast dunklen Höhle sitzen und beobachtete den riesigen bewusstlosen Kerl, dessen enormer Brustkorb sich mit jedem Atemzug hob und senkte. Kurze Zeit später hörte er eine Kutsche herankommen und kletterte aus der Höhle. Anna saß auf dem Kutschbock eines Sechsspänners.

Sie zügelte die Pferde und warf Van Helsing ein dickes Seil zu. »Kommen Sie, wir haben nicht viel Zeit!«, trieb sie ihn an.

Sie arbeiteten schnell, und schon nach kurzer Zeit gelang es ihnen, Frankensteins Schöpfung mit einem Seil aus der Höhle zu ziehen. Es erforderte einige Mühe, bis sie sie endlich in der Kutsche hatten. Nachdem sie das Monster aufgesetzt hatten, holte Anna schwere Ketten und fesselte seine Handgelenke an die

Rückwand. Van Helsing hatte nichts dagegen; sie wollten keine Überraschung erleben, wenn der Riese aufwachte.

»Passen Sie auf ihn auf!«, sagte Anna beim Aussteigen, kletterte wieder auf den Kutschbock und nahm die Zügel auf. Van Helsing setzte sich seinem Gast gegenüber und lehnte sich an die gepolsterte Rückenlehne. Endlich ging die Sonne auf. Dracula und seine Bräute konnten sie zwar auch bei Tage verfolgen, dennoch war er heilfroh, die nächtliche Finsternis schwinden zu sehen.

Frankenstein kam langsam zu sich. Der Fremde hatte zwar irgendetwas mit ihm gemacht, ihn aber nicht getötet – obwohl er es hätte tun können. Das Ganze war ihm schleierhaft, aber seine Verblüffung darüber, überhaupt aufgewacht zu sein, ließ ihn alles andere vergessen. Nicht zum ersten Mal war er aufgewacht, nur um erstaunt festzustellen, dass er noch lebte. Es war nach der Explosion in der Windmühle gewesen, als er …

… ein Auge aufschlug, das ihm aber nichts zeigen konnte. Um ihn herum, in ihm waren nur Finsternis und Schmerzen. Schmerzen, wo Flammen und Hitze ihn berührt hatten; Schmerzen, wo schwere Dinge auf ihm lasteten.

Eine tiefere Schwärze rief nach ihm, wie er sie erlebt hatte, als Vater ihn schuf, aber diesmal war der Ruf noch stärker. Es wäre ein Leichtes gewesen, sich ihr hinzugeben, zu dem Traum zurückzukehren, den er geträumt hatte, als Vater ihn zum Leben erweckte.

Es wäre ein Leichtes gewesen, aber dann wäre niemand da, der sich Vaters annehmen könnte.

Aber Vater ist nicht mehr da …, sagte eine Stimme in seinem Innern.

Ja, nun erinnerte er sich: Vater hatte die letzte Begegnung mit dem anderen Mann nicht überlebt. Wie lange mochte das zurückliegen? Eine Stunde? Eine Woche? Wie lange hatte er gegen die Finsternis angekämpft? Vater hatte er für immer verloren, ob-

wohl sein Körper gleich neben dem seinen lag und ihm einen Teil der Last abnahm, die ihn zu erdrücken drohte.

Vater hatte ihm das Leben geschenkt und dieses Leben sogar noch über den eigenen Tod hinaus geschützt. Seine Mühen sollten nicht umsonst gewesen sein. Er kämpfte gegen die Finsternis an und versuchte seine Glieder zu bewegen. Überall lasteten schwere Gewichte auf ihm: dicke Holzbalken und irgendeine Maschine. Das alles war enorm schwer und hätte ihn leicht zerquetschen können.

Aber Vater hatte ihn stark gemacht.

Schließlich gelang es ihm, eine Hand zu bewegen und den Balken wegzudrücken, der quer über ihnen lag. Das Manöver verlangte ihm einiges ab, aber schließlich spürte er eine Bewegung.

Er stützte den Balken mit einer Hand ab, rollte Vaters Körper mit der anderen zur Seite und stemmte dann mit beiden Händen den Balken in die Höhe. Er brüllte vor Anstrengung, bis er spürte, wie das Gewicht über ihm sich langsam verschob. Sein Rücken drückte sich tiefer in den Boden, der sich weich und nass anfühlte. Nass. Feuchtigkeit war wichtig. Angestrengt dachte er nach.

Das war der Schmerz in seiner Kehle: Durst! Er musste etwas trinken. Er drückte mit aller Kraft, aber das Gewicht über ihm rührte sich nicht mehr, und er sank nur noch tiefer in den Boden ein.

Plötzlich öffnete sich die Erde unter ihm und verschlang ihn. Wieder stürzte er in die Tiefe. Einen Moment lang befürchtete er, dass sein Leben zu Ende sein würde, wenn er auf dem Boden der Grube aufschlug. Doch er landete nicht auf hartem Grund, sondern im Wasser. Rasch kämpfte er sich an die Oberfläche.

Dann bemerkte er, dass er festen Boden unter den Füßen hatte und ihm das Wasser nur bis zur Brust reichte. Es war dunkel, aber am Echo der Angst- und Schmerzensschreie, die aus seiner Kehle aufstiegen, erkannte er, dass der Raum nicht besonders groß war. Er würde schon einen Weg nach draußen finden! Zunächst aber beugte er sich vor und trank, was zumindest die Schmerzen in seinem Hals linderte.

Dann fühlte er hinter sich, bis er Vaters Körper zu fassen bekam. Er erkundete die Umgebung, stieß nach kurzer Zeit auf eine Mauer, zog sich daran hoch, holte Vater aus dem Wasser und tastete sich in der Dunkelheit vorwärts. Eine Treppe! Anscheinend befand er sich im unterirdischen Teil der Windmühle.

Er trug Vater die Treppe hoch. Am oberen Ende befand sich eine Falltür, die er mit einer Hand aufzustoßen versuchte – vergeblich. Sanft setzte er Vater auf den Stufen ab, bearbeitete mit beiden Händen die Klappe und spürte, wie sie langsam nachgab. Anscheinend waren einige Windmühlentrümmer darauf gefallen.

Plötzlich sprang die Klappe auf, und was auch immer sie versperrt hatte, wurde zur Seite geschoben. Er streckte den Kopf hinaus und erblickte die verkohlten Überreste der Windmühle. Die schwarzen Balken waren kalt, also musste mindestens ein Tag vergangen sein, vielleicht auch mehr. Dessen war er sich sogar ziemlich sicher, aber wie viel Zeit genau, das konnte er beim besten Willen nicht sagen.

Ihm fiel der verbrannte Geruch auf, der in der Luft hing. Es roch nach Tod. In größter Eile beugte er sich vor und hob Vater auf. In der kühlen Nachtluft machte er unterschiedliche Ursachen für die Schmerzen aus, von denen sein Körper gequält wurde. Seine Haut fühlte sich an zahlreichen Stellen so an, als würde sie brennen. Und er hatte ein stechendes Gefühl in der Brust und einem Bein. Es tat weh, aber er wusste, das würde er überleben.

Dieser Gedanke erfüllte ihn mit Zufriedenheit: Vaters Traum würde nicht sterben. Allerdings war höchste Vorsicht geboten. Die bösen Menschen konnten überall sein. Gut, dass es Nacht war und er sich unerkannt bewegen konnte. Es galt einen Ort zu finden, der ihm tagsüber ein sicheres Versteck bot.

Da meldete sich ein neuer Schmerz, diesmal in seinem Magen. Er musste etwas zu essen finden. Aber zunächst hatte er etwas Wichtigeres zu tun. Er richtete den Blick auf Vaters Schloss und marschierte langsam darauf zu.

Nach einigen Minuten erreichte er eine kleine Baumgruppe an der Schlossmauer: ein guter Platz. Die Bäume boten ausreichend

Schutz vor neugierigen Blicken, falls doch noch jemand von den bösen Menschen unterwegs sein sollte.

Nachdem er Vater abgelegt hatte, begann er mit den Händen ein Loch im Boden zu graben. Er grub eine ganze Weile, ehe ihm klar wurde, was er da eigentlich tat: Vater begraben. Vielleicht hatte Igor Recht, und er war tatsächlich ein Monster. Aber Vater war ein Mensch ... ein großartiger Mensch ... und musste nach seinem Tod anständig beerdigt werden.

Er wusste zwar nicht warum, war sich seiner Sache aber sicher. Emsig schaufelte er die Erde mit den Händen aus dem immer größer werdenden Loch und ignorierte geflissentlich die Schmerzsignale seines geschundenen Körpers.

Als das Loch tief genug war, dass er aufrecht darin stehen konnte, war er zufrieden. So behutsam wie möglich legte er Vaters Körper im Erdreich ab.

In der Ferne zeigte sich das erste Tageslicht am Himmel. Die Zeit drängte. Rasch kletterte er aus dem Loch und schaufelte es mit beiden Händen wieder zu. Zum Schluss trat er die Erde fest und bedeckte das Grab mit Laub.

»Lebe wohl!«, sagte er und spürte, wie seine Wangen nass wurden. »Jetzt bist du in Sicherheit, Vater.« Vielleicht war Vater nun in jenen Traum zurückgekehrt, aus dem er selbst im Schloss erwacht war. Was für ein Traum das gewesen war, daran konnte er sich allerdings immer schlechter erinnern.

Die Tränen wollten kein Ende nehmen. Jetzt war er ganz allein. Und ihn bewegten Fragen, die nur Vater hätte beantworten können. Warum war er erschaffen worden? Zu welchem Zweck? War er ein Monster ... oder ein Mensch?

Wie war es möglich, dass er Dinge wusste, obwohl er gar nicht existiert hatte, bevor Vater ihn zum Leben erweckte? Er konnte sprechen, und er wusste, dass bald die Sonne aufging, obwohl er sie noch nie gesehen hatte.

So viele Fragen und keine Antworten ...

Er schaute auf in den Himmel, als erhoffte er sich von dort eine Antwort – doch stattdessen drängte sich das gewaltige Schloss in sein Blickfeld. Mit einem Mal war er davon überzeugt, dort die Antworten zu finden, die er suchte. Und vielleicht sprach Vater trotz allem noch zu ihm…

»Warum haben Sie mich nicht getötet?«, dröhnte die Stimme des Hünen.

Van Helsing, den soeben der Schlaf übermannt hatte, schlug die Augen auf und war sofort hellwach. »Ich bin kein Mörder.«

»Warum lassen Sie mich dann nicht in Ruhe?«

»Draculas Diener, der Werwolf, hat dich in der Höhle gesehen. Dort warst du nicht mehr sicher. Ich nehme dich mit nach Rom, wo ich dich beschützen kann.«

»Das ist keine gute Idee.«

»Es ist das Beste, was ich unter diesen Umständen tun kann. Übrigens, ich bin Gabriel Van Helsing.«

Der Hüne nickte und erklärte: »Sie können mich mit dem Namen meines Vaters ansprechen: Frankenstein.«

»Meine Begleiterin ist Anna Valerious.« Van Helsing zeigte nach vorn auf den Kutschbock.

»Das ist keine gute Idee. Sie sind ein gefährlicher Mann, Gabriel Van Helsing. Ein sehr gefährlicher Mann«, sagte Frankenstein.

Van Helsing nickte. »Das bekomme ich öfter zu hören.«

Frankenstein rasselte mit seinen Ketten. »Sie vertrauen mir nicht.«

»Bitte nicht persönlich nehmen! Ich vertraue niemandem.« Einen Augenblick lang schwiegen beide, aber Van Helsing hatte Fragen, die nicht warten konnten. »Du hast von deinem Vater gesprochen, aber eigentlich wurdest du … erschaffen.«

»Von Dr. Victor Frankenstein. Ich wurde aus den Körpern von sieben Männern zusammengesetzt. Mein Vater hat das Geheimnis des Lebens gelüftet und schenkte es mir, nachdem er mir einen Körper gegeben hatte«, erklärte Frankenstein. »Das alles tat er unter der Ägide von Graf Dracula. In der Nacht meines Erwachens hat mein Vater Draculas eigentlichen Plan durchschaut. Er verweigerte seine Hilfe, und der Graf tötete ihn. Noch in derselben Nacht haben die Dorfbewohner das Schloss gestürmt. Weil sie mich für ein Monster hielten, wollten sie mich töten. Sie glaubten, ich sei verbrannt, und so habe ich ein Jahr lang in Frieden leben können.«

»Wenn das alles in der Nacht geschah, als du erschaffen wurdest, woher weißt du dann von Dracula und von deiner Erschaffung? Und du kannst sprechen. Wieso?«, wollte Van Helsing wissen.

»Die Teile, aus denen mein Vater mich zusammengesetzt hat, haben zuvor gelebt. Ich kann mich zwar nicht an ein früheres Leben erinnern, kann aber sprechen und lesen. Und während mein Vater mich schuf, waren wir … irgendwie miteinander verbunden. Ich habe ihn auf gewisse Weise hören können. Nach seinem Tod bin ich in sein Laboratorium zurückgekehrt und habe seine Tagebücher und Notizen gelesen. Später habe ich sie vernichtet, damit Dracula sie nicht für seine Pläne missbrauchen konnte. Vater stand lange Zeit unter dem Einfluss des Grafen, aber ich glaube, er war ein genialer Mann, ein guter Mann – am Ende fast wahnsinnig, aber trotzdem ein guter Mann. Und als er sich Dracula schließlich widersetzte, hat er Stärke bewiesen«, schloss Frankenstein mit einem Hauch Stolz in der Stimme.

Van Helsing war gerührt über die Ehrfurcht, mit der Frankenstein von seinem Schöpfer sprach. Trotz seiner merkwürdigen Gestalt strahlte er eine gewisse Würde aus. Es war höchst erstaunlich: Er hatte zwar schon vorher gelebt, verfügte jedoch nicht über Erinnerungen an sein früheres Leben. Die Menschen wollten seinen Tod, Dracula wollte etwas viel Schlimmeres … und er selbst wünschte sich nichts sehnlicher als zu leben.

Einige Minuten später erreichten sie das Anwesen der Familie Valerious, und Van Helsing sah Carl vor der Tür stehen. Der Ordensbruder machte einen besorgten Eindruck, sodass Van Helsing aus der Kutsche sprang, noch ehe sie zum Stehen kam. »Was ist los?«, fragte er sofort.

Carl blieb einen Augenblick wie angewurzelt stehen und sah an ihm vorbei in die Kutsche. »Wer ...?«

Van Helsing schloss die Tür und erzählte dem Ordensbruder in Kurzfassung die Geschichte von Dr. Frankenstein, seiner Schöpfung und der Verbindung zu Dracula.

Im Gegenzug berichtete Carl von seinem Erlebnis mit dem Gemälde, das vor seinen Augen lebendig geworden war. Van Helsing glaubte ihm sofort. Bei diesem Einsatz hatte er schließlich schon die seltsamsten Dinge erlebt, besonders in der vergangenen Stunde.

»Was hat das zu bedeuten?«, war Van Helsings einzige Frage.

»Ich weiß es nicht.«

Als Anna die Kutschentür öffnete, glotzte Carl den Riesen auf der Rückbank an. Van Helsing stieß ihn in die Rippen. »Sie können alles machen, aber starren Sie ihn nicht so an!«

»Starre ich ihn an ...?«, entgegnete Carl wie in Trance. Dann wandte er sich rasch ab. »Ist das ein Mensch?«

Van Helsing schubste den Ordensbruder grob auf den Platz gegenüber von Frankenstein. »Eigentlich sieben Menschen – jedenfalls Teile davon.«

Augenblicklich versuchte Frankenstein, die Ketten zu zerreißen, mit denen er gefesselt war. »Wenn Sie mich zur Schau stellen, bin ich verdammt! Ich und die gesamte Menschheit!«

Anna knallte die Tür zu und zeigte auf die Pferde. »Nichts ist so schnell wie transsilvanische Rösser. Nicht einmal ein Werwolf. Alles andere hängt von Ihnen ab.« Mit diesen Worten drehte sie sich um und ging. Van Helsing gefiel es zwar nicht, sie aus den Augen zu lassen, aber in diesem Fall war es unvermeidlich. Sie befolgte nur seine Anweisungen ...

Er kletterte auf den Kutschbock, ergriff die Zügel und trieb die

Pferde an. Sie waren gut ausgebildet und galoppierten augenblicklich los.

Van Helsing fuhr den ganzen Tag mit dem Sechsspänner durch, von Sonnenaufgang bis Sonnenuntergang. Anna hatte nicht übertrieben: Die Pferde waren nicht nur schnell, sondern auch äußerst ausdauernd und galoppierten bis in die Nacht hinein.

Van Helsing wollte keine Ruhepause einlegen und lenkte die Kutsche durch den dunklen Wald. Als er sich umdrehte, sah er aus dem Augenwinkel die unverkennbaren Umrisse von Fledermauskreaturen – Draculas Bräuten –, aber dann, als sie über die Bäume hinwegsausten, verlor er sie wieder aus den Augen. Einen ganzen Tag lang war er schon gefahren, und doch hatten Draculas Gefährtinnen ihn im Nu aufgespürt. Van Helsing war es im Dorf zwar gelungen, eine der Bräute zu vernichten, aber er machte sich keine Illusionen: Er hatte nur Glück gehabt.

Kurzerhand griff er nach seiner Armbrust und machte sich bereit. Doch plötzlich spürte er eine Bewegung in der Luft und wurde im selben Moment auch schon vom Kutschbock gerissen. Die Armbrust flog in hohem Bogen davon.

Er setzte sich gegen die Krallen zur Wehr, die ihn festhielten, und dann spürte er, wie er fiel. Fast augenblicklich landete er auf einem Pferderücken und versuchte verzweifelt, das Gleichgewicht zu halten. Er saß auf einem der beiden Leitpferde des Gespanns und war für den Augenblick in Sicherheit, aber die Bräute konnten jederzeit wieder auftauchen.

Als er nach vorn blickte, sah er noch Schlimmeres auf sich zukommen.

Unmittelbar vor ihm lag eine scharfe Kurve, hinter der das Gelände steil abfiel. Van Helsing konnte in der Dunkelheit nicht genau erkennen, wie tief der Abhang war – auf jeden Fall ziemlich tief.

Wenn er die Pferde bremste, konnte die Kutsche die Kurve vielleicht schaffen. Aber er saß nicht auf dem Kutschbock, sondern auf einem der Rösser, und bis er die Zügel in die Hand bekam, wäre alles vorbei.

Die Kutsche schaukelte heftig, und Frankenstein brüllte: »Lasst mich frei! Lasst mich kämpfen! Lasst mich sterben! Aber lasst mich ihnen nicht lebendig in die Hände fallen!«

Als die Kutsche über ein Hindernis rumpelte, drohte Frankenstein vornüber auf Carl zu kippen, der sofort zu schreien begann. Im letzten Augenblick bremsten die Fesseln den Fall des Riesen.

»Lasst mich frei«, bat Frankenstein.

Carl schüttelte den Kopf. »Wo willst du denn hin?«, fragte er. »Ich weiß ja nicht, ob du in letzter Zeit mal in den Spiegel geschaut hast, aber du bist keine besonders unauffällige Erscheinung.«

Van Helsing sprang von dem einen Leitpferd auf das zweite. Mit dem nächsten Satz war er schon auf dem dritten und machte ohne Zögern einen letzten Sprung auf den Kutschbock.

Da verpasste einer der Vampire ihm einen kräftigen Schlag, und wieder landete er auf dem letzten Pferd. Mittlerweile hatte die Kutsche die Kurve erreicht, und Van Helsing wusste, sie würde die scharfe Biegung nicht schaffen. Dennoch kämpfte er weiter.

Entsetzt hörte er, wie die Deichsel brach. Sofort kippte die Kutsche zur Seite und stürzte ins Leere. Das war's, dachte Van Helsing, als er sich auf dem Pferderücken aufrichtete. Die Kutsche flog in hohem Bogen durch die Luft, ehe sie in die Tiefe stürzte.

Verona beobachtete, wie die Kutsche aus der Kurve flog. Nein!, schrie alles in ihr. Sie standen kurz vor der Verwirklichung des großen Plans und waren der Zukunft, von der sie jahrhundertelang geträumt hatten, so nahe.

»Er darf nicht sterben!«, rief sie.

Im Sturzflug schoss sie auf die fallende Kutsche zu. Sie spürte, dass Aleera ihr folgte, und griff mit den Krallen nach dem Gefährt. Einen Augenblick später eilte Aleera ihr zu Hilfe, doch auch mit vereinten Kräften konnten sie den Fall der Kutsche nur abbremsen, nicht aufhalten. Der schwere Wagen stürzte weiter in die Tiefe.

Verona ließ nicht los, arbeitete sich mühsam zur Tür vor. Sie musste Frankensteins Monster zu fassen kriegen. Sie schlug wild mit den Flügeln und hatte mit dem Gewicht der Kutsche zu kämpfen, gab aber nicht auf.

Sie sah, wie auch Aleera sich abmühte. »Rette ihn! Rette das Monster!«, rief ihre Gefährtin, ehe die Kutsche ihr entglitt. Sie war unglaublich schwer, aber obwohl Verona sie nun allein halten musste, erreichte sie die Tür. Dann gelang es ihr, diese mit nur einer Kralle aus den Angeln zu reißen.

Entkräftet warf sie einen Blick ins Innere. Sie war leer! Nein, Moment, da war ... ein Bündel silberne Pfeile. *Silber!* Mit einem zornigen Fauchen riss Verona sich von der Falle los, aber im selben Augenblick schlug die Kutsche auch schon auf dem Boden auf, und alles um sie herum explodierte.

Ich bin verletzt!, wurde ihr bewusst. Sie versuchte zu fliegen und sich zu heilen, aber weder das eine noch das andere gelang ihr. Irgendetwas stimmte nicht. Als sie an sich herunterschaute, sah sie drei der silbernen Pfeile in ihrer Brust; einer saß direkt über ihrem Herzen.

Nein, das war unmöglich! Dieser Mann – Van Helsing!

Verona spürte, wie sie sich zurückverwandelte und wieder menschliche Gestalt annahm ... zum letzten Mal.

Endlich fiel Draculas Kontrolle, die schon seit Jahrhunderten währte, von ihr ab. Nun sah sie ihn als das, was er war: ein Ungeheuer. Und sie selbst war ... sie war ... nur ein Mädchen. Verona hatte das Gefühl, aus einem Traum zu erwachen. Eine Last wich von ihrem Herzen; sie spürte die Erleichterung in ihrem tiefsten Inneren.

Zum ersten Mal seit Jahrhunderten verspürte sie einen Hauch von Frieden. Es war nun fast vorbei, erkannte sie, als die Erde sich auftat, um sie zu verschlingen. Aber das spielte keine Rolle. Sie war frei ...

Van Helsing beobachtete, wie die Vampire um die Kutsche kämpften. Schließlich ließ auch die zweite Braut los, und der Wagen krachte auf den Boden. Die Explosion war gewaltig! Dieses Glyzerin war eine tolle Sache, das musste er Carl lassen. Dann sah er, wie die Braut starb, die der Kutsche am nächsten gewesen war. Es hatte funktioniert! Er hatte sie erwischt.

Bleibt noch eine, dachte er.

Kurze Zeit später kam eine Kutsche, die genauso aussah wie die erste, aus dem Wald gerast. Anna saß auf dem Kutschbock, und Carl schaute aus dem Fenster. Wie Van Helsing sehen konnte, befand sich auch der recht unglücklich dreinblickende Frankenstein in dem Gefährt.

»Auf geht's! Auf geht's!«, trieb Van Helsing seine Pferde an. Als er mit der zweiten Kutsche auf einer Höhe war, sprang er hinüber auf den Kutschbock und landete direkt neben Anna. Sie konzentrierte sich ganz auf den vor ihnen liegenden Weg, aber er stieß sie an und lächelte ihr zu.

Unvermittelt stürzten sich in diesem Moment vierhundert Kilo wütendes Fell auf den Sechsspänner. Instinktiv schwang Van Helsing sich seitlich von der Kutsche, und Anna tat es ihm auf der anderen Seite gleich. Van Helsing klammerte sich an der Seite fest, als der Werwolf auf dem Dach landete. Dann rutschte er jedoch herunter und zertrümmerte dabei alle vier Laternen, die an den Ecken befestigt waren.

Der Werwolf verschwand genauso plötzlich in der Finsternis wie er aufgetaucht war, als das Dach der Kutsche in Flammen aufging, die gierig an dem Petroleum der Laternen leckten.

»Carl!«, schrie Anna. Als der Ordensbruder sich alarmiert umsah, erblickte er die junge Frau, die ihr Gesicht gegen das Fenster presste. Sie klammerte sich dort draußen fest, und wie an ihrer Miene abzulesen war, würde sie sich nicht mehr lange halten können.

Mit einem Satz war Carl an der Tür und riss sie auf.

Die Flammen züngelten bereits um seine Hände, und als die Kutsche über eine Unebenheit rumpelte, verlor Van Helsing den Halt und stürzte. Panisch versuchte er sich irgendwo festzuhalten, und bekam mit einer Hand das Trittbrett unter der Kutschentür zu fassen. Nun wurde er mit Höchstgeschwindigkeit über den Boden geschleift.

Mit der anderen Hand erreichte er die Vorderachse, und im gleichen Moment rutschten seine Finger von dem Trittbrett ab. Er klammerte sich mit aller Kraft an die Achse und sah, wie das Hinterrad zwischen seinen gespreizten Beinen rotierte. Er würde sich nicht mehr lange halten können, und wenn er losließ, war er erledigt.

»Carl!«, schrie er.

Carl hörte Van Helsing schreien, versuchte aber gerade verzweifelt, Anna in die Kutsche zu ziehen, die sich immer noch draußen festhielt. Und irgendetwas stimmte nicht: Es wurde immer wärmer.

»Ich könnte helfen«, bot Frankenstein an.
»Du wirst mich nicht umbringen?«, fragte der Ordensbruder.
»Wenn Sie sich nicht beeilen, schon.«

Van Helsings Gesicht war schmerzverzerrt. Ganz langsam rutschten seine Finger von der Achse. Nur noch vier …

… drei …

… zwei …

Dann hielt er sich nur noch mit dem Zeigefinger fest. Als er den Halt verlor, sah er das Hinterrad auf sich zurasen. Doch noch ehe er die Augen schließen konnte, wurde er von hinten gepackt und dem sicheren Tod entrissen – von keinem Geringeren als Frankenstein, der sich aus der Kutsche lehnte. Fassungslos starrte Van Helsing in das große Gesicht des Mannes, der ihn nach oben zog und auf den Kutschbock warf. Anna schwang sich an seine Seite.

Carl sah das Monster an und lächelte erleichtert ... bis er im Rückfenster etwas Großes erblickte und aufschrie.

Schon wurde das Kutschendach aufgerissen. Feuer und Rauch drangen ein, als ein lauter Schrei ihn wieder zur Besinnung brachte. Frankenstein war von Panik ergriffen und kreischte vor Angst, als die Flammen näher kamen.

Van Helsing sah, wie das Feuer die Kutsche zu verschlingen drohte und der Werwolf mit den Flammen in die Höhe stieg, als käme er direkt aus der Hölle.

Unvermittelt klappte die Tür auf, und Frankenstein und Carl starrten erschrocken die steile Kluft hinunter, die sich nur einen knappen Meter neben dem Weg auftat.

»Nicht nach unten sehen!«, warnte Frankenstein.

»Ich sehe aber schon nach unten!«, rief Carl.

Die Kutsche raste an dem Abhang vorbei und erreichte das nächste Waldstück. Der Werwolf ging in Lauerstellung, bereit zum Angriff. »Springen Sie!«, rief Van Helsing Anna zu.

Die Prinzessin sprang von der Kutsche, und kurz nach ihr folgten Carl und Frankenstein. Van Helsing zog seine Pistolen, zielte auf die Deichsel und feuerte. Das Pferdegespann brach aus, Van Helsing drehte sich um und warf sich vom Kutschbock.

Er sah nicht viel, spürte aber, wie der Werwolf durch die Flammen auf ihn zusprang und angriff. Van Helsing wirbelte in der Luft um die eigene Achse und feuerte aus beiden Pistolen. Als sie beide ins Gebüsch stürzten, schlug er so hart auf, dass er das Gefühl hatte, ihn habe ein fahrender Zug erwischt.

Anna rappelte sich mühsam hoch. Sie hatte angenommen, Van Helsing würde mit ihr gemeinsam springen, aber er war zumindest einen kleinen Augenblick länger auf der Kutsche geblieben, und diese eine Sekunde hatte dem Werwolf vielleicht schon genügt.

Als sie hinter einem mächtigen Baum hervorkam, sah sie ihn. Nein, nicht Van Helsing – es war Velkan ...

Das konnte nur eins bedeuten. Anna schob den Gedanken beiseite und lief auf ihren Bruder zu. Fast nackt lag er auf dem Boden. Sie sah die Einschusslöcher in seiner Brust ... Löcher von silbernen Kugeln.

Velkan drehte sich zu ihr um. Er lebt!, jubelte sie innerlich. In seinen Augen sah sie, dass er sie erkannte. Von dem Werwolf und Draculas Fluch war keine Spur mehr zu sehen. Bedauern spiegelte sich im Gesicht ihres Bruders. Schmerzerfüllt und entschuldigend sah er sie an. Du hast dir nichts vorzuwerfen, sagte ihr Blick. Du hast gekämpft, du warst immer der Stärkere.

»Vergib mir«, sagte er.

Sie sah, wie er starb, ja sie fühlte es. Als er sich nicht mehr bewegte, wusste sie, dass er schließlich Frieden gefunden hatte und befreit war von der Herrschaft der Finsternis ... und von allen anderen Fesseln dieser Welt. Aber es durfte nicht sein! Er durfte sie nicht verlassen und sterben! Er war doch der Stärkere ...

»Velkan! ... Velkan! ... Velkan ...«, rief sie, warf sich über ihn, umarmte ihn zärtlich und küsste ihn auf die Wange. »Wir werden uns wieder sehen.« Davon war sie überzeugt. Sie würde den Kampf ihrer Familie zu Ende führen. In diesem Augenblick stellte sie sich vor, wie sie von der Stärke und Entschlossenheit ihres Bruders beseelt wurde. Es war pure Fantasterei, das wusste sie, aber dennoch veränderte sich etwas in ihrem Innern und wurde hart wie Stein. Sie würde nicht scheitern!

In der Nähe rührte sich etwas; sie sah Van Helsing auf sich zuwanken. Bevor sie wusste, wie ihr geschah, sprang Anna auf, stürzte sich auf ihn und prügelte mit den Fäusten auf ihn ein. »Sie haben ihn getötet! Sie haben ihn getötet!«

Ihre Schläge waren heftig, genährt von Zorn und Kummer. Zuerst nahm er sie hin, aber dann packte Van Helsing Anna an den Handgelenken und hielt sie fest. »Jetzt wissen Sie, warum man mich einen Mörder schimpft.«

Anna sah ihm in die Augen. Es lagen weder Wut noch Trotz in seinem Blick, wie sie erwartet hatte, sondern einzig eine tiefe Traurigkeit, wie sie sie noch nie gesehen hatte. Sie spürte, wie ihr Zorn sich legte. Schweigend stand sie bei ihm, dann bemerkte sie

Blut auf seinem Hemd. Behutsam öffnete sie seinen Umhang. Sein Hemd war von blutigen Bissspuren gezeichnet. »Oh, mein Gott ... er hat Sie gebissen.« Sie wich strauchelnd zurück und bemerkte etwas in seinen Augen, das sie noch nie bei ihm gesehen hatte: Angst. Das beunruhigte sie fast ebenso wie der Biss selbst.

Es war alles zu viel: Velkan und nun Van Helsing. Anna wandte sich ab ...

... nur um zu sehen, wie Aleeras Hand mit unglaublicher Geschwindigkeit auf sie zufegte. Schon wurde sie in die Luft gerissen, dann gab es einen Schlag, und ringsum wurde es dunkel.

Van Helsing drehte sich ruckartig um und sah, wie Aleera Anna fortschleppte. Er rannte hinterher, aber zu rasch stiegen die beiden in die Höhe. Dennoch rannte er weiter bis an den Rand des nahe gelegenen Steilhangs – doch Aleera war mit ihrem Opfer schon längst über den Abgrund hinaus.

Carl und Frankenstein tauchten neben ihm auf. Zu dritt mussten sie hilflos zusehen, wie Aleera mit Anna auf die Lichter einer fernen Stadt zuflog.

Gerade erst hatte Van Helsing Annas Bruder getötet, und nun hatte er auch noch sie verloren, die letzte der Valerious.

12

Van Helsing, Carl und Frankenstein waren die ganze Nacht durchmarschiert, und als der Morgen dämmerte, sahen sie, dass Budapest nicht mehr fern war. Die Stadt schmiegte sich in ein grünes Tal, und mitten hindurch floss die blaue Donau. Sogar aus der Ferne erkannte Van Helsing, dass die Stadt ebenso schön war wie alt. Budapest war zu Beginn der Christenheit von den Römern gegründet worden und hatte sich aus allen Epochen seiner Geschichte etwas bewahrt: Viele Türme und Zinnen von Schlössern und Kirchen ragten zwischen moderneren Häusern und Palästen auf.

Aber auch der Hüne an seiner Seite erstaunte Van Helsing: Wegen seiner eisernen Beinklammer hinkte Frankenstein stark, aber er schien eine schier unendliche Energie zu besitzen.

Ein paar Stunden später kamen – besser gesagt: wankten – sie in die Stadt. Frankenstein verbarg sein Gesicht unter einer Kapuze, aber aufgrund seiner Größe fiel er dennoch auf. Van Helsing zog seinen Umhang fest um sich, um die Bissspuren auf seiner Brust zu verbergen. Plötzlich fegte ein Windstoß über sie hinweg, und Van Helsing zog seine Pistole.

Aleera hatte sich vor ihnen auf einem Hausdach niedergelassen und schnalzte missbilligend mit der Zunge. »So viel Leid für meinen Meister, so viel Leid!«

Frankenstein wollte schon auf sie losgehen, doch Van Helsing hielt den Riesen zurück. Die Braut kicherte.

»Du hast Verona getötet. Wenn der Meister zur Liebe fähig wäre, hätte er sie sehr geliebt. Was mich angeht …« – sie lächelte kokett – »ich genieße nun die ungeteilte Aufmerksamkeit des Meisters.«

Van Helsing begriff, dass sie gar nicht kämpfen wollte und war regelrecht enttäuscht. »Was willst du?«

»Der Meister schlägt einen Austausch vor. Das Monster gegen die Prinzessin.«

Frankenstein starrte die Vampirin finster an; Van Helsing erklärte: »An einem öffentlichen Ort. Irgendwo, wo viele Leute sind.« Nun sah Frankenstein ihn an, aber Van Helsing hielt den Blick auf die Braut gerichtet. »An einem Ort, wo dein Meister weniger geneigt sein wird, seine … andere Seite zu zeigen.«

Die Braut dachte eine Weile darüber nach, dann leuchteten ihre Augen auf wie die eines kleinen Mädchens. »Morgen ist doch Allerheiligen! Da gibt es hier in Budapest einen wunderbaren Maskenball.« Sie hüpfte vor Freude ein Stück das Dach hinauf. »Ich liebe Maskenbälle! Im Vilkova-Palast! Um Mitternacht!«

Sie jauchzte und hüpfte, dann verschwand sie hinter dem Dach, und ein erneuter Windstoß verriet Van Helsing, dass sie sich wieder in ein Flügelwesen verwandelt hatte. Er schob seine Pistole ins Halfter und drehte sich um … und spürte plötzlich einen stechenden Schmerz in der Brust, dort, wo die Bisswunde war.

Carl wollte ihn sofort von seinem Umhang befreien. »Sind Sie verletzt?«, fragte der Geistliche besorgt. Van Helsing schob seine Hände fort, aber Frankenstein kniff die unerträglich intelligenten Augen zusammen. Dann stürzte der Riese sich auf ihn, riss seinen Umhang auf und legte die Blutflecken und Bissspuren an seinem Hemd bloß.

»Er ist von einem Werwolf gebissen worden!«

Van Helsing raffte automatisch seinen Umhang um sich, aber Frankensteins Gesicht verzog sich zu einem schiefen Grinsen. »Nun werden Sie zu dem, was Sie immer so leidenschaftlich gejagt haben.«

Vielleicht, aber bevor es dazu kommt, habe ich noch etwas zu erledigen, dachte Van Helsing. Er zog das Blasrohr aus seinem Umhang und sah Frankenstein an. »Tut mir Leid.«

»Mögen Sie mit dem gleichen Eifer von anderen gejagt werden!«, entgegnete Frankenstein. In seinem Gesicht spiegelte sich eine herzzerreißende Mischung aus Wut und Trauer über diesen unerwarteten Verrat.

Für den Transport Frankensteins mussten sie ein Pferd und einen Karren mieten und eine Segeltuchplane über das Monster werfen, um möglichst wenig Verdacht zu erregen. Nachdem sie sich neue Kleider und andere Dinge besorgt hatten, fuhren Van Helsing und Carl mit dem Wagen zum Palast und versteckten sich auf dem königlichen Friedhof. Sie fanden ein Mausoleum, das ihren Bedürfnissen entsprach, und quartierten sich dort ein.

Van Helsing schlüpfte in sein Kostüm, ein halbwegs elegantes Ensemble mit einem großen Hut und einem weiten Umhang, unter dem er seine Spezialausrüstung verbergen konnte. Carl verkleidete sich als Narr. Derart kostümiert konnten sie sich ungehindert unters Volk mischen, und obendrein würden ihre Masken dafür sorgen, dass sie nicht so schnell als ungebetene Gäste erkannt wurden.

Als sie das Mausoleum verließen, machten sie die schwere Tür fest hinter sich zu, und Van Helsing legte den Eisenriegel vor, damit sie auch von innen nicht geöffnet werden konnte. Frankenstein war erst einmal sicher vor Dracula.

Während sie den Friedhof überquerten, beobachtete Van Helsing die letzten Schatten des Tages, die sich im Schein der untergehenden Sonne wie lange Finger über die Landschaft legten. Wie er nur zu gut wusste, wuchsen mit der hereinbrechenden Nacht Draculas Stärke und Reichweite.

»Den Büchern zufolge verwandeln Sie sich erst beim nächsten Vollmond in einen Werwolf, in zwei Nächten, und dann werden Sie noch bis zum letzten Schlag der Uhr um Mitternacht in der Lage sein, gegen Draculas Einfluss anzukämpfen.«

»Dann muss ich mir ja keine Sorgen machen«, entgegnete Van Helsing. Seit Jahren hatte er Angst davor gehabt, so zu werden wie die Monster, die er jagte. Doch in der Höhle unter den Ruinen der Windmühle hatte er erkannt, dass es einen Unterschied zwischen ihm und diesen Kreaturen gab. Er war kein Mörder, trotz allem, was er im Rahmen seiner Arbeit getan hatte. Dieser Unterschied würde jedoch in zwei Tagen verschwunden sein, und er würde zu dem werden, das er bekämpft hatte, solange er sich erinnern konnte.

»Oh, mein Gott, Sie *sollten* sich aber Sorgen machen!«, bemerkte Carl.

Van Helsing bedachte ihn mit einem vernichtenden Blick, worauf der Ordensbruder sich beeilte zu sagen: »Oh … nun … sicherlich, es bleiben uns ja immerhin achtundvierzig Stunden, um eine Lösung zu finden.« Dann wechselte er rasch das Thema. »Sind Sie sicher, dass er da nicht herauskommt?«, fragte er und drehte sich noch einmal zu dem Mausoleum um.

»Nicht ohne die Hilfe der Toten«, antwortete Van Helsing.

Frankenstein erwachte in der Finsternis und war halbwegs überrascht, immer noch am Leben zu sein. Van Helsing hatte ihn erneut betäubt, diesmal vermutlich, um ihn gegen Anna einzutauschen. Dennoch: Er lebte und war allein … zumindest für den Augenblick.

Seine Augen gewöhnten sich allmählich an die Dunkelheit. Von draußen fiel nur wenig Licht herein, doch es reichte, um ihn erkennen zu lassen, wo er war: in einem Mausoleum, bei den Toten. Was hatte Van Helsing vor? Wollte er das Angebot wirklich annehmen? Oder wollte er Dracula hereinlegen?

So oder so, es war auf alle Fälle ein äußerst gefährliches Unterfangen, besonders für Frankenstein. Er musste irgendwie fliehen. Aber seine Beine reagierten nicht. Er konnte zwar die Augen öffnen und bewegen, aber es gelang ihm nicht, den Kopf zu drehen. Sein Körper stand nach wie vor unter dem lähmenden Einfluss von Van Helsings Pfeilen.

Er konnte es sich nicht erlauben, hilflos hier hocken zu bleiben. Dracula war zu mächtig, und Van Helsing besaß zwar großen Mut, war aber trotzdem nur ein Mensch. Frankenstein mobilisierte seine ganze Willenskraft, um die Hände zu bewegen. Nachdem er sich einige Sekunden lang konzentriert hatte, wurde er mit einem Zucken in den Handgelenken belohnt. Das war nicht viel, aber immerhin ein Anfang.

Dann hörte er ein Geräusch: ein Kratzen, kurz darauf das Quietschen eines Scharniers. Eines der Gräber wurde geöffnet.

Er war nicht allein.

Van Helsing und Carl gingen auf das prächtig verzierte, vergoldete Tor des Palastes zu, das gut vier Meter hoch war. *Und das ist nur der Hintereingang!*, dachte Van Helsing. Als das Tor sich wie von Zauberhand öffnete, wich er erschrocken zurück … bis er die Diener erblickte, die von innen an den Torflügeln zogen.

Van Helsing befürchtete schon, sie könnten nach der Einladung fragen, aber sie lächelten die Gäste nur freundlich an und einer sagte: »Herzlich Willkommen!«

Van Helsing nickte ihnen zu und betrat mit Carl den Palast, der wahrhaft verschwenderisch ausgestattet war. Das Parkett war in komplizierten Mustern verlegt, die Wände mit Gobelins bespannt und mit vergoldeten Stuck-Kronen verziert. Das Mobiliar war antik und stammte, wie Van Helsing erkannte, aus unterschiedlichen Epochen der europäischen Geschichte. In der Empfangshalle herrschte ein reges Kommen und Gehen. Die meisten Gäste trugen Masken und Kostüme, einige jedoch nur dunkle Roben. Bei ihnen handelte es sich zweifelsohne um die reichsten Mitglieder des ungarischen und restlichen europäischen Adels. Es roch nach sagenhaftem Reichtum in der Halle – und nach Dekadenz.

Van Helsing und Carl bewegten sich mit dem Strom der Gäste auf eine große Flügeltür zu, die sich öffnete, als sie näher kamen, und den Blick auf einen beeindruckenden Ballsaal voller Menschen in Feierstimmung freigab. *Zumindest bleiben wir in die-*

sem Meer von maskierten Gesichtern unerkannt, dachte Van Helsing.

Das Orchester spielte ein Stück, das er nicht kannte; es musste sich um ein recht neues Werk eines hiesigen Komponisten handeln. Irgendetwas war merkwürdig an der Musik. Eine leichte Dissonanz irritierte seine Ohren, aber das lag vielleicht an dem Werwolfgift, das sich in seinem Körper ausbreitete.

Zigeuner, Jongleure, Feuerschlucker, Seiltänzer und Hochseilartisten – eine sehr eigentümliche Kulisse, fand Van Helsing, aber er hatte noch nie zuvor einen Maskenball in Budapest besucht … wenigstens konnte er sich nicht daran erinnern.

»Das ist mal was anderes«, staunte Carl und sah sich mit großen Augen um.

»Dracula hat bestimmt irgendetwas ausgeheckt«, sagte Van Helsing nachdenklich.

»Wie ist das, haben wir in solchen Situationen einen konkreten Plan? Oder improvisieren wir einfach?«, wollte Carl wissen.

»Ein bisschen von beidem.«

Sie gingen auf die langen Tische für das Bankett zu, auf denen sich alle erdenklichen Speisen türmten, und viele andere, die Van Helsing noch nie zuvor gesehen hatte. Die beiden schnupperten genießerisch.

»Riecht wunderbar, nicht wahr?«, meinte Carl.

»Nicht alles.«

»Was riechen Sie denn?«

Van Helsing schnupperte erneut. »Alles.« Es lag an dem Werwolfgift. »Warme Brezel, Wacholderbeeren, Damenparfum und verrottetes Menschenfleisch.«

Das war es, was ihm zu schaffen machte. Die Untoten waren unterwegs, schon ganz in der Nähe. Dracula und seine Braut konnten nicht sehr weit sein.

»Sie verstehen es wirklich, einem den Abend zu verderben!«

Anna hatte das Gefühl zu schweben. Eigentlich kein unangenehmes Gefühl. Sie war auf einem Fest, einem großen sogar, wie sie es noch nicht oft erlebt hatte. Es gab keine Monster, keine Jagd, keinen Tod. Es wurde nur … getanzt. Sie schwebte durch den Raum, und ihre Füße berührten kaum den Boden.

Dieser Mann. Er war gut zu ihr, er war ihr … Meister. Nein!, protestierte ihr Verstand. Niemand war ihr Meister! Sie war eine Valerious, die letzte der Valerious. Der Traum flimmerte und drohte zu verblassen. Ein Teil von ihr trauerte ihm nach, der andere wusste, dass sie eigentlich an einem anderen Ort sein sollte und eine wichtige Aufgabe hatte.

Der Mann küsste sie, und sie erwachte … in den Armen des Ungeheuers, das ihre Familie seit Jahrhunderten jagte. Und sie tanzte mit ihm. Nur wenige Familienmitglieder waren dem Grafen je so nahe gekommen, und keiner hatte es überlebt. Dracula sah aus wie dreißig, und man konnte ihn durchaus für attraktiv halten, wenn man nicht wusste, dass sich hinter dieser Fassade ein Dämon verbarg. Seine Augen waren dunkel, kalt und tot. Ein Ohrring und das lange braune Haar, das er zurückgebunden trug, vervollständigten sein finsteres Erscheinungsbild.

Der Graf wirbelte mit ihr über die Tanzfläche. »Was ist es für ein Gefühl, meine Marionette zu sein?«

Sein Anblick erfüllte sie mit Abscheu. Er war ihr ganz nah und fasste sie an. Sie wollte sich zur Wehr setzen, aber ihr Körper gehorchte ihren Befehlen nicht. Als sie begriff, stieg Trotz in ihr auf. »Ich werde nicht zulassen, dass Sie mich austauschen, Graf!«

»Ich habe nicht die Absicht, dich auszutauschen. Und wie ich Van Helsing kenne, hat auch er kein Interesse an einem Handel.« Er kippte sie hintenüber und beugte sich über sie. Ihre Lippen berührten sich fast. »Keiner von uns macht gern halbe Sachen, weder er noch ich.«

»Sie bereiten mir Übelkeit.«

»Dabei kann ich so viel mehr«, entgegnete er. Dann stellte er sich hinter sie und liebkoste ihren Hals. Er konnte sie jeden Augenblick beißen, ihr das Leben nehmen und sie zu dem machen, was er war. Sie wollte sich ihm entziehen, gleichzeitig sehnte sich etwas in ihr, dass er es tat, wollte die Stärke spüren, die er spürte. Es wäre ganz leicht, sich ihm hinzugeben, ein Augenblick der Unterwerfung für ein ewiges Leben voller Macht ... Sie schüttelte den Kopf. Er beeinflusste sie irgendwie. Zwang ihr seinen Willen auf. Plötzlich kam Aleera dazu und zog sie an sich. »Jetzt bin ich dran.«

Als sie mit ihr tanzte, spürte Anna Aleeras Haut. Sie war weich und kalt. Dracula lächelte ihnen zu. Dann schnappte er sich die nächstbeste Frau, die vorbeikam, und biss sie in den Hals. Es herrschte so viel Trubel ringsum, dass es außer Anna niemand zu bemerken schien.

Von dem Balkon im zweiten Stock aus hatte man eine viel bessere Übersicht. Die Tanzfläche war überfüllt, und man konnte kaum ein paar Meter weit sehen, aber von oben erspähte Van Helsing Anna fast augenblicklich. Als er sah, dass sie mit der letzten Braut Draculas tanzte, lief es ihm kalt über den Rücken. Welche Pläne hatte der Graf mit ihr? Van Helsing gab sich nicht der Illusion hin, dass Dracula sich auf einen Handel einlassen würde. Er war davon ausgegangen, dass der Graf Anna töten wollte. Aber wie es aussah, hatte er noch Schlimmeres vor.

»Da sind sie!«, rief Carl.

»Irgendetwas stimmt da nicht«, entgegnete Van Helsing.

»Ja, sie wollen beide führen«, bemerkte Carl.

»Das meine ich nicht«, entgegnete Van Helsing und sah, wie Dracula die beiden Frauen mit offensichtlichem Vergnügen beobachtete. Anscheinend kannte der Graf ihn von früher, aber wie gut? So gut, dass er seinen nächsten Zug vorausahnen konnte? Er würde es schon bald herausfinden.

Van Helsing sah sich weiter um und entdeckte endlich, was er die ganze Zeit gesucht hatte. »Carl?«

»Ja?«

»Ich habe einen Plan.« Das war vielleicht ein wenig übertrieben, aber es war auf jeden Fall ein Anfang.

Aleeras Stimme klang besänftigend und angenehm. »Es sind die kleinen Dinge im Leben, die mir Freude bereiten. Zum Beispiel dieser Ausdruck in den Augen meiner Opfer, kurz bevor sie sterben.«

Anna versuchte sich loszureißen, aber sie stand immer noch unter Draculas Einfluss. Sie bemühte sich dennoch, und die Anstrengung, die es sie kostete, sich gegen seinen Willen aufzulehnen, spiegelte sich in ihrem Gesicht. Ihre missliche Lage schien Aleera zu amüsieren, die sich zu ihr beugte und ihr über die Wange leckte. »Ich werde dem Meister nicht erlauben, dich zu nehmen, Anna.«

Damit wuchsen ihre Eckzähne zu beängstigenden Fängen heran. Entsetzt sah Anna sie an. Urplötzlich wich alle Farbe aus dem hübschen, rosigen Gesicht der Braut. »Ich will ihn ganz für mich allein«, flüsterte sie.

Annas Augen weiteten sich, aber sie konnte sich weder von Draculas Einfluss noch aus Aleeras Umklammerung befreien. Die Braut war bereit. Nur noch Sekunden …

In diesem Augenblick schritt Dracula ein. Er schenkte Aleera ein warmes Lächeln. »Du siehst ja ganz ausgehungert aus, Liebes. Geh und hol dir einen kleinen Happen!«

Aleera sah missbilligend zu, wie der Graf sich mit Anna zu der verspiegelten Wand wandte. »Geben wir nicht ein hübsches Paar ab?«, bemerkte er und zeigte auf den Spiegel. Anna sah nur sich: Draculas Spiegelbild fehlte. »Ich suche eine neue Braut, Anna. Stark und schön muss sie sein.«

Im Spiegel sah es so aus, als tanze Anna ganz allein, als werde sie von einer unsichtbaren Macht hintenübergekippt und umhergewirbelt. »Dazu braucht es nur einen Biss«, erklärte er und zog sie eng an sich. Anna spürte seine Rippen an ihrer Brust.

»Ihr Herz schlägt nicht«, bemerkte sie.

»Vielleicht braucht es nur etwas Aufmunterung«, antwortete er freundlich. Er wollte sie küssen, aber Anna drehte wütend den Kopf zur Seite. Langsam schlug die Stimmung um; Anna spürte, dass Dracula das Spielchen leid war. Sie befürchtete, jeden Augenblick seinen Mund an ihrem Hals zu spüren.

Vom Balkon aus beobachtete Van Helsing, wie Carl sich seinen Weg durch die Menge bahnte. Er spürte: Dracula war bereit für den nächsten Zug. Endlich war der Ordensbruder so weit auf die Tanzfläche vorgedrungen, dass er Anna und den Grafen im Blickfeld hatte. Sogar Carl schien etwas zu ahnen und bewegte sich immer schneller.

Ganz in der Nähe legte ein Feuerschlucker den Kopf in den Nacken, um seinen Trick vorzuführen, dann hob er die Fackel an den Mund. Carl schlich sich rasch an und verpasste ihm von hinten einen kräftigen Stoß. Der Feuerschlucker stolperte und spie die Flamme auf Draculas Umhang.

Nun war Van Helsing an der Reihe. Er sprang über die Brüstung und landete auf dem Hochseil, das die Artisten zuvor benutzt hatten. Er hatte zwar in den vergangenen sieben Jahren kein Hochseiltraining absolviert, aber sein Instinkt verriet ihm, dass er es schaffen würde. Vorsichtig setzte er einen Fuß vor den anderen und wurde immer schneller, bis er praktisch über das Seil lief.

Dann zückte er sein Messer und zerschnitt das Seil, hielt sich daran fest und schwang sich hinunter in die Menschenmenge, während die Seiltänzer rings um ihn abstürzten.

Wütend packte Dracula den Feuerschlucker und schleuderte ihn durch den Ballsaal. Sehr gut: Der Graf war abgelenkt. Als Van Helsing über den Köpfen der Tanzenden schwebte, kam Anna auf ihn zugerannt. Rasch umfasste er ihre Taille und schwang mit ihr in die Höhe. Kurz darauf landeten sie auf einem Balkon an der gegenüberliegenden Seite des Ballsaals.

Van Helsing nahm sich einen Augenblick Zeit, um nach unten zu schauen. Die Menschen starrten zu ihnen hinauf, und dann legten sämtliche Gäste gleichzeitig ihre Masken ab. Ihre Augen wurden gelb, die Haut weiß, und ihnen wuchsen spitze Eckzähne. Vampire!, dachte Van Helsing, als sie ihn anfauchten. Ziemlich viele Vampire.

Dracula sah ihn lächelnd an. »Willkommen in meinem Sommerpalast!«

Das war der Augenblick, in dem Van Helsings Plan vollkommen den Bach hinunterging.

Da flog eine der Seitentüren auf, und eine Gruppe Untoter kam herein, die Frankenstein über ihren Köpfen trugen. Der Hüne war gefesselt und brüllte vor Wut. Ein verkrüppelter kleiner Mann saß rittlings auf seiner Brust.

»Wir haben ihn, Meister! Wir haben ihn!«

Dracula stieß ein böses, triumphierendes Lachen aus. Er wies auf Van Helsing und Anna und sagte zu seinen Gefolgsleuten: »Bedient euch!«

Die ganze Meute stürmte mit einem fürchterlichen kreischen vorwärts. Anna war bereits in Bewegung. Sie riss von einer Ritterrüstung, die zur Dekoration aufgestellt war, einen Arm ab und steckte die Hand tief in den metallenen Handschuh, an dem eine mit Nägeln besetzte Stahlkeule befestigt war.

Van Helsing wusste nicht, ob ihnen die Waffe nützen würde, aber der Prinzessin schien sie zu gefallen. Er zerrte sie in den Korridor und stürzte los. »Wo wollen wir hin?«, fragte Anna atemlos und lief ihm hinterher.

Van Helsing wies auf ein großes Buntglasfenster, auf dem Engel, Putten und Heilige dargestellt waren. »Durch das Fenster!«

»Sind Sie wahnsinnig? Dann werden wir von Kopf bis Fuß aufgeschlitzt!«

»Nicht, wenn Sie locker und entspannt bleiben«, entgegnete er, nahm Anna an die Hand und rannte mit ihr auf das Fenster zu. Im letzten Augenblick fiel ihm etwas Merkwürdiges auf: Einer der dargestellten Heiligen hielt die Hand hoch, als wolle er »Halt!« sagen. Van Helsing hörte auf seinen Instinkt, hielt Anna fest und bremste ab.

»Mein Fehler: falsches Fenster!«

»Woher wissen Sie das?«

»Ist nur so eine Ahnung.« Dann nahm er einen üblen Gestank wahr und eilte mit Anna weiter – die Vampire waren ihnen dicht auf den Fersen, das wusste er. Schon bald hörte er Draculas Lachen durch den Palast hallen. Wieder und wieder bog er ab, um die Meute abzuschütteln. Erneut seinem Instinkt folgend, führte er die Prinzessin eine Treppe hoch und durch eine große Flügeltür. Die Vampire schienen aufzuholen. Eilig verriegelten Van Helsing und Anna die Türe hinter sich und hofften, sie würde wenigstens ein paar Sekunden halten.

Schon ertönte lautes Hämmern, und die beiden liefen, so schnell sie ihre Füße trugen, den Korridor hinunter. Einen Augenblick später kam Carl um die nächste Ecke und sah ihnen entgegen.

Als Van Helsing und Anna auf ihn zustürzten, hielt er den Lava-Sprengsatz aus der Waffenkammer des Vatikans hoch. »Jetzt weiß ich, wozu der gut ist«, sagte er mit einem leicht süffisanten Grinsen. Dann fragte er Van Helsing: »Wohin des Weges?«

Er stand direkt vor einem weiteren großen Buntglasfenster, und Van Helsing und Anna riefen gleichzeitig: »Durch das Fenster!«

Carl zuckte mit den Schultern, zog den Stift von seiner Wunderwaffe und stellte sie vorsichtig auf dem Boden ab. Van Helsing und Anna nahmen ihn in die Mitte; gemeinsam sprangen sie durch das Fenster, stürzten zwei Stockwerke in die Tiefe und landeten im Wasser. Van Helsing tauchte komplett unter, und als er wieder auftauchte, waren Carl und Anna bei ihm. Ein durchdringender Gestank umfing sie: Es roch nach Schimmel und Verwesung.

Sie befanden sich in alten, modrigen Katakomben, vielleicht vier Meter unter der Erde. Ringsum gingen Tunnel und stinkende Rinnsale ab.

Plötzlich gab es im Palast über ihnen eine gewaltige Explosion. Einen Augenblick später regneten Fleischbrocken und Eingeweide herab. Der Gestank war mehr als furchtbar – dabei hatte Van Helsing den Geruch der Vampire schon unerträglich gefunden, als sie noch ganz gewesen waren.

»Carl, Sie sind ein Genie«, bemerkte er.

Der Geistliche blickte angesichts seines jüngsten Experiments ein wenig besorgt drein. »Ein Genie mit Zugang zu gefährlichen Chemikalien.«

Neuer Lärm brach hinter ihnen los, und Van Helsing merkte, dass sein Gehör und sein Geruchsinn um ein Vielfaches stärker geworden waren. Er drehte sich um und erblickte ein großes Boot mit einem Dutzend dieser schrecklichen Dwergi, denen Draculas Assistent Befehle zubrüllte ... und mit Frankenstein, der an den Bootsmast gefesselt war.

Ohne Zögern schwamm Van Helsing auf das Boot zu. Die Dwergi tauchten ihre Ruder ins Wasser und machten Tempo. Van Helsing schwamm schneller.

Das Boot ließ den Tunnel rasch hinter sich, und als es in einen größeren Fluss gelangte, wurde hinter ihm ein schweres Eisengitter heruntergelassen. Van Helsing sah, wie der Bucklige Frankenstein den Kopf tätschelte und sich zu ihm vorbeugte, um mit ihm zu sprechen. Eigentlich hätte Van Helsing auf diese Entfernung nichts hören können, aber er vernahm die Worte so klar, als flüstere sie ihm jemand ins Ohr.

»Sag deinen Freunden Lebewohl ...«, säuselte Draculas Diener. Frankenstein heulte vor Schmerz und Enttäuschung. Igor fuhr fort: »... denn wohin wir dich bringen, wissen nur Gott und der Teufel!«

Van Helsing zwang sich, noch schneller zu schwimmen. Es war knapp, sehr knapp ...

Und dann knallte das Gitter vor seiner Nase zu und schnitt ihm den Weg ab. Das Boot mit Frankenstein war nur einen Steinwurf von ihm entfernt, aber dennoch unerreichbar. Frankensteins Gesicht erstarrte zu einer Maske der Hilflosigkeit und Hoffnungslosigkeit – ein einsamer, verzweifelter Mann, den schon die Menschen gejagt hatten und der nun einem noch viel übleren Wesen in die Hände gefallen war.

»Ich finde dich! ... Ich hole dich zurück und lasse dich frei, ich schwöre bei Gott!«, rief Van Helsing.

Da stieß plötzlich ein großer Schatten auf ihn herab und kratzte mit den Klauen an dem Metallgitter. Funken stoben ... Dracula!

»Gott hat dir noch nie geholfen, Van Helsing. Warum sollte er ausgerechnet jetzt damit anfangen?«

Van Helsing hörte Draculas Braut lachen und sah den beiden dunklen Schatten hinterher. Anna und Carl kamen zu ihm, und er spürte die Hände der Prinzessin auf seinen Schultern.

»Kommen Sie, wir müssen nach Schloss Frankenstein, wenn wir sie erwischen wollen«, sagte sie.

Er drehte sich ruckartig um. »Ja, ich muss dieses Geschöpf retten.«

»Van Helsing!«, rief Carl, der immer noch durch das Gitter starrte. »Ich habe nach Rom telegrafiert, damit man über unsere Lage informiert ist.«

Van Helsing spürte, wie sich seine Nackenhaare aufrichteten, und er wurde misstrauisch. »Und wie lautet die Antwort?«

Carl sah ihn an, aber es kostete ihn einige Mühe. »Auch wenn Sie es schaffen, Dracula zu töten ... verlangt Rom, dass Sie Frankenstein ebenfalls vernichten.«

Van Helsing wurde zornig. »Er ist nicht böse«, zischte er.

»Ja, aber Rom sagt, ein Mensch ist er auch nicht«, entgegnete Carl.

Aufgebracht kam Van Helsing auf ihn zu. »Kennen die ihn etwa? Haben die schon mit ihm gesprochen? Wie können die sich überhaupt ein Urteil erlauben?«

»Sie wollen, dass Sie ihn vernichten, damit er niemals dazu benutzt werden kann, der Menschheit zu schaden«, sagte Carl und wich vor ihm zurück.

Van Helsing packte ihn an der Kehle und hob ihn hoch. Er konnte dem Bedürfnis zuzudrücken kaum widerstehen. »Und was ist mit *mir*? Haben Sie Ihnen gesagt, was aus mir wird? Ihnen erklärt, wie Sie mich töten sollen? Wie ist der richtige Winkel des Pflocks beim Eindringen in mein Herz? Wie viel Silber muss in jeder Kugel sein?«

Van Helsing merkte, wie seine Stimme tiefer wurde. Immer fester schlossen sich seine Finger um Carls Hals. Plötzlich ging Anna dazwischen und versuchte, die beiden zu trennen, aber

Van Helsing ließ nicht locker. Er fühlte sich stärker als jemals zuvor.

»Nein ... das mit Ihnen ... habe ich weggelassen«, krächzte Carl.

Natürlich. Carl war sein Freund. Er versuchte nur, ihm zu helfen. Van Helsings Wut flaute ab; er schämte sich. Der Ordensbruder sank nach Atem ringend zu Boden. Van Helsing sah auf seine Hände: Sie zitterten. Mit all seiner Willenskraft gelang es ihm, sich zu beherrschen. Er ballte die Hände zu Fäusten und atmete tief durch. Das Werwolfgift stärkte nicht nur seine Sinne. Auch die Wut ... den Wahnsinn ...

Van Helsing warf Anna einen Blick zu. »Es fängt an«, sagte er, aber wie er an ihrem Gesicht ablesen konnte, wusste sie es bereits.

13

Als er die Kutsche zurück nach Transsilvanien lenkte, gelangte Van Helsing zu der Einsicht, dass er sich tatsächlich veränderte. Es ließ sich nicht leugnen. Sein Geruchssinn und sein Gehör waren erstaunlich gut, und sogar sehr kleine Tiere konnte er auf große Entfernung erkennen: Er sah mit den Augen eines Raubtiers.

Er hatte seit Tagen nicht geschlafen und fühlte sich doch besser als je zuvor – jedenfalls besser als in den Jahren, an die er sich erinnern konnte. Stärker, energiegeladener, lebendiger.

Es würde nicht mehr lange dauern. Bald verwandelte er sich in ein Monster. Er wollte die nahende Veränderung zwar mit aller Kraft bekämpfen – mit allen Waffen seines persönlichen Arsenals –, aber der Fluch würde trotzdem über ihn kommen. Bis das geschah, blieb er allerdings ein Mensch. Er hatte einen freien Willen und konnte sich aussuchen, wie er seine letzten Stunden verbringen wollte.

Er wollte Frankenstein retten. Sein letzter Auftrag sollte nicht mit einem Akt der Zerstörung im Namen Gottes und der Kirche enden: Er wollte ein unschuldiges Leben retten. All seine widersprüchlichen Pflichten und Loyalitätsgefühle fielen von ihm ab und wurden von dem einfachen Wunsch zu helfen abgelöst. Der Kardinal würde toben – sollte er doch!

Und dann war da noch Dracula …

Van Helsing wusste, dass er den Vampir vernichten musste, wenn er Frankenstein und Anna in Sicherheit wissen wollte. Es ging zwar auch um die Rettung der Welt, doch Van Helsings Welt war plötzlich sehr klein geworden. Diesmal würde er nicht für den Vatikan kämpfen oder für die Menschheit: Er würde kämpfen, damit ein Unschuldiger Frieden fand; damit das kleine Mädchen, das im Innern der mutigen Prinzessin wohnte, das Meer sehen und glückliche Augenblicke erleben konnte.

Wenn er beim Kampf für diese Dinge starb, dann sollte es ihm recht sein.

Es war spät am Nachmittag, als Schloss Frankenstein in Sicht kam. Van Helsing sondierte das Gelände mit seinen Raubtiersinnen. Nichts. Nur ein ganz schwacher Hauch von Fäulnis lag in der Luft, als er die Pferde den letzten Kilometer im Galopp durchpreschen ließ.

Als sie vor dem Schloss ankamen, war Anna mit gezogenem Schwert aus der Kutsche, noch ehe Van Helsing überhaupt einen Fuß auf den Boden setzen konnte. Carl stieg einen Augenblick später aus und verteilte Fläschchen mit Weihwasser und Kreuze. Das war zwar nicht viel, aber immerhin etwas. Einen konkreten Plan hatten sie nicht.

»Wieder durch die Hintertür?«, fragte die Prinzessin, und ein dünnes Lächeln spielte um ihre Mundwinkel.

Van Helsing nickte. Sie gingen auf die Rückseite des Schlosses und fanden rasch die Geheimtür, die sie beim letzten Mal benutzt hatten. Auch mit seinen neuen, geschärften Sinnen konnte Van Helsing keine Spuren ausmachen, weder von Dracula noch von seiner Braut ... noch von Frankenstein.

Auf der Treppe nahmen Van Helsing und Anna je zwei Stufen auf einmal. Carl hatte Mühe, mit ihnen Schritt zu halten. Wenige Augenblicke später stürmten sie das Laboratorium. Van Helsing merkte sofort, dass etwas nicht stimmte. Seine Nase und Ohren bestätigten dieses Gefühl, noch ehe seine Augen sahen, was geschehen war: Das Labor war leer. Die wissenschaftlichen Geräte waren allesamt entfernt worden, und wie aus dem Chaos ringsum zu schließen war, hatten es der Graf und seine Diener ziemlich eilig gehabt.

»Sie müssen die komplette Ausrüstung in Draculas Laboratorium geschafft haben«, sagte Van Helsing und bekam es mit der Angst zu tun.

»Dann haben wir verloren«, erwiderte Anna.

Ihre Worte waren entmutigend. Selbst wenn Dracula seinen Plan nicht auf der Stelle in die Tat umsetzte, blieb Van Helsing nur noch wenig Zeit bis zu seiner … Verwandlung.

»Dracula kann seine Kinder erst zum Leben erwecken, wenn die Sonne untergeht. Wir haben noch Zeit«, erklärte Carl.

Die Prinzessin gab sich keine Mühe, ihre Empörung zu verbergen. »Zeit? Die Sonne geht in zwei Stunden unter, und wir verfolgen ihn nun schon seit über vierhundert Jahren!«

Unbeeindruckt und mit todernster Miene antwortete Carl: »In diesen vierhundert Jahren war ich aber nicht dabei, oder?«

Die Sonnenstrahlen versuchten durch die Wolken zu brechen, die über dem Anwesen der Familie Valerious aufgezogen waren. Noch gelang es ihnen da und dort, aber in weniger als zwei Stunden war die Schlacht verloren. Bald würde die Nacht hereinbrechen – vielleicht die längste und dunkelste Nacht, die die Welt je gesehen hatte.

»Was genau haben Sie erfahren?«, fragte Van Helsing Carl, als sie die Treppe im Turm hochstürmten und ein Gemach betraten, das aussah wie eine Bibliothekarsstube. Überall waren Reliquien, Artefakte und Bücher in ordentlichen Stößen aufgestapelt.

»Dieser Graf Dracula war eigentlich der Sohn von Valerious dem Älteren«, sagte Carl und sah Anna an. »Der Sohn eines Ihrer Vorfahren!«

Die Prinzessin zuckte nur mit den Schultern. »Das weiß doch jeder. Und weiter?«

»Oh, äh, … also, es fing alles im Jahre 1462 an, als Dracula getötet wurde«, erklärte Carl.

»Stand irgendwo, wer ihn getötet hat?«, fragte Van Helsing. Dracula hatte gesagt, er habe Van Helsing früher gekannt. Das war doch nicht möglich ... oder doch? Hatte Van Helsing irgendetwas mit dem Tod des Grafen zu tun? War er dabei gewesen? Plötzlich schien es, als könne Carl diese Fragen beantworten.

»Nein, es gab nur einen vagen Hinweis auf die ›linke Hand Gottes‹.«

Der Geistliche schlug eine kunstvoll verzierte lateinische Schrift auf. »Jedenfalls hat Dracula, wie hier steht, einen Pakt mit dem Teufel geschlossen, als er starb.«

»Und er bekam ein neues Leben«, vermutete Van Helsing.

»Aber dieses Leben konnte er nur auf eine Art erhalten – indem er das Blut anderer trank«, fügte Anna hinzu.

Carl war verärgert über diese Unterbrechungen. »Soll ich jetzt die Geschichte erzählen oder nicht?«

»Entschuldigung«, sagten Van Helsing und Anna gleichzeitig.

»Ihr Vorfahre ging, nachdem er diese böse Kreatur gezeugt hatte, nach Rom, um Gott um Vergebung zu bitten, und dort wurde eine Übereinkunft getroffen«, fuhr Carl fort. »Valerious der Ältere sollte Dracula töten, und dafür sollte seine ganze Familie ewige Erlösung finden, die ganze Erblinie bis zu Ihnen«, sagte er und sah Anna an.

Die Prinzessin nickte. »Aber das brachte er nicht übers Herz. So böse Dracula auch war, mein Vorfahre konnte den eigenen Sohn nicht töten.«

Carl zeigte den beiden einige Gravuren auf den Artefakten, die er zusammengetragen hatte. »Also hat er Dracula in eine eisige Festung verbannt. Er schickte ihn durch ein Tor, durch das es keine Wiederkehr gab, wie es heißt.«

»Und dann hat der Teufel ihm Flügel gegeben«, sagte Anna, der es plötzlich wie Schuppen von den Augen fiel.

»Ja.«

»Also gut, wo ist dann dieses Tor?«, fragte Van Helsing ungeduldig.

Der Geistliche zuckte mit den Schultern. »Ich weiß es nicht, aber als dem alten Ritter klar wurde, dass er seinen Sohn nicht töten konnte, hat er Hinweise hinterlassen, damit seine Nachfahren die Aufgabe an seiner Stelle erfüllen können.«

»Das ist es, was mein Vater hier gesucht hat: Hinweise auf das Tor«, sagte Anna.

Van Helsing kam eine Idee. »Das Tor ... das Tor ... natürlich!«

Er rannte aus dem Raum, die Treppe hinunter und in die Waffenkammer zu der großen Landkarte von Transsilvanien. Carl und Anna waren Sekunden später an seiner Seite. »Sie sagten, Ihr Vater hat stundenlang auf diese Karte gestarrt und überlegt, wie er Draculas Lager finden kann. Und genau das hat er auch getan!«

Van Helsing sah sich den Rahmen der Karte genauer an, der nahtlos in die Wand eingelassen war, ohne jeden Zwischenraum. »Ich denke, das hier ist das Tor. Ihr Vater wusste nur nicht, wie man es öffnet.«

Carl zeigte auf die Karte. »Sehen Sie! Eine lateinische Inschrift. Vielleicht funktioniert es genauso wie bei dem Gemälde im Turm.« Leise begann er, die Inschrift vorzulesen.

Anna trat an Van Helsings Seite. »Wenn dies das Tor wäre, hätte mein Vater es schon längst geöffnet«, erklärte sie.

Um weiterlesen zu können, schob Carl einen Stuhl beiseite. »Ich kann es nicht zu Ende lesen, da fehlt etwas.«

Jetzt passte alles zusammen. Van Helsing holte das bemalte Stück Leinen aus der Tasche, das der Kardinal ihm gegeben hatte. »Ihrem Vater fehlte das hier!«

»Wo haben Sie das her?«, wollte Anna wissen.

Van Helsing reichte es an Carl weiter. »Lesen Sie!«

Der Ordensbruder setzte das fehlende Stück in die Landkarte ein. Es passte perfekt. Dann las er die Inschrift zu Ende: »*Deum lacessat ac inaum imbeat aperiri.*«

Van Helsing erinnerte sich an die Übersetzung des Kardinals und wiederholte sie: »Im Namen Gottes, das Tor öffne sich!«

Die Landkarte begann, sich zu verändern. Es fing an den Rändern an und breitete sich nach innen aus. Raureif legte sich über das ganze Bild, bis die Karte nicht mehr zu erkennen war. Dann begann die eisige Schicht zu schimmern und wurde immer glatter. Sekunden später blickten die drei erstaunt in einen großen, alten Spiegel, der auf magische Weise an die Stelle der Landkarte getreten war.

»Ein Spiegel?«, wunderte sich Carl.

Anna betrachtete den Spiegel eingehend, bevor sie das Wort ergriff. »Dracula hat kein Spiegelbild.«

»Warum?«, fragte Van Helsing.

»Vielleicht ... vielleicht ist das gar kein Spiegel für Dracula«, überlegte Anna laut.

Spontan streckte Van Helsing die Hand aus, um die Oberfläche des Spiegels zu berühren, aber sie glitt hindurch und verschwand. Als sie plötzlich sehr kalt wurde, schnappte Van Helsing nach Luft. Carl fuhr auf und rief gleichzeitig mit Anna: »Was ist denn?«

»Es ist kalt.« Van Helsing zog die Hand zurück und zeigte den beiden die Schneeflocken darauf. »Und es schneit.« Er nahm eine Fackel aus der Wandhalterung. »Wir sehen uns auf der anderen Seite!«

»Keine Sorge, wir sind bei Ihnen ... nicht direkt, meine ich, aber wir kommen«, stammelte Carl.

Anna nahm Van Helsing am Arm, und er dachte schon, sie würde ihn zurückhalten, aber sie sagte nur: »Seien Sie vorsichtig«, dann ließ sie ihn los.

Van Helsing nickte ihr zu und ging durch den Spiegel ...

Auf der anderen Seite war es kalt und schneite unaufhörlich. Er war aus einem alten Spiegel herausgekommen, der in einen großen schwarzen Obelisken eingelassen war. Wenig später folgte Anna. Gemeinsam betrachteten sie eine riesige mittelalterliche Festung, die so aussah, hätte man sie direkt aus dem schwarzen Gestein gehauen, aus dem die eisige Gebirgslandschaft bestand.

Früher sahen die Festungen irgendwie anders aus, dachte Van Helsing. Ein solches Bauwerk war ihm noch nicht untergekommen. Die Burg war riesengroß, und ihre Türme und Zinnen übertrafen alles, was Van Helsing je gesehen hatte.

Die Fundamente der Festung schienen fest verwurzelt mit dem Berg, und die drei Haupttürme ragten aus dem schwarzen Felsen, als sei die gesamte Anlage aus dem Gestein gewachsen und nicht daraus gebaut. Die beiden Brücken, die hoch oben von Turm zu Turm führten, waren die einzigen Anzeichen dafür, dass dieser Koloss tatsächlich von Menschenhand geschaffen und nicht von den dunklen Kräften der Natur ausgespien worden war.

Das Bauwerk war beeindruckend und abschreckend zugleich. Es hatte eine unheilvolle Ausstrahlung. »Schloss Dracula!«, verkündete Anna.

Carl war nirgendwo zu sehen, aber sie konnten nicht länger auf ihn warten. Van Helsing marschierte auf das Schloss zu. Als er von hinten Lärm hörte und sich umdrehte, kam der Ordensbruder aus dem Spiegel. Carl sah mit großen Augen zu der Festung auf, die eindeutig mit der Absicht geschaffen worden war, dass jeder, der sie erblickte, vor Angst erzitterte. Auch bei dem Geistlichen trat die gewünschte Wirkung ein: Er drehte sich um und rannte direkt wieder in den Spiegel.

Carl schlug mit der Nase dagegen, prallte ab und landete auf seinem Allerwertesten. Damit stand fest: Der Spiegel war eine Einbahnstraße. Van Helsing hatte nichts dagegen, denn um diese Mission zu beenden, musste er nicht wieder auf die andere Seite.

»Warten Sie!«, rief Carl und kam wieder zurück zu ihm und Anna.

Sie gingen direkt zum Tor des Schlosses. Diese Schlacht würde ohne Umwege geschlagen. Das massive Tor war aus Eisen, zugerostet und obendrein mit einer dicken Eisschicht überzogen. Der Querbalken darüber befand sich in gut neun Metern Höhe und war unerreichbar.

»Haben wir einen Plan? Es muss ja nicht gleich so einer sein wie der von Wellington bei Waterloo, aber irgendein Plan wäre doch ganz nett«, meinte Carl.

»Wir gehen rein und halten Dracula auf«, entgegnete Van Helsing trocken.

»Und töten alles, was sich uns in den Weg stellt«, fügte Anna hinzu.

Carl wich zurück. »Und wie wollen Sie das anstellen?«

Keine Zeit, dachte Van Helsing nur und packte Carl und Anna am Kragen. Ohne lange zu überlegen, lief er an dem Tor hoch – obwohl es mit Eis überzogen war. Eigentlich war so etwas unmöglich…

Aber Van Helsing tat es trotzdem. In diesen wenigen Sekunden machte er sich die ganze Macht des Werwolffluchs zu Nutze. Er trug die Prinzessin und den Ordensbruder das Tor hoch und auf der anderen Seite wieder hinunter. Weil er den Abstieg abbremste, erreichten sie den Boden mit einer weichen Landung.

Anna und Carl standen regelrecht unter Schock. Er konnte sich vorstellen, wie den beiden zu Mute war. »Ich bin ja froh, aus der Kälte heraus zu sein, aber *das* ist sicher kein gutes Zeichen«, bemerkte Carl.

Dann kamen sie: die Schmerzen, ohne Vorwarnung und mit voller Wucht. Van Helsing krümmte sich, und sein Körper zuckte, als tobten in seinem Inneren wahnsinnige Krämpfe.

»Alles in Ordnung?«, fragte Anna.

Van Helsing spürte etwas Seltsames in seinem Gesicht, und ihm verschwamm alles vor Augen. Dann ging der Anfall vorüber, und er war wieder er selbst… zumindest so sehr er selbst, wie er es so schnell nicht noch einmal sein würde. Aber er durfte nicht an die Zukunft denken – er hatte eine Mission und eine letzte Chance, das zu retten, was noch von seiner Seele übrig war.

Sie standen nun in einer weitläufigen Empfangshalle mit hohen Decken und Säulen. Der Größe der Halle nach zu urteilen, war sie nicht für jemanden gedacht, der an das Gesetz der Schwerkraft gebunden war. Die Wände waren fast vollständig mit den Kokons von Draculas Nachkommen bedeckt – es waren Tausende, dicht an dicht, und in allen steckten Drähte.

»Oh, mein Gott, wenn er die alle zum Leben erweckt…«, setzte Anna an.

»… dann wird aus der ganzen Welt ein riesiges Buffet«, beendete Carl den Satz.

Lärm. Jemand kam näher. Van Helsing sah Draculas Diener, den Anna Igor genannt hatte. Er kam mit einem dicken Bündel Kabel und Elektroden um die Ecke. Ruckartig blieb der bucklige kleine Mann stehen und sah die drei überrascht an.

»Wie …? Wie konnten …? Das ist doch nicht möglich!«, keuchte er, fasste sich jedoch schnell, ließ alles fallen und rannte davon wie ein geölter Blitz. Van Helsing holte rasch eines seiner kreisrunden Sägeblätter hervor und warf es nach ihm. Das Geschoss zischte durch die Luft, erwischte Igor am Ärmel und nagelte ihn an die Wand.

»Bitte! Bitte töten Sie mich nicht!«, flehte der Bucklige, als Van Helsing näher kam.

»Und warum nicht?«

»Äh, also, ich …« Offenbar fiel Igor kein guter Grund ein.

Van Helsing auch nicht. Er riss das Sägeblatt aus der Wand und holte aus, um der bösen Kreatur ein Ende zu machen, als er vertraute Laute vernahm: Irgendwo in der Nähe brüllte Frankenstein. Die Rufe kamen aus einem Fenster mit Gitterstäben gleich neben Igor. Van Helsing hörte Kettengerassel und entdeckte hinter den Stäben einen Flaschenzug. Er hielt eine Fackel in das Fenster und blickte in einen tiefen Schacht, der in das Gestein gehauen war.

Ganz unten befand sich ein Verlies, in dem Frankenstein hockte. Er war in einen dicken Eisblock eingeschlossen, aus dem nur sein Kopf und der Hals herausschauten. Die Ketten gingen mitten durch das Eis. Es war eine besonders grausame Art der Gefangenschaft, und Van Helsing sah deutlich, wie sehr Frankenstein in seinem eisigen Gefängnis litt.

Von oben ertönte ein Befehl. »Bring mir das Monster!«, hallte Draculas Stimme durch den Schacht. Als Van Helsing hochschaute, sah er, dass der Schacht gut und gerne neunzig Meter in die Höhe reichte.

»Mein Meister ist erwacht«, sagte Igor mit einem Lächeln.

Die Ketten rasselten und wurden straff gespannt. Innerhalb weniger Augenblicke wurde Frankenstein mit dem Eisblock aus dem Verlies nach oben gezogen.

Van Helsing geriet in Rage. Er ließ die Fackel fallen und rüttelte wütend an den dicken Gitterstäben. Sie gaben etwas nach, aber er konnte sie nicht brechen, trotz seiner Werwolfkräfte. Als die Stäbe sich leicht verbogen, packte auch Anna mit an, aber es war alles vergebens.

Frankenstein stieg in die Höhe, und Van Helsing warf sich geschlagen gegen die Stäbe. Seine Wut flaute wieder ab. Als Frankenstein an ihm vorbeikam, sahen sie sich in die Augen. Van Helsing sah den Schmerz und die Angst im Blick des Hünen – und noch etwas: Anerkennung für Van Helsings Kampf … und Mitgefühl.

Zu seiner Überraschung ergriff Frankenstein das Wort. »Es gibt ein Gegenmittel.«

Van Helsing brauchte eine Weile, bis er die Sprache wieder fand. »Was?«, stieß er hervor.

»Dracula hat ein Gegenmittel gegen den Werwolffluch«, erklärte Frankenstein.

Dann war der Hüne verschwunden. Er stieg in die Höhe, seinem Schicksal entgegen. Voller Verzweiflung steckte Van Helsing die Hände durch die Stäbe und streifte den Eisblock mit den Fingern, bevor er einen letzten Blick auf Frankenstein erhaschte.

»Los! Finden Sie das Mittel! Retten Sie sich!«, rief Frankenstein ihm zu.

Das war der Beweis: Frankenstein war ein Mensch, kein Monster. Es war richtig, ihn zu retten.

Anna zog ihn von dem Fenster weg. »Kommen Sie! Sie haben doch gehört, was er gesagt hat! Suchen wir das Mittel!«

Van Helsing machte sich von ihr los. Irgendetwas war hier faul. »Da wäre nur noch eine Frage offen.«

»Und zwar?«

»Warum hat Dracula ein Gegenmittel?«

»Ist mir egal.«

»Mir aber nicht.« Van Helsing drehte sich zu Igor um, der den Mund fest zukniff. »Wozu braucht er so etwas?«, fragte er den Buckligen. Zweifellos fürchtete Igor den Zorn seines Meisters mehr als das, was Van Helsing ihm antun konnte.

Carl schaltete sich ein: »Weil das einzige Wesen, das ihn töten kann, ein Werwolf ist …«

»Das Gemälde – jetzt wissen wir, was es bedeutet!«

Der Kampf zwischen den beiden großen Rittern, von denen einer zum Vampir und der andere zum Werwolf wurde. Das war der entscheidende Hinweis – das letzte Puzzleteil, das noch gefehlt hatte.

»Aber Dracula setzt schon seit Jahrhunderten Werwölfe für seine Zwecke ein«, bemerkte Anna.

»Ja, aber für den Fall, dass ihm jemals einer an die Gurgel will, braucht er ein Gegenmittel, um aus dem Wolf wieder einen Menschen zu machen, bevor er von ihm gebissen wird«, erklärte Carl.

Plötzlich hatte Van Helsing einen Plan und sah vollkommen klar, was seine Zukunft anging. Es war möglich, Dracula zu besiegen – und er selbst war der Schlüssel zu seiner Vernichtung. Doch auch wenn er die unvermeidliche Schlacht mit Dracula irgendwie überlebte, gab immer noch der Werwolffluch Grund zur Sorge. Wahrscheinlich würde Van Helsing von diesem Einsatz nicht zurückkehren – aber dieses Opfer brachte er gerne, wenn es ihm gelang, den größten Feind der Menschheit zu vernichten.

Nun schien sein Schicksal also in den Händen seiner beiden Begleiter zu liegen.

»Du wirst die beiden hinführen«, sagte er an Igor gerichtet.

»Nein, das werde ich nicht tun.«

Van Helsing schob ihm die Klinge unters Kinn, und flugs änderte der Bucklige seine Meinung. »Ja, ja, ich tue es.«

Anna ging auf Van Helsing los. »Sind Sie wahnsinnig?«

Er schüttelte den Kopf. »Noch nicht.«

Carl fasste Anna am Arm. »Er hat Recht: Wenn die Turmuhr Mitternacht schlägt, kann er Dracula töten. Wir müssen nur das

Gegenmittel finden und es ihm vor dem letzten Glockenschlag einflößen.«

»Sind Sie jetzt auch verrückt geworden?«, fragte Anna.

»Das habe ich mich auch schon immer gefragt«, entgegnete Carl.

Van Helsing zog eine kleine Zange aus seinem Umhang und hielt sie Igor vor die Nase. »Jedes Mal wenn du zögerst oder sie auch nur den Verdacht haben, dass du sie in die Irre führst ...« Er reichte Anna die Zange »... dann schneiden Sie ihm einen Finger ab!«

»Mit Vergnügen!«

»Passen Sie nur auf, dass er auf dem Hinweg noch genug Zehen zum Laufen hat«, bemerkte Van Helsing.

Verängstigt zeigte Igor auf zwei Wendeltreppen. »Die Treppe rechts führt hinauf in den schwarzen Turm. Da ist es.«

»Und die linke Treppe?«

Igor zögerte, und Van Helsing wollte schon zur Zange greifen. »In den Teufelsturm! In den Teufelsturm! Dort haben wir das Laboratorium eingerichtet. Ich würde Sie doch nicht anlügen!«

»Nicht, wenn du leben willst.« An Carl gerichtet, sagte Van Helsing: »Wenn ich beim zwölften Glockenschlag nicht geheilt bin ...« Er zog einen silbernen Pflock aus seinem Umhang und reichte ihn dem Geistlichen, der entsetzt die Augen aufriss und den Kopf schüttelte.

»Ich glaube nicht, dass ich das kann.«

»Sie *müssen*«, drängte Van Helsing. Er bürdete Carl diese Last nur ungern auf, aber wenn Carl es nicht tat, dann musste – und würde – es die Prinzessin tun. Und Van Helsing wollte nicht, dass sie den Preis für diese Tat bezahlen musste.

Carl nickte und nahm den Pflock. Dann packte er Igor am Genick und schob den Buckligen auf die Treppe zu. »Los geht's!«

Van Helsing sah Anna in die Augen, und die Zeit schien still zu stehen. Sie hatte Angst, genau wie er, und rüstete sich innerlich für das, was auf sie zukam. In ihren Augen sah er etwas von sich selbst, aber auch vieles, das neu für ihn war, exotisch und aufregend – und über das er gern mehr erfahren hätte. Aber vor allem sah er etwas, für das es sich zu kämpfen lohnte. Er hatte etwas Wichtigeres gefunden als die Suche nach der eigenen Vergangenheit.

»Lassen Sie sich nicht töten!«, sagte er.

Sie sah ihn an, und ihr Gesicht spiegelte wider, wie überzeugt sie ihr höchstes gemeinsames Ziel anging. »Sie haben es immer noch nicht verstanden. Es spielt keine Rolle, was mit mir geschieht. Wir müssen meine Familie retten.«

Anna wollte gehen, aber er hielt sie zurück. »Wenn Sie zu spät kommen, laufen Sie wie der Teufel!«, riet er ihr. Sie nickte, aber er konnte sie noch nicht loslassen. »Am besten kommen Sie gar nicht erst zu spät!«

Lächelnd wandte sie sich ab, aber da war noch etwas, das er ihr klarmachen musste. Van Helsing zog sie an sich und küsste sie; erst leidenschaftlich, dann sanft, dann wieder leidenschaftlich. Sie erwiderte den Kuss mit ebenso viel Inbrunst. Das Gift in seinen Adern, Draculas Plan für die Welt, die eigene Vergangenheit – alles war vergessen, und Van Helsing verlor sich in dem Kuss. Anna überraschte ihn erneut, indem sie etwas tat, wozu er niemals fähig gewesen wäre: Sie machte sich von ihm los. Sie schenkte ihm einen Blick, der alles verhieß, dann drehte sie sich um und folgte Carl.

Dracula beobachtete, wie die Dwergi letzte Hand an Victor Frankensteins Ausrüstung anlegten. Das Monster lag gefesselt und festgeschweißt in dem Eisengehäuse und brüllte zornig. Der Graf ging zu ihm hinüber und fragte: »Worüber beschwerst du dich?«

Einer Antwort gleich erwachte das ganze Laboratorium zum Leben. Zwischen den Dynamos bildeten sich hohe Lichtbögen, Zahnräder kamen in Schwung, Keilriemen strafften sich und die Maschinen begannen zu laufen.

»Deshalb wurdest du gemacht: als Beweis, dass Gott nicht der Einzige ist, der Leben erschaffen kann!«, rief Dracula in einem Tonfall, als wolle er einem dummen Kind etwas erklären.

Der Graf drehte an einem Schwungrad, um das Monster in die Höhe zu hieven. »Und nun wirst du meinen Nachkommen Leben spenden.«

Das Monster brüllte vor Wut und Verzweiflung. Typisch für die Lebenden: unfähig, über die eigene erbärmliche Existenz hinauszuschauen, dachte Dracula. Das Monster begriff nicht, dass es Teil einer neuen Ordnung war, die sich schon bald auf der ganzen Welt ausbreiten würde. Und auf der Asche der alten würde Dracula dann eine ganz neue Welt schaffen – nach seinen Vorstellungen.

Der Graf trieb das Schwungrad noch kräftiger an.

14

Van Helsing nahm je zwei Stufen auf einmal, dann drei, und sein Herz schlug immer schneller, je näher er dem Laboratorium kam, in dem Frankenstein wartete ... und Dracula.

Van Helsing hatte die Hälfte des Weges geschafft, als sich neben der Wendeltreppe eine Öffnung auftat. Er steckte den Kopf hinein und blickte in den Schacht, der fünfzehn Stockwerke in die Tiefe reichte. Hoch über ihm zuckten Lichtblitze, das Brummen von Maschinen war zu hören. Nun war es nicht mehr weit.

Van Helsing sprang an die Kette, die in dem Schacht hing, wobei ihm ein paar Waffen aus dem Umhang fielen. Es spielte keine Rolle. Nichts aus seinem Arsenal war für den Kampf wichtig, den er noch zu führen hatte. Gegen Dracula half nur eine Waffe, und die führte Van Helsing mit sich.

Er begann, an der Kette hochzuklettern. Seine Hände arbeiteten immer schneller, bis er sie gar nicht mehr richtig erkennen konnte und er förmlich den Schacht hinaufflog. Er spürte, wie alle Angst um das eigene Leben und die Sorge um die Zukunft von ihm abfielen. Er wollte diesen Kampf – er sehnte sich danach.

Und er würde ihn bekommen.

Igor führte Anna und Carl die Turmtreppe hoch. Der missgebildete Diener Draculas stand eindeutig vor einem großen Dilemma. Wenn er sie weiter begleitete und sein Meister davon Wind bekam, wurde er auf der Stelle getötet. Wenn er sich weigerte, holte Anna die Zange heraus. Letzteres bereitete Igor zum Glück die größeren Sorgen, und nachdem sie ihm ein wenig Dampf gemacht hatten, stellte sich heraus, dass er ziemlich schnell sein konnte, wenn er wollte – und wenn sein Leben davon abhing.

Als sie den oberen Treppenabsatz erreicht hatten, standen sie vor einem Bogenportal, hinter dem sich das rettende Mittel für Van Helsing befand. Anna hatte ihren Bruder im Stich gelassen, aber sie würde weder ihre Familie im Stich lassen noch den Mann, der sie nun schon zweimal gerettet hatte. Sie wollte ihm jedoch nicht nur aus diesem Grund helfen. Als sie ihm zum letzten Mal in die Augen geschaut und ihn geküsst hatte, hatte sie plötzlich etwas gesehen: eine Zukunft.

In ihrem Leben und in ihrer Familie war es seit Generationen nur darum gegangen, ein Unrecht aus der Vergangenheit wieder gutzumachen. Ihr Vater hatte in dieser Vergangenheit gelebt, und an ihr waren er und Velkan zu Grunde gegangen. Anna hatte niemals damit gerechnet zu überleben.

Und nun war ein Mann gekommen, der keine Vergangenheit hatte, der ihr zeigte, dass es noch ein anderes Leben gab, eine hoffnungsvolle Zukunft … mit ihm.

Sie betrat den Raum. Wie alles in dieser Festung war er entsetzlich groß und wirkte wie aus schwarzem Stein gemeißelt. In der Mitte befand sich ein Podest, auf dem ein Glasgefäß mit einer klaren, gallertartigen Substanz stand. Darin war eine Spritze eingelegt. Igor wollte den Raum betreten, aber Anna hielt ihn zurück.

»Ich gehe zuerst.«

Draculas Diener warf ihr einen finsteren Blick zu, aber die Prinzessin ignorierte ihn einfach. Wachsamer als bei jeder anderen Jagd zuvor wagte sie sich hinein. Ihr fiel auf, dass alle Fenster verriegelt waren und es keinen anderen Eingang gab. Das bedeutete aus Draculas Sicht, dass der Raum leicht zu verteidigen war: Es gab nur einen Ein- und Ausgang. Anna hingegen sah vor allem die geringere Wahrscheinlichkeit, eine böse Überraschung zu erleben.

In diesem Moment wurden hinter ihr Kampfgeräusche laut, und sie drehte sich in Erwartung ebendieser bösen Überraschung um, auf die sie gut hätte verzichten können. Carl wurde von Igor in den Raum geschleudert; der kleine Mann kicherte fröhlich. »Sie können bleiben, so lange Sie wollen!«

Er betätigte einen Hebel an der Wand, und mit Getöse fiel ein Metallgitter vor Anna und Carl herab. Dann rannte Igor davon. Sein Gelächter hallte durch das Schloss.

»Leben Sie wohl!«, kreischte er wie irr.

Van Helsing war seinem Ziel sehr nah. Er hörte, wie die Apparate beschleunigten, und erkannte die Geräusche wieder. So hatte es geklungen, als der Graf auf Schloss Frankenstein versucht hatte, seine Kinder zum Leben zu erwecken. Diesmal nahm Van Helsing allerdings jede noch so kleine Veränderung wahr und konnte in all dem Lärm sogar die eiligen Schritte sämtlicher Dwergi erkennen.

Leise kletterte er aus dem Schacht und versteckte sich hinter dem nun zerschlagenen Eisblock, in dem kurz zuvor noch Frankenstein gesteckt hatte. Funken und kleine Eisstückchen regneten auf ihn herab. Er sah große Lichtbögen in dem neu aufgebauten Laboratorium aufblitzen. Überall flitzten Dwergi umher, und Dracula überwachte das gesamte Verfahren. Diesmal wirkte der Graf grimmig und äußerst ungeduldig.

In dem Dach über dem Laboratorium, in etwa sechs Metern Höhe, war ein großes Fenster, durch das Van Helsing den Käfig sehen konnte, in dem Frankenstein an Ketten in der Luft baumelte. Er hörte, wie der Hüne kämpfte, über seine Fesseln fluchte und um das Leben rang, das ihm sein »Vater«, sein Schöpfer, geschenkt hatte. Diesen Kampf würde er nicht alleine führen müssen – nicht mehr.

Behände kletterte Van Helsing an der glatten Wand hoch. Einem Menschen war so etwas eigentlich nicht möglich, aber Van Helsing war mit jeder Minute, die verstrich, immer weniger ein Mensch.

Er erreichte ein Gerüst, auf dem ein Dwerger stand und sich erschrocken zu ihm umdrehte. Er hatte seine Schutzbrille hochgeklappt, und zum ersten Mal sah Van Helsing in die Augen einer dieser abscheulichen Kreaturen. Sie hatten große Pupillen, dunkle Höhlen mit kleinen weißen Ringen, die mit dicken roten Adern überzogen waren.

Bevor das widerliche Ding schreien konnte, packte Van Helsing es mit einer Hand, klatschte es an die Wand und warf es in einen dunklen Winkel des Laboratoriums. In all dem Lärm und Getöse schien unten niemand Notiz davon zu nehmen.

Anna und Carl starrten wie gebannt auf die Spritze in dem Glas mit der klebrigen Schmiere. »Machen Sie, holen Sie es!«, rief Anna ungeduldig.

»Gehen Sie doch!«, gab Carl zurück. »Eines habe ich inzwischen gelernt: Man sollte niemals als Erster seine Hand in eine zähflüssige Substanz stecken!«

Wie Anna zugeben musste, hatte er vollkommen Recht. Dracula hatte sich eine fast uneinnehmbare Festung geschaffen, und da hatte er mit Sicherheit auch dafür Sorge getragen, dass er als Einziger an das Gegenmittel herankam.

Als Anna eine ihr wohl bekannte Gestalt bemerkte, die sich im Glas widerspiegelte, wirbelte sie um die eigene Achse. Vor ihr schwebte Aleera. »Kluger Junge«, lobte sie.

Als Carl erschrocken auffuhr, riss Anna ihn mit einer schnellen Bewegung hinter das Glas zurück. Aleera sank lächelnd zu Boden. »Habe ich dich erschreckt?«, säuselte sie.

»Nein«, antwortete Carl, obwohl ihm die Angst ins Gesicht geschrieben stand.

»Dann muss ich es wohl noch einmal versuchen.« Sprach's und kam drohend auf die beiden zu.

Entschlossen zog Anna ihr Schwert und schlug das Glasgefäß vom Podest. Es zersplitterte auf dem Boden, und Aleera wurde mit Schleim bespritzt. Die zähflüssige Masse brannte sich wie Säure in ihre Haut und sogar in den Steinboden.

Aleera brüllte vor Schmerz und Wut, und ihr Geheul klang mehr nach dem brutalen Tier, das sie war, als nach der schönen Frau, die sie zu sein vorgab.

Carl war fast verrückt vor Angst. »Sehen Sie? Was habe ich gesagt!«, rief er und zeigte auf die Säureflecken.

»Nehmen Sie das Ding!«, schrie Anna. Sie behielt die verletzte Aleera im Auge und hob das Schwert. Gleichzeitig verfolgte sie, wie Carl seinen Rocksaum hochriss, um die Spritze aufzufangen. Sie verschmorte den Stoff, und Carl hopste und kreischte, verlor sie aber nicht. Als Anna sah, dass Aleera zumindest für den Augenblick keine Bedrohung war, ging sie das Wagnis ein: Sie suchte sich eine Glasscherbe und nahm damit etwas von der klebrigen Flüssigkeit auf. Dann lief sie zu dem Gitter und spritzte die Stäbe damit voll. Wie sie gehofft hatte, fraß die Säure sich in das Eisen und brannte Löcher hinein.

»Kommen Sie!«, rief sie Carl zu, der sofort herbeieilte. Die Spritze schmorte immer noch in seiner Rockfalte. Sobald er nah genug war, packte sie ihn und schob ihn durch das zerstörte Gittertor hinaus. »Gehen Sie! Gehen Sie!«

Doch noch ehe sie selbst fliehen konnte, wurde sie mit unglaublicher Kraft gepackt und herumgewirbelt. Aleera stand vor ihr; die Verbrennungen in ihrem Gesicht heilten vor Annas Augen. »Du kannst erst gehen, wenn ich dir meine Erlaubnis erteile!«

»Laufen Sie, Carl!«, schrie Anna.

»Und die bekommst du, wenn du tot bist«, erklärte Aleera freundlich. Inzwischen waren alle Wunden vollständig verheilt. Zuletzt war Anna der Vampirin in dem Budapester Ballsaal so nah gewesen. Damals hatte die Prinzessin Angst gehabt, aber nun war sie ruhig und entschlossen. Sie dachte an das Blut ihrer Vorfahren, das in ihren Adern floss.

Sie besaß die Entschlossenheit, Aleera die übermenschliche Stärke. Die Vampirin packte Anna und schleuderte sie durch den Raum wie eine Puppe. Hilflos schlitterte die Prinzessin über den Boden, und ihr Schwert segelte davon.

Mit einer schnellen Drehung seiner Handgelenke katapultierte Van Helsing sich in die Luft und durch das offene Fenster. Geräuschlos landete er auf dem Dach. Links und rechts von ihm stand je ein Dwerger. Einer hatte eine Eisenstange, der andere einen großen Schraubenschlüssel.

Die Kreaturen waren sehr schnell, und noch wenige Tage zuvor hätten sie ihm ernste Schwierigkeiten bereitet. Nun griff er einfach mit einer Hand die Eisenstange, sprang auf und verpasste dem Dwerger mit dem Schraubenschlüssel einen kräftigen Tritt in den Magen. Der andere wollte, selbst als er die Eisenstange hob, nicht loslassen.

Schließlich schleuderte Van Helsing die Stange mitsamt dem Dwerger in die Luft. Die Kreatur flog über die hüfthohe Brüstung und segelte ins Nichts.

Van Helsing drehte sich zu dem anderen Dwerger um, der wieder auf den Beinen war und ihn tatsächlich angreifen wollte. Es war die letzte mutige Tat seines Lebens im Dienste Draculas: Mühelos warf Van Helsing ihn seinem Kameraden hinterher.

Dann war er sofort bei Frankenstein. Donner grollte, und ringsum zuckten Blitze. Bestürzt sah er, dass die drei Metallbügel, von denen die Schöpfung festgehalten wurde, an Bolzen geschweißt waren, die mitten in seiner Brust steckten.

In Frankensteins Gesicht malten sich Überraschung, Dankbarkeit und … Freude darüber, ihn zu sehen. Van Helsing nickte.

»Es wird wehtun«, sagte er.

Der Hüne biss die Zähne zusammen. »Ich bin Schmerzen gewöhnt.«

Das glaubte Van Helsing ihm nur zu gern. »Wenigstens weißt du so, dass du noch lebst.«

Mit seiner neu gewonnenen Stärke riss er den ersten Metallbügel mühelos heraus. Frankenstein verzog das Gesicht, gab aber keinen Laut von sich.

Noch ehe Van Helsing den nächsten Bügel lösen konnte, schlug ein Blitz in den Konduktor im Käfig ein. Im hohen Bogen flog er durch die Luft und hörte Frankenstein brüllen.

Nach dem schmerzhaften Aufprall spürte Van Helsing, wie er fiel. Er schlug verzweifelt um sich und bekam gerade noch eine Kante zu fassen, an der er sich festklammern konnte. Nun baumelte er in vielleicht zweihundert Metern Höhe an den Zinnen des Turms, und unter ihm tat sich eine vereiste, dunkle Schlucht auf.

Mit zwei Fingern hing er an den Steinen … nur zwei Finger entschieden zwischen Leben und Abgrund. Noch wenige Tage zuvor wäre der Kampf an dieser Stelle beendet gewesen, aber seitdem hatte sich einiges verändert.

Van Helsing zog sich hoch und tastete umher, bis er mit beiden Händen festen Halt gefunden hatte.

Dracula sah auf, als der Blitz in den Käfig einschlug und ein Energiestoß aus der Apparatur schoss. Er jagte durch die Kabel und Geräte, die augenblicklich vor Überlastung zerbarsten. Ohrenbetäubende Explosionen. Überall Flammen und Funken. Einer der Dwergi fing Feuer, wurde von einem Dynamo weggerissen und durch die Luft geschleudert.

»Gib mir LEBEN!«, brüllte der Graf in das Gewitter.

Er spürte, wie die Energie aus dem Laboratorium durch alle Türen, sämtliche Ritzen und das Gestein nach draußen drang. Sie jagte durch die Kabel zu seinen Kindern, und er konnte fühlen, wie die Energie – das Leben – in ihre Körper strömte.

Anna rappelte sich mühsam auf, als Aleera mit einer schier unerträglichen Ruhe auf sie zukam. Die Prinzessin lief auf die Wand zu und riss eine Fackel aus der Halterung. Mit einem Fuß stieß sie sich von der Wand ab, machte einen Salto rückwärts und stieß die Fackel in Aleeras Richtung. Die Vampirin lächelte fast unmerklich und blies die Flammen einfach aus. Dann löschte sie eine der Fackeln, die an der Wand hingen. Dann noch eine. Und noch eine. Wenige Augenblicke später war es stockfinster.

Aleera konnte im Dunkeln sehen, wodurch sie natürlich erheblich im Vorteil war. Als wäre sie das nicht sowieso schon!, dachte Anna und stolperte auf die Wand zu. Sie tastete sich an ihr entlang und versuchte sich zurechtzufinden. Sie brauchte Spielraum, Platz zum Manövrieren.

Endlich fand sie das Gittertor, mit dem der Ausgang versperrt war. Wenn sie nur fliehen könnte … Ein greller Blitz erhellte den Treppenabsatz, und Anna sah Aleera dort draußen stehen. Um ihre Lippen spielte ein amüsiertes Lächeln. Bevor die Prinzessin reagieren konnte, kam ihr die Faust der Vampirin entgegen. Der Schlag traf sie mit der Wucht eines Vorschlaghammers, und sie segelte quer durch den Raum. Für einen Moment wurde ringsum alles schwarz, aber sie kämpfte dagegen an und zwang sich, bei Bewusstsein zu bleiben.

Was auch immer als Nächstes kam, Anna wollte ihm mit offenen Augen entgegentreten. Völlig erledigt rollte sie sich auf die Seite. Sie musste wieder auf die Beine kommen. Schon spürte sie einen Windstoß, dann wurde sie unvermittelt von hinten gepackt. Scharfe Klauen! Aleera hatte sich wieder in ein Fledermauswesen verwandelt.

Anna spürte, wie sie vom Boden abhob …

15

Carl musste nicht lange rechnen. Der Weg die Turmtreppe hinunter, durch das Erdgeschoss des Schlosses und die Treppe des zweiten Turms wieder hinauf würde ihn mehr Zeit kosten, als Van Helsing hatte, selbst falls sich ihm unterwegs kein Hindernis in den Weg stellte.

Gott ist mit den Mutigen!, sagte eine Stimme in seinem Kopf – die Stimme eines Lehrers, den er nie besonders gemocht hatte. Gewiss, im Vatikan war er immer sehr mutig gewesen. Einige seiner Interpretationen des Evangeliums waren geradezu revolutionär gewesen. Und seine Abhandlung über die wahren Ursprünge der Cluniazensischen Reform im zehnten Jahrhundert hatte im Kloster ziemliches Aufsehen erregt.

Aber hier ging es nicht um intellektuellen Mut. Hier ging es um Van Helsings Leben. Damit war die Entscheidung gefallen. Rasch murmelte er ein Gebet und bat Gott um Kraft, dann lief er hinaus auf die alte Steinbrücke, die zu dem Turm führte, in dem Draculas Laboratorium untergebracht war.

Die Brücke war nicht einmal zwei Meter breit und die Brüstung, die ihn davor bewahrte, in die Tiefe gerissen zu werden, äußerst niedrig. Der Wind, der ihm dort oben um die Nase pfiff, war mehr als heftig. Das Wetter spielte verrückt, es blitzte und donnerte, und Regen prasselte auf ihn hernieder. Der Wind kam ihm vor wie eine bösartige Macht, die versuchte, ihn langsam über die Kante in den Abgrund zu stürzen.

Carl wusste, es war ein Fehler, in die Tiefe zu schauen, aber er konnte nicht anders. Als er wieder aufsah, schätzte er die Entfernung zum Turm ab. Es lagen über hundert Meter vor ihm, aber das größte Problem war, dass große Schlaglöcher und Schutthaufen den Weg versperrten.

Er dachte schon, es könne nicht mehr schlimmer kommen – da schlug ein Blitz auf der gegenüberliegenden Seite in die Brücke ein. Carl warf einen letzten wehmütigen Blick zurück ... und erblickte Igor, der sich anschickte, ihn anzugreifen.

Der Bucklige kam mit einer langen Metallstange auf ihn zugerannt. In letzter Sekunde wich Carl aus, sodass die Stange neben ihm in die Brüstung krachte. Funken flogen, und Carl stellte fest, dass es sich um einen elektrischen Viehtreibstab handelte.

Es kam also doch noch viel schlimmer.

Sobald Van Helsing wieder festen Boden unter den Füßen hatte, lief er auf Frankenstein zu ... und kam eine Sekunde zu spät. Schon war ein weiterer Blitz in den Konduktor eingeschlagen. Frankenstein schrie auf.

Van Helsing hörte, wie Dracula unten im Laboratorium triumphierend rief: »Noch ein Blitz, und dann werden meine Nachkommen leben!«

Nicht, wenn es nach mir geht!, dachte Van Helsing.

Es war eine Weile still, dann hörte er ein Geräusch, das ihm bekannt vorkam: Dracula verwandelte sich wieder in eine Fledermauskreatur. Er hatte Van Helsings Anwesenheit gespürt.

Ich bin ja auch zum Kämpfen gekommen, dachte Van Helsing. Zuerst musste er allerdings noch etwas anderes erledigen. In Windeseile löste er die restlichen Gurte von Frankensteins Brust. Der Hüne brüllte vor Schmerzen, als die Nieten aus seinem Brustbein gerissen wurden, aber daran würde er nicht sterben.

Van Helsing wandte sich gerade noch rechtzeitig um, um die große Fledermaus heranschweben zu sehen: Dracula. Schon die weißen Kreaturen, in die sich die Bräute verwandelten, hatte er als grässlich und Furcht erregend empfunden, aber der Graf war noch wesentlich größer und viel muskulöser. Sein Kopf wirkte nicht sehr menschlich: Das Gesicht sah mehr nach Fledermaus aus. Er hatte kantige Züge, spitze vorstehende Zähne und rote Augen.

Die Spannweite seiner Flügel betrug über sechs Meter, und an den Händen hatte er lebensgefährliche scharfe Krallen. Als Van Helsing ihn ansah, beschlich ihn das merkwürdige Gefühl, Draculas wahre Gestalt vor sich zu haben. An ihr war nichts Menschliches mehr, nur Heimtücke und Blutrünstigkeit.

Die Kreatur war schnell. Sie griff im Sturzflug an und stieß Van Helsing rückwärts gegen Frankensteins Käfig. Er prallte ab, segelte durch die Luft und stürzte durch das Dachfenster ins Laboratorium. Er fiel an die zwanzig Meter tief und schlug hart auf.

Er sah Funken fliegen und Flammen auflodern, stellte jedoch erstaunt fest, dass er lebte – und noch dazu aufrecht stand. In vierhundert Jahren war Dracula niemals einem Feind begegnet, der ihn ernsthaft in Bedrängnis gebracht hätte.

In dieser Nacht, das schwor sich Van Helsing, würde sich das ändern.

Carl wich sofort ein paar Schritte vor Igor und seinem Treibstab zurück, aber der Bucklige bewegte sich unerwartet schnell. Er machte einen Satz vorwärts und zielte mit der Stange auf den Kopf des Ordensbruders. Carl konnte sich gerade noch wegducken, schon schlug die Waffe über ihm gegen einen Pfosten.

Funken flogen, Carl sprang auf und rannte, so schnell er konnte, über die Brücke, aber Igor blieb dicht hinter ihm.

Mit unverminderter Geschwindigkeit sprang er über ein großes Loch und einen Schutthaufen und sprintete weiter.

Nachdem sein Retter den letzten Gurt gelöst hatte, beobachtete Frankenstein, wie Dracula in Fledermausgestalt angriff und Van Helsing in das Dachfenster warf. Er wollte helfen, war aber noch viel zu benommen von den Blitzschlägen.

Bevor er sich vom Käfig entfernen konnte, verspürte er auch schon ein Kribbeln im Nacken. Mittlerweile wusste er, was es damit auf sich hatte, und wollte wegspringen, aber sein Körper reagierte zu langsam. Ein greller Blitz schoss hernieder, und die Energie durchströmte ihn wie flüssiges Feuer. Er schrie auf vor Schmerz, wurde in die Luft geschleudert und sauste hinunter ins Laboratorium.

Das ist der dritte Blitzschlag, der, den Dracula braucht, um seine Kinder zum Leben zu erwecken, dachte Frankenstein, als er aufschlug und auf die Kante zurollte. Er war zwar stark, aber sein enormes Gewicht arbeitete gegen ihn und trieb ihn auf die unergründliche Finsternis zu. Er versuchte, sich am Steinboden festzukrallen, sah, dass er der Kante immer näher kam … und dann war er bereits über sie hinweg.

Er riss die Hände hoch und bekam gerade noch rechtzeitig die Mauerkante zu fassen. Ringsum sprühten die Kabel Funken, aber er hielt sich dennoch fest. Er wollte nicht zulassen, dass Vaters Traum zerstört wurde. Und er war Van Helsing etwas schuldig.

Eins der Kabel berührte ihn, Strom raste durch seinen Körper. Unwillkürlich ließ Frankenstein die Mauerkante los und stürzte ab. Es ging über hundert Meter in die Tiefe. Vater hatte ihm zwar sehr viel Kraft gegeben, aber auch er hatte seine Grenzen. Diesen Sturz würde er nicht überleben.

Als er wider Erwarten ein Kabel zu fassen bekam, hielt er sich verzweifelt daran fest. Kurz darauf riss es aus der Wand, und schon schwang Frankenstein wie ein riesiges Pendel an der Außenmauer des Schlosses hin und her.

Carl lief weiter und versuchte Igors Angriffen auszuweichen, so gut es auf der schmalen Brücke ging. Ab und zu warf er einen Blick zur Seite und sah jedes Mal den Treibstab neben sich gegen die Brüstung krachen – und mehr als einmal verfehlte er ihn nur knapp.

Plötzlich kam etwas aus dem Himmel im Sturzflug direkt auf

ihn zu. Zuerst dachte er, es sei Dracula, wurde aber dann eines Besseren belehrt. Carl warf sich gerade noch rechtzeitig hin, bevor der Hüne über ihn hinwegfegte. Igor hatte weniger Glück. Das Drahtseil, an dem Frankenstein sich festhielt, erwischte ihn an der Brust und schleuderte ihn über die Brüstung.

Als Igor schreiend in die Tiefe stürzte, verfing sich das Kabel an einem Pfeiler, der aus der Brüstung herausragte. Frankenstein schlug seitlich gegen die Brücke und verschwand darunter.

Carl hechtete an die Brüstung. Wie durch ein Wunder hing Frankenstein immer noch an dem Kabel. Er baumelte direkt unter ihm über dem schwarzen Abgrund. Allmählich jedoch verlor der Hüne den Halt, und das Ende des Kabels drohte ihm aus den Händen zu rutschen. Nur noch fünfzig Zentimeter, vierzig … dreißig.

Zwanzig …

Zehn …

Frankenstein sah zu Carl auf. »Helfen Sie mir«, ächzte er mit letzter Kraft.

»Du musst sterben«, entgegnete Carl tonlos.

Frankenstein verzog das Gesicht. Schmerz und tiefe Trauer spiegelten sich in seiner Miene. »Ich will leben.«

In diesem Augenblick wurde Carl klar, dass Van Helsing an Frankenstein glaubte. Der Mann, der dort an dem Drahtseil hing, hatte seinem Freund das Leben gerettet und wollte einfach nur in Frieden leben … und Carl hätte um ein Haar große Schande über sich gebracht.

»Schon gut! Schon gut! Halt aus!«

Der Geistliche nahm die Spritze, die er immer noch bei sich trug, zwischen die Zähne, packte das Kabel und zog mit aller Kraft daran. Vergeblich. Frankenstein war einfach zu groß und zu schwer, und Carl war nur ein Gelehrter, kein Van Helsing mit Werwolfkräften.

Dennoch, Frankenstein war ein Geschöpf Gottes – was auch immer die Kirchenführer dachten –, und Carl hatte sich verpflichtet, Gott zu dienen. Es war höchste Zeit, sich an eine höhere Instanz als den Kardinal zu wenden. Er richtete ein Stoßgebet gen Himmel und zog an dem Kabel. Es bewegte sich – ein paar Zentimeter nur, aber es bewegte sich.

Carl sprach noch ein Gebet, in dem er Gott anflehte, diesen Mann zu retten, der bereits so viel erlitten hatte. Er bat darum, ein Instrument der Gnade Gottes sein zu dürfen. Er fand neue Kraft und langsam, aber sicher zog er Frankenstein hoch.

Plötzlich kam das Kabel wieder von dem Pfeiler frei, an dem es sich verfangen hatte. Der Geistliche verlor das Gleichgewicht und ließ vor Schreck los. Er sah gerade noch, wie Frankenstein sich daran festklammerte und von der Brücke wegschwang.

Anna konnte sich nicht rühren. Sie bekam keine Luft. Eiserne Fesseln lagen um ihren Hals – nein, Hände!

Sie schlug die Augen auf und blickte geradewegs in Aleeras Fledermausgesicht. Es war Furcht erregend und voller Hass, zeigte jedoch gerade noch so viel Menschlichkeit, dass man es für eine Anomalie hätte halten können.

Aleera lächelte. »Du kannst sicher sein, dass wir deinen Tod beweinen werden.«

Entsetzt beobachtete Anna, wie Aleeras Eckzähne immer länger wurden.

Trotz keimte in der Prinzessin auf. Sie ballte die Hände zu Fäusten und stellte überrascht fest, dass ihr Kampfgeist sie noch nicht im Stich gelassen hatte. Dann zwang sie sich zuzuschlagen, gerade als Aleera sich vorbeugte, um sie zu beißen …

Plötzlich schlug etwas durch die Wand in den Raum ein. Anna dachte schon, Van Helsing habe Carls explodierende Flüssigkeit eingesetzt, aber dann erkannte sie, was es war – *wer* es war. Frankenstein hing an einem Kabel, schwang in den Raum und erwischte Aleera mit voller Wucht von hinten.

Anna wurde zu Boden gestreckt, war aber mit einem Satz wieder auf den Beinen. Sie lebte! Und sie war erst einmal frei!

Und wo Leben war, da war auch Hoffnung.

Van Helsing war verletzt. Aus mehreren Wunden an seinen Schultern und am Rücken tropfte Blut, und er hatte zahlreiche Prellungen und mindestens eine gebrochene Rippe. Dennoch fühlte er sich stark und tatkräftig. Das Werwolfgift leistete ganze Arbeit.

Er spürte, wie alles von ihm abfiel. Seine Mission. Carl. Anna. Er versuchte an ihr festzuhalten, aber schließlich ließ er auch sie los.

Der Werwolffluch würde schon bald über ihn kommen und er wusste, er würde ihn annehmen müssen. Und hatte er den Weg erst einmal eingeschlagen, würde er wohl nie mehr zurückkehren, weder zu sich ... noch zu ihr.

Er musste nicht unbedingt überleben, um seine Mission zu Ende zu bringen. Er musste nur Dracula vernichten, um das Werk von Valerious dem Älteren zu vollenden und die Erde von der Geißel des Grafen zu befreien. Es musste ihm gelingen, sonst war Gottes gesamte Schöpfung verloren.

Das große Flügelwesen schritt durch das brennende Laboratorium. Dracula sah aus wie der Leibhaftige. Dann jedoch schien der Graf plötzlich zu schrumpfen. Einen Moment später stand Dracula in menschlicher Gestalt vor ihm.

»Du kommst zu spät, mein Freund! Meine Kinder leben!«, verkündete er.

Der Graf hatte die Wahrheit gesagt, das konnte Van Helsing hören: Tausende seiner Nachkommen waren aus ihren Kokons geschlüpft und bereit, auf die Welt losgelassen zu werden. Sie waren nach dem Ebenbild ihres Vaters geschaffen worden, voller Hass auf die Menschen – und sie hatten großen Hunger.

Van Helsing wich zurück und versuchte, Zeit zu gewinnen. »Dann gibt es nur noch eine Möglichkeit.« Er sah aus dem Fenster auf die Turmuhr. »Ich muss dich töten!«

In Draculas Gesicht spiegelte sich ein übermenschliches Selbstvertrauen, das er in den vierhundert Jahren seines langen Lebens erworben hatte, in denen er jeden Feind hatte schlagen können, der sich ihm entgegenstellte. Der Graf hatte zwar die

Jahrhunderte auf seiner Seite, aber Van Helsing noch ein paar neue Tricks auf Lager, die Dracula ganz bestimmt nicht kannte.

Der Wandel in seinem Inneren vollzog sich immer schneller.

Aleera wollte sich auf Anna stürzen, aber Frankenstein riss sie zurück.

Als die Prinzessin auf ihn zulief, um ihm im Kampf beizustehen, schüttelte er den Kopf. »Nein! Helfen Sie Van Helsing!«

Mit einer raschen Bewegung schleuderte Frankenstein die Braut durch den Raum. Es sah ganz so aus, als sei er dem untoten Monster ein ebenbürtiger Gegner.

Frankenstein sah Anna an. »Sofort!«, brüllte er.

Aber sie rührte sich nicht und sah dem Mann in die Augen, der ihr gerade das Leben gerettet hatte. »Danke.«

Frankenstein nickte und wandte sich wieder Aleera zu, die mittlerweile auf die Beine gekommen war und ihn angriff. Eilig kletterte Anna durch das eingeschlagene Fenster nach draußen und hörte, wie Carl nach ihr rief.

»Anna! Ich brauche Hilfe!«

Die Prinzessin hatte größte Mühe, sich an der Turmmauer festzuhalten, während sie suchend hinunterblickte, bis sie Carl auf der Steinbrücke entdeckte. Der Geistliche hatte ein sechs Meter großes Loch im Brückenboden vor sich und einen über hundert Meter tiefen Abgrund unter sich.

Der Wind frischte auf, und Anna musste sich mit aller Kraft an der Mauer festklammern, damit sie nicht in die Tiefe gerissen wurde. »Kein guter Zeitpunkt, Carl!«, rief sie.

16

Dracula schritt auf Van Helsing zu, der aufmerksam die Turmuhr im Auge behielt und zusah, wie der große Minutenzeiger vorwärts rückte. Es war exakt eine Minute vor Mitternacht. Sobald die Uhr zu schlagen begann, änderte sich alles.

»Eins«, sagte er. Dracula sah ihn irritiert an.

Van Helsing begann zu zittern. Sein ganzer Körper wurde von purer Kraft überflutet. Ein roter Nebel legte sich vor seine Augen, und er spürte, wie etwas ihn ihm wuchs; zuerst war es klein, aber mächtig, dann groß und überwältigend. Plötzlich hatte er das Gefühl, seine Haut werde ihm zu eng. Er wuchs, warf etwas Unwichtiges ab; immer größer wurden seine Kraft und Rage.

Er verwandelte sich, und obwohl er versuchte, an dem Mann festzuhalten, der er einmal gewesen war, an Anna und Carl zu denken, musste er schon bald feststellen, dass er sich nicht einmal mehr an ihre Gesichter erinnern konnte.

Nur eins war nun wichtig: Dracula. Sein Feind. Er spürte die Kraft in seinen Muskeln und einen großen Durst – Durst auf das Blut des Monsters, das vor ihm stand.

Dracula war fassungslos. »Nein ... das ... das geht doch nicht«, murmelte er, dann stieg Wut in ihm auf. »Das darf nicht sein!«

Auch etwas anderes offenbarte sein Blick: Angst. Das war gut. Der Feind fürchtete ihn. Der Feind fürchtete den Wolf.

Anna sah zu Carl hinunter, der auf der Brücke festsaß. Tat er einen Schritt vor oder zurück, stürzte er ins Nichts. Um Van Helsing zu retten, musste er irgendwie mit der Spritze das Loch in der Brücke überwinden. Da entdeckte Anna ein Kabel, das an der Mauer herunterbaumelte.

Es war verrückt, albern und gefährlich – aber die einzige Chance, die ihnen blieb.

Mit einem Sprung verließ die Prinzessin ihre halbwegs sichere Position an der Mauer und packte das Kabel, das zischend Funken sprühte. Sie klammerte sich mit aller Kraft daran fest und schwang an der Vorderfront des Schlosses entlang, als die Turmuhr erneut schlug.

»Zwei«, rief Anna, als sie durch die Luft sauste.

Der Feind fürchtete seine Wolfskräfte zu Recht und wich vor ihm zurück. Er fühlte sich unverwundbar; nun war der Mond an seiner Seite.

Mit einem bösen Knurren machte er einen Schritt vorwärts. Und zum ersten Mal seit vierhundert Jahren zog Dracula sich einen Schritt zurück.

»Du und ich, wir sind Teil desselben großen Spiels, Gabriel«, sagte der Vampir. Gabriel ... Gabriel ..., dachte der Wolf. Der Name sagte ihm etwas. Dann fiel es ihm ein: Es war sein Menschenname. Aber nun war er kein Mensch mehr. Nur noch Wolf.

Sein Feind wich weiter zurück, und der Raubtierinstinkt verriet dem Wolf, dass Dracula versuchte, Zeit zu gewinnen. »Aber wir müssen uns ja nicht unbedingt als Gegner am Spielbrett gegenübersitzen ...«, erklärte der Vampir.

Die Uhr schlug zum dritten Mal, als Anna an dem Kabel auf Carl zuschwang. Der Ordensbruder trat an die Brückenkante und hielt die Spritze hoch.

»Drei!«, rief er.

Dann geschahen mehrere Dinge gleichzeitig. Anna entdeckte ein weiteres Kabel und ließ ihres los. Carl warf die Spritze hoch.

Anna flog durch die Luft und klammerte sich mit einer Hand an dem neuen Kabel fest, wobei sie die andere Hand ausstreckte, um die Spritze zu fangen.

Sie verfehlte sie nicht. Mit der Spritze in der Hand schwang sie auf den anderen Turm zu, in dem sich das Laboratorium befand. Es war höchste Zeit, sich bei Van Helsing zu revanchieren.

Der Wolf stürzte sich auf seinen Feind, der sich daraufhin in das Flügelwesen verwandelte und auf das Dachfenster zuflog. Der Wolf sah in ihm lediglich ein Beutetier, das voller Angst vor ihm floh. Rasch nahm er die Verfolgung auf und kletterte an der Mauer hoch.

Bevor die Fledermauskreatur die Öffnung erreicht hatte und in die Nacht entkommen konnte, machte der Wolf einen Satz und packte sie. Ineinander verknäult stürzten die beiden auf die Maschinen, die im Laboratorium standen.

Explosionen. Überall Feuer und Funken. Der Wolf heulte vor Begeisterung.

Als die Uhr zum vierten Mal schlug, schwang Anna an dem Kabel hinauf zum Turm. Ihr war klar, dass sie genau im richtigen Augenblick loslassen musste, sonst segelte sie entweder an dem Turm vorbei und stürzte in den sicheren Tod, oder sie krachte gegen die Turmmauer.

In der Dunkelheit sah sie plötzlich etwas Weißes aufblitzen. Aleera. Sie klammerte sich an das Kabel und musste mit ansehen, wie die Vampirin es oben mit nur einer Kralle durchtrennte.

Anna segelte durch die Luft, schlug um sich und versuchte, irgendetwas zu fassen zu bekommen – suchte Halt.

Sie flehte um Hilfe, und zu ihrer großen Verblüffung traf sie auf einen Vorsprung an der Außenmauer. Wie durch ein Wunder stürzte sie nicht ab. Sie klammerte sich fest, und der Vorsprung hielt ihr Gewicht aus.

Behutsam zog sie sich hoch.

Dracula hatte wieder menschliche Gestalt angenommen. Der Vampir versuchte zwar, ihn zu verwirren, aber der Wolf behielt sein Ziel im Auge. Er hatte nicht nur die Instinkte eines Wolfs, sondern auch dessen Gerissenheit … und noch dazu etwas, das von dem Menschen herrührte, der er einmal gewesen war. Er erinnerte sich daran, dass dies der Feind der ganzen Welt war … einer Welt, die er sich zu schützen verpflichtet hatte.

Dracula war *sein Auftrag*.

»Du wirst benutzt, Gabriel. Wie ich benutzt wurde. Aber ich habe mich befreit, und das kannst du auch!«, zischte der Feind.

Der Wolf hatte genug gehört. Er stürzte sich auf den Feind, der sich wieder verwandelte und als Fledermauskreatur mit seinen scharfen Krallen nach ihm schlug. Als er getroffen wurde, heulte der Wolf auf vor Schmerz – aber der Schmerz ließ ihn auch klar sehen und nährte seinen Zorn.

Wild schlug er auf die Fledermauskreatur ein und ergötzte sich an ihren Schreien. Der Feind schwang sich auf und flog in die Dachsparren, wo er wieder menschliche Gestalt annahm. Dracula war verwundet, wie der Wolf erfreut feststellte: Ein Arm baumelte verletzt und schlaff an seiner Seite.

Wenn er den Feind verletzen konnte, dann konnte er ihn auch töten!

»Ich weiß, wer du bist – wer dich kontrolliert! Schließ dich mir an! Schließ dich mir an, und ich werde die Fäden durchtrennen, an denen du hängst! Ich gebe dir dein Leben zurück!«, rief der Feind, und die Turmuhr schlug erneut.

Der Wolf hielt einen Augenblick lang inne und widerstand dem Drang zu töten. Der Feind bot ihm etwas an, das einst wichtig gewesen war; der Feind bot ihm sein Leben an.

Nun hatte er jedoch den Mond auf seiner Seite und wurde von dessen Kraft gestärkt. Er wollte nur noch eines: den Feind töten. Dieses Verlangen war stärker als alles andere.

Als Anna den Mauervorsprung erklommen hatte, landete Aleera neben ihr. Sofort sprang die Prinzessin auf und wich auf dem schmalen Sims zurück, stellte jedoch mit einem raschen Blick über die Schulter fest, dass der Vorsprung nur wenige Schritte weiter endete.

Wenn sie Pech hatte, würde es ein sehr kurzer und einseitiger Kampf werden.

Der Wolf spürte den Siegesdurst und den Durst auf das Blut seines Feindes. Er sprang an die Wand, kletterte daran hoch, packte Dracula und schleppte ihn wieder nach unten.

Dracula wehrte sich verzweifelt und machte sich von ihm los. »Verstehst du denn nicht? Vor vierhundert Jahren waren wir Freunde. Partner! Brüder!«

Die Turmuhr schlug, und der Wolf horchte auf. Das Läuten war wichtig. Es bedeutete, dass er nicht mehr viel Zeit hatte, um seinen Feind zu erledigen.

Dracula wurde wieder zu der Fledermauskreatur und wollte fliehen, aber er war angeschlagen. Der Wolf zögerte nicht lange, stürzte sich auf ihn und legte seine Krallen um den Hals des Feindes.

Er war nun dicht davor. Er spürte die Kraft des Mondes. Schon bald würde er seinen Sieg haben.

Und dann begann seine Kraft unvermittelt zu schwinden.

Der Wolf sah aus dem Fenster. Dicke Wolken schoben sich vor den Mond.

Die Kraft ließ nach …

… und verschwand.

Van Helsing fand sich vor der Fledermauskreatur wieder, der er die Hände um den Hals gelegt hatte. Der Wolf war weg, und er war wieder ein Mensch.

Dann übernahmen seine Reflexe das Kommando. Blitzschnell sondierte er die Lage. Er war ein Mensch und stand dem vielleicht mächtigsten übernatürlichen Wesen gegenüber, das je auf Erden gelebt hatte. Dracula mochte im Kampf verletzt worden sein, einem gewöhnlichen Menschen war er allerdings noch immer haushoch überlegen.

Van Helsing taumelte rückwärts. Die Fledermauskreatur blickte durchs Fenster auf die Wolken, die nun den Mond verdeckten. Dann drehte Dracula sich zu ihm um. Ein siegessicheres Funkeln lag in seinen Augen. »Habe ich schon erwähnt, dass du es warst, der mich getötet hat?«

Anna hörte die Turmuhr erneut schlagen, aber sie saß in der Falle: Hinter ihr war die Mauer, unter ihr der Abgrund, und vor ihr stand die Dämonin. »Dein Blut wird mich noch schöner machen, meinst du nicht?«

Plötzlich blitzte etwas auf und schlug in Aleeras Brust. Ein silberner Pfeil hatte die Vampirin getroffen!

Carl!

Anna warf einen Blick auf die Brücke. Der Geistliche war in das Loch im Brückenboden geklettert und hockte zwischen zwei Trägern. Er versuchte immer noch, das Laboratorium zu erreichen, und setzte dabei sein Leben aufs Spiel. Als Anna sich wieder zu Aleera umdrehte, starrte die Vampirin sie entsetzt an. Und schon ging es los …

Ihre Haut begann Blasen zu werfen und verfaulte zu einem widerlichen Schleim.

»Wenn man jemanden töten will, sollte man es einfach tun und nicht herumstehen und lange Reden halten«, bemerkte Anna.

Aleera gluckste etwas Unverständliches und explodierte. Verfaulte Fleischbrocken flogen in alle Richtungen. Anna sah, wie auch der silberne Pfeil durch die Luft zischte und weniger als einen halben Meter von Carls Kopf entfernt in einen Balken einschlug.

Die Uhr schlug erneut. Carl rief: »Wie viele sind es jetzt?«

Anna flitzte bereits über den Mauervorsprung auf die Brüstung des Turms zu.

»Acht!«, rief sie und lief noch schneller. Bleiben nur noch vier, dachte sie.

Van Helsing wich vor Dracula zurück und bewegte sich zwischen den brennenden, Funken sprühenden Geräten hindurch, während der Vampir menschliche Gestalt annahm und langsam auf ihn zukam. Der rechte Arm des Grafen hing immer noch schlaff herunter, aber der linke war unversehrt.

»Alles, was ich wollte, war das Leben, Gabriel … Und jetzt muss ich dir deines nehmen.« Dracula hob die linke Hand, und Van Helsing bemerkte, dass der Ringfinger fehlte. Offenbar war er schon vor langer Zeit abgetrennt worden.

»Und meinen Ring nehme ich auch zurück«, erklärte Dracula. Reflexartig berührte Van Helsing den Ring an seiner linken Hand. Es gab immer noch so viel, das er nicht verstand. Wer war er? Welche Verbindung bestand zwischen ihm und Dracula? Wie kam es, dass er Erinnerungen an weit Zurückliegendes hatte?

Wieder schlug die Turmuhr. Keine Zeit für Fragen. Van Helsing spürte die Wand im Rücken.

Er saß in der Falle.

Die Eckzähne des Vampirs wurden lang und spitz. »Hab keine Angst, Gabriel. Ich gebe dir jetzt dein Leben und deine Erinnerung zurück.«

Van Helsing sah sich verzweifelt um und erhaschte einen Blick auf den Mond.

Die Wolken lichteten sich, und schon wurde er von neuer Kraft durchströmt. Die Verwandlung lief viel schneller ab als zuvor. Nun war er wieder der Wolf. Er stürzte sich auf den Feind, packte ihn und biss ihm in den Hals. Seine Zähne zerrissen Fleisch und Sehnen, bevor sie gegeneinander schlugen und er Blut schmeckte. Dracula schrie in Todesangst.

Dann trat der Wolf zurück und beobachtete, wie der Graf zu schrumpfen begann und dahinschwand. Das große Monster, der Feind aller, verendete vor seinen Augen!

Der Vampir kämpfte dagegen an, aber es gab Gesetze, die stärker waren und gegen die nicht einmal er mit seiner übernatürlichen Kraft ankam. Er war im Leben stark gewesen, im Tod sogar noch stärker, aber er war aus der Asche auferstanden, und zu Asche sollte er auch wieder zerfallen.

Während der Graf dahinschwand, hallten seine Schreie durch das Schloss. Schon bald war sein Fleisch verschwunden, nur noch Asche und ein verkohltes Häufchen waren zu sehen, die gleich darauf ebenfalls verschwanden. Schließlich blieb nur noch ein schwarzer Rußfleck am Boden zurück.

Der Feind war vernichtet.

Die Turmuhr schlug wieder.

Als Anna die Stufen zu Draculas behelfsmäßigem Labor hinaufstürmte, sah sie die kleinen Fledermausgestalten – Draculas Kinder – durch die Luft flattern. Sie befürchtete schon, von ihnen angegriffen zu werden, stellte aber fest, dass sie einen verwirrten, besorgten Eindruck machten. Es fiel ihnen offensichtlich schwer, in der Luft zu bleiben.

Van Helsing!, hoffte Anna.

Als die Wesen eins nach dem anderen explodierten, war sie sicher. Er hat es geschafft! Irgendwie hat er es geschafft!

Auf diesen Augenblick hatte sie ihr Leben lang gewartet. Seit Generationen hatte ihre Familie an nichts anderes gedacht. Ihr Vater und ihr Bruder waren dafür gestorben. Sie hätte überglücklich sein müssen, aber sie wusste, sie hatte noch etwas zu erledigen. Etwas, das in diesem Augenblick wichtiger war als alles andere.

Für Van Helsing war die Schlacht noch nicht geschlagen. Er brauchte sie jetzt; sie musste ihn retten. Es blieben nur Sekunden. Sie stürzte durch die Tür. Der Werwolf stand mit dem Rücken zu ihr. Mit der Spritze in der Hand rannte sie auf ihn zu und hörte die Uhr zum letzten Mal schlagen. »Zwölf«, sagte sie laut.

Aber der Wolf hatte Anna kommen hören und wirbelte um die eigene Achse. Noch lag der Fluch auf ihm, und der Mond hatte ihn in seiner Gewalt. Mit gebleckten Zähnen griff er sie an.

Anna schrie, als die Kreatur sich mit ihrem ganzen Zorn auf sie stürzte und mit sich riss. Doch sie schaffte es auszuholen und rammte ihr die Spritze mitten in die Brust.

Dann bekam sie einen harten Schlag ins Kreuz. Sie waren in ein Möbelstück gekracht, das sofort unter ihnen zusammenbrach.

Nicht das Einzige, was hier gebrochen ist, dachte sie.

Sie wollte sich aufrichten und das Ungetüm wegschieben, aber ihre Glieder gehorchten ihr nicht.

Der Werwolf lag reglos auf ihr. Er hatte sie nicht getötet. Dann sah sie die leere Spritze, die in seiner Brust steckte, und wusste, dass alles in Ordnung war.

Sie war Van Helsing zu Hilfe geeilt, und sie hatte ihn nicht enttäuscht.

Anna nahm noch einmal alle Kraft zusammen, merkte jedoch, dass sie vielleicht nie wieder aufstehen würde. Aber das spielte keine Rolle.

Sie hatten gewonnen: Sie hatten die Welt von Draculas Fluch befreit. Die Kinder des Grafen waren tot, seine Bräute ebenfalls. Der Mann, der so viel für seine Mitmenschen – und für sie – aufs Spiel gesetzt hatte, würde schon bald frei sein.

Anna hatte wie ein Soldat gekämpft. Und da im Krieg auch der Sieg seinen Preis hatte, wollte sie ihn gern bezahlen.

Als sie aufsah, erblickte sie Schmerz und Verwirrung im Blick des Werwolfs. Sie wollte etwas sagen, aber auch ihr Mund gehorchte ihr nicht.

Sie fand sich damit ab. Eine große Ruhe breitete sich in ihr aus. Die Welt hatte eine Zukunft, Van Helsing hatte eine Zukunft – nicht mit ihr, aber dennoch. Anna fand Trost in der Vergangenheit. Papa. Mama. Velkan. Bilder tanzten vor ihrem geistigen Auge. Erinnerungen. Angenehme Gefühle.

Und da war ein wunderschöner Traum, der einst unterbrochen worden war und den sie nun wieder zurückgewinnen wollte. Ihr Instinkt riet ihr, dagegen anzukämpfen, aber sie wollte nicht mehr. Ihre Zeit des Kampfes war vorbei …

Anna ließ sich fallen und von dem Traum gefangen nehmen.

Als Carl hereinstürzte, fand er die Prinzessin unter dem Werwolf begraben. Schlitternd kam er zum Stehen, konnte nicht abschätzen, ob sie noch lebte. Aber eines war gewiss: Es war Mitternacht, und der Werwolf war immer noch da. Er war zu spät gekommen. Van Helsing war verloren.

Gabriel Van Helsing hatte Dracula vernichtet und die Welt von seiner Geißel befreit. Van Helsing war ein großer Mann, der viele Schlachten im Dienste Gottes geschlagen hatte, und für jeden Sieg hatte er einen furchtbaren Preis bezahlt – von denen jedoch keiner so furchtbar war wie dieser. Er war zu dem geworden, das er immer gejagt hatte. Er war ein Instrument des Bösen geworden, und seine einzige Befürchtung hatte sich bewahrheitet.

Der Ordensbruder konnte nichts mehr tun, um ihn zu retten, aber er konnte ihn erlösen. Er griff in seine Robe und holte den silbernen Pflock hervor. Seine Hände zitterten, und er betete um Kraft.

»Gott möge mir vergeben!«

Dann holte er aus, um den Pflock mit aller Kraft in den Körper des Werwolfs zu rammen. Er zielte auf die Mitte des Rückens, auf das Herz der Kreatur – nein, auf Van Helsings Herz, korrigierte er sich unwillkürlich.

Als der Pflock herniederfuhr, war Carl bereits sicher, dass er ins Ziel gehen würde. Dann drehte sich der Werwolf jedoch urplötzlich um. Eine Pfote schoss vor, packte Carl am Handgelenk und verhinderte im letzten Moment, dass der Pflock in seinen Körper eindrang.

Carl spürte, wie sich ihm vor Angst der Magen umdrehte. Die Bestie würde ihn jeden Augenblick erledigen. Er wappnete sich und machte sich darauf gefasst, Gott seine Bilanz vorzulegen.

Die Kreatur zuckte, griff aber nicht an. Sie starrte den Geistlichen aus ihren roten Augen an, zuerst mit unglaublicher Wut, dann – ganz langsam – mit so etwas wie Wiedererkennen. Schließlich drehte sich der Werwolf ein Stück zur Seite, und Carl sah die leere Spritze in seiner Brust. Als der Wolf ihn losließ, wich er stolpernd zurück.

Die Bestie griff sich an die Brust, riss die Spritze heraus und warf sie fort. Dann sah sie Anna an. Carl tat das Gleiche. Anna lag reglos da, mit weit geöffneten Augen. Die Angst des Ordensbruders wich tiefer Trauer. Im Gesicht des Werwolfs spiegelte sich blankes Entsetzen.

»Sie ist tot«, sagte Carl, konnte es aber selbst kaum glauben. Anna hatte ihr Leben lang gegen die Mächte der Finsternis angekämpft. Darin war sie Van Helsing ebenbürtig. Als er den Werwolf ansah, wurde Carl klar, dass sie für ihn viel mehr gewesen war als eine bloße Kampfgefährtin.

Der Werwolf beugte sich über Anna, die auch im Tod noch wunderschön war. In dem Bogenfenster hinter ihm zeigte sich der Vollmond in seiner ganzen Pracht. Der Werwolf legte den Kopf in den Nacken und heulte den Mond klagend an.

Zunächst schien es, als wollte das Gebrüll kein Ende nehmen. Dann trat eine Veränderung ein: Die Kreatur begann zu schrumpfen, und wenige Augenblicke später war Van Helsing wieder er selbst. Schluchzend ließ er seinem höchst menschlichen Schmerz freien Lauf.

Epilog

Spät am nächsten Abend erreichten sie das Schwarze Meer. Carl hatte auf der gesamten Reise die Pferde gelenkt und es Van Helsing so ermöglicht, bei Anna in der Kutsche zu bleiben. Er konnte sie nicht allein lassen. Schon bald würde er es müssen, aber die wenigen Stunden der Fahrt blieb er bei ihr und schloss nicht einmal die Augen, um sich auszuruhen. Dazu würde er später noch genug Zeit haben.

Körperlich ging es ihm gut; das Werwolfgift hatte alle Wunden geheilt – für seine Seele hingegen konnte es nichts tun.

Anna hatte so lange und tapfer gekämpft, dass Van Helsing sie schon für unverwundbar gehalten hatte. Sie war Werwölfen und Vampiren entgegengetreten und hatte sie alle überlebt. Bis auf mich, dachte er bitter.

Er roch das Meer, noch bevor er es im Mondlicht schimmern sah. Sie waren fast da, aber er hatte keine Eile, seinen Auftrag zu Ende zu führen. Carl lenkte das Gespann über den Gebirgspass, und als Van Helsing die Stelle entdeckte, nach der er suchte, ließ er den Geistlichen anhalten.

Carl bot ihm seine Hilfe an, aber Van Helsing bestand darauf, den Scheiterhaufen selbst aufzuschichten. Es war das Mindeste, was er für Anna tun konnte. Nachdem ich sie getötet habe, dachte er vorwurfsvoll. Sicher, er hatte sich nicht kontrollieren können. In dieser Situation wäre das niemandem gelungen.

Das wusste Van Helsing, aber es half ihm nicht. Er hätte eben einen Weg finden müssen! Es war seine Aufgabe gewesen, sie zu beschützen. Der Kardinal hatte von ihm verlangt, sie zu beschützen, bis Dracula vernichtet war, und das hatte Van Helsing auch getan. Aber er hatte ihr mehr als nur vorübergehenden Schutz gewähren wollen. Er hatte ihr ein Leben fernab des Kampfes, den ihre Familie geführt hatte, schenken wollen.

Ein Leben mit mir, dachte er. Ja, es stimmte, und Van Helsing leugnete es nicht. Er war wütend auf sie, auf sich selbst und auf die eine Macht, die es hätte verhindern können und es doch nicht getan hatte. Die Macht, die den Valerious' so viele Opfer abverlangt hatte – ihnen und einer schönen, starken jungen Frau, deren einziger Traum es gewesen war, einmal das Meer zu sehen.

Van Helsing wollte ihr diesen Traum erfüllen.

Als er das Holz aufgeschichtet hatte, ging bereits die Sonne auf, und das erste Licht des Tages streifte über das Schwarze Meer. Der Anblick war wunderschön, und Van Helsing wusste, dass Anna ihre Freude daran gehabt hätte. Man muss auch dem Tod etwas Positives abgewinnen, hatte sie einmal zu ihm gesagt. Das war ihre Art gewesen – die transsilvanische Art.

Aber nicht seine.

Für ihn gab es nur Schmerz und Verlust ... und Opfer.

Carl zelebrierte das Bestattungsritual und las aus der Bibel vor. Die Tränen liefen ihm übers Gesicht. Er war ein guter Mann und hatte auf seine Weise hart gekämpft. Er hatte großen Anteil an dem Sieg über Dracula, aber wie Van Helsing sah, bezahlte auch Carl seinen Preis dafür.

Daran war Van Helsing schuld. Er hatte darauf bestanden, dass der Ordensbruder den sicheren Vatikan verließ und ihn auf dieser Mission begleitete. Er hatte angenommen, Carl würde im Außeneinsatz etwas über das Leben lernen. Nun wünschte er, er könnte seinem Freund das schreckliche Wissen ersparen, das diese Lektion ihm gebracht hatte.

Es war eine weitere Bürde, die Van Helsing zu tragen hatte. Er fragte sich, ob auch der Kardinal, der ihn schon so oft losgeschickt hatte, das Gewicht dieser Verantwortung spürte. Welchen Preis bezahlte *er* für Van Helsings Siege? Welche Bürde hatte Jinette zu tragen?

Carl beendete die Totenmesse und klappte langsam die Bibel zu, als sträube er sich dagegen, die Sache zu Ende zu führen und Anna endgültig dem Jenseits zu überantworten. Wie für Van Helsing die Fahrt ans Meer war für Carl das Bestattungsritual das Letzte, was er für Anna tun konnte. Nun war alles getan.

Nein, eine Aufgabe galt es noch zu erledigen, und sie fiel allein Van Helsing zu. Er trat vor und hielt die Fackel an den Scheiterhaufen. Dieser fing schnell Feuer, und schon bald wärmten die Flammen Van Helsings Gesicht.

Frankenstein sah den brennenden Scheiterhaufen von seinem Floß aus, mit dem er aufs Meer hinausfuhr. Respektvoll nahm er den Hut vom Kopf. Van Helsing hatte die ganze Fahrt über geschwiegen und Anna angestarrt. Sie zu verlieren war ein harter Schlag für ihn gewesen, das hatte Frankenstein deutlich gespürt.

Auch er hatte in seinem kurzen Leben schon einen großen Verlust hinnehmen müssen. Seine Zeit mit Vater war viel zu knapp bemessen gewesen; am Ende war Vater im Kampf gegen dieselbe Dunkelheit gestorben, von der nun auch Anna verschlungen worden war. Doch auch wenn die Prinzessin gestorben war: Sie hatte Van Helsing das Leben geschenkt. Und das gleiche Geschenk hatte Vater ihm gemacht.

Frankenstein schwor sich, Vaters Geschenk nicht zu vergeuden.

Van Helsing beschlich das seltsame Gefühl, beobachtet zu werden. Er sah sich um, aber da waren nur Carl und – weit draußen auf dem Meer – Frankenstein. Niemand sonst war zu sehen. Annas Körper würde zwar noch ein paar Minuten bei ihnen bleiben, aber sie selbst war nicht mehr da.

Er sah den Scheiterhaufen brennen, beobachtete den Rauch. Einige Rauchschwaden schwebten auf ihn zu wie lange, dünne Finger und hoben sein Kinn mit einer Kraft, gegen die er nichts ausrichten konnte, obwohl sie unsichtbar war. Die Berührung kam ihm bekannt vor.

Anna war noch nicht gegangen – noch nicht. Er sah ihr Gesicht im Rauch. Van Helsing war vollkommen davon überzeugt, dass sie bei ihm war. Das Gesicht lächelte und stieg mit dem Rauch in den blassroten Morgenhimmel.

Fassungslos machte er einen Schritt vorwärts, um ihr zu folgen. Dann sah er etwas, das ihn innehalten ließ. Rings um Annas Gesicht waren noch andere. Van Helsing erkannte Velkan und Annas Vater, eine Frau, die wohl ihre Mutter war ... und viele andere. Die gesamte Familie Valerious. Anna wurde von ihrem Vater umarmt, die Mutter kämmte ihr das Haar, und Velkan strahlte vor Stolz und Liebe.

Annas Vergangenheit und Zukunft wurden eins, und Van Helsing sah, dass sie glücklich war, ja er spürte, dass sie glücklich war. Und dann wurde ihm bewusst, was sie ihm zum Abschied schenkte: Eine große innere Ruhe überkam ihn. Frieden und Hoffnung – für ihn selbst, für den Hünen auf seinem kleinen Floß in dem großen Meer, für alle.

Van Helsing spürte eine Hand auf seiner Schulter. Er drehte sich um und stellte fest, dass auch Carl die Vision miterlebte. Anna sah ihn ein letztes Mal an, und ihre Augen leuchteten vor Glück und Hoffnung. Dann flog sie mit ihrer Familie davon in die Morgenröte.

Ihr Kampf war vorbei. Sie war auf der anderen Seite angekommen – auf der besseren Seite.

Als der Scheiterhaufen niedergebrannt war, sattelten Van Helsing und Carl zwei der Pferde, die vor die Kutsche gespannt gewesen waren. Van Helsing saß auf und streichelte den Hals seines kräftigen schwarzen Hengstes. Ein starkes Tier, das spürte er. Transsilvanische Rösser, dachte er. Nichts ist so schnell wie transsilvanische Rösser ...

Dann ritt Van Helsing mit Carl an seiner Seite durch ein endloses goldenes Weizenfeld, auf das die Strahlen der aufgehenden Sonne einen roten Schimmer zauberten.

Die Saga des meisterhaften Fantasy-Autors

ISBN 3-8025-2608-2
Wolfgang Hohlbein
Die Chronik der Unsterblichen
Am Abgrund
Das erste Buch der Chronik

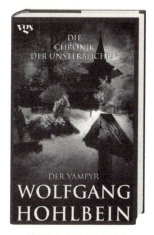

ISBN 3-8025-2667-8
Wolfgang Hohlbein
Die Chronik der Unsterblichen
Der Vampyr
Das zweite Buch der Chronik

ISBN 3-8025-2771-2
Wolfgang Hohlbein
Die Chronik der Unsterblichen
Der Todesstoß
Das dritte Buch der Chronik

ISBN 3-8025-2798-4
Wolfgang Hohlbein
Die Chronik der Unsterblichen
Der Untergang
Das vierte Buch der Chronik

Egmont vgs verlagsgesellschaft, Köln
www.vgs.de

Fantasy hat einen Namen: Hohlbein

ISBN 3-8025-2934-0
Wolfgang Hohlbein
Die Chronik der Unsterblichen
Die Wiederkehr
Das fünfte Buch der Chronik

ISBN 3-8025-2935-9
Wolfgang Hohlbein
Die Chronik der Unsterblichen
Die Blutgräfin
Das sechste Buch der Chronik

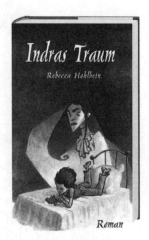

ISBN 3-8025-3328-3
Rebecca Hohlbein
Indras Traum
Roman

Egmont vgs verlagsgesellschaft, Köln
www.vgs.de

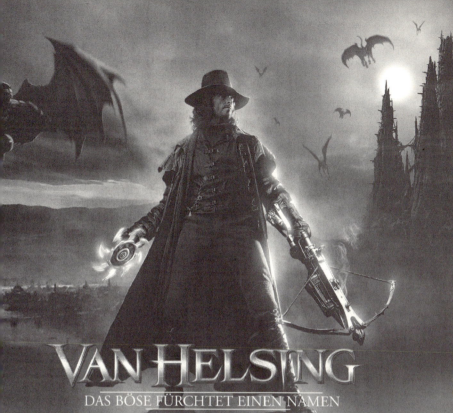